知念実希人

鏡面のエリクサー
天久鷹央の事件カルテ

実業之日本社

実業之日本社文庫

鏡面のエリクサー

Mirror Image of the Elixir

天久鷹央の事件カルテ

目次

プロローグ

グラスを満たす透明な液体の中、白い粉がゆっくりと沈んでいく。

その光景は宵闇の中、粉雪が淡い輝きを放ちながら降っているかのようだった。

人影はガラス製のマドラーを手に取ると、慣れた手つきで液体をかき混ぜていく。白い粉がスノードームのように液体の中を舞い踊るのを眺めながら、その人影は手を動かし続けた。粉が溶け、儚《はかな》く消えていく。

液体が再び透明になったのを確認すると、人影はマドラーを脇に置いた。まだ液体が緩やかに渦を巻いているグラスを両手で持ち上げ、供物を捧《ささ》げるかのように額の前に掲げる。

これで、万能薬が作れる。すべての疾患を等しく治すことができる奇跡の薬が……。ありとあらゆる病を治す。それは古代から神の御業《みわざ》とされてきた。

人影は視線を上げ、そこに置かれている巨大な鏡を眺める。

奇跡の液体で満たされたグラスを高々と掲げる自らの姿は、後光が差しているかのように見え、宗教画のように神々しかった。

この液体により、私は『神』になる。『神の御業』は誰にも解き明かすことはできない。かつて私からすべてを奪ったあの男でさえも……。

自分を奈落の底へと突き落とした、憎き男の姿が脳裏に蘇《よみがえ》る。

「あいつにも、私と同じ苦悩と苦痛を与えてやる」

グラスを持つ手に力が入り、かすかに震えだす。

「待っていろよ……。天久《あめく》大鷲《おおわし》」

揺れた液体が明かりを乱反射して、まるで宝石のような輝きを孕《はら》んだ。

第一章　消えた盟友

1

持針器《じしんき》の先に把持《はじ》された縫合針が、滑らかに結腸を縫い合わせていく。麻酔器の心電図モニターから響いてくる電子音と、人工呼吸器のポンプが作動する低い動作音が空気を揺らしている。

「……小鳥遊《たかなし》先生、結紮《けっさつ》をお願いします」

低い声で指示を受けた僕、小鳥遊優《ゆう》は、「はい」と返事をしながら、ラテックス製の手袋をはめた両手を、大きく切り開かれた腹腔《ふくくう》内へと伸ばした。

縫合糸を摑《つか》んだ僕は素早く、外科結びで結紮をしていく。

金曜日の午後八時過ぎ、僕は東久留米《ひがしくるめ》市にある天医会《てんいかい》総合病院の手術室で壊死《えし》性虚血性腸炎に対する緊急大腸切除術の第一助手を務めていた。

この感覚、久しぶりだな……。僕はマスクの下で小さく息を吐く。

二年ほど前、とある出来事をきっかけに外科医をやめ、内科医を志してからというもの、これほど本格的な手術に携わったことはなかった。

週に一回の救急部勤務で外科的処置はそれなりに行っているとはいえ、本格的な第一助手ができるのか不安だった。しかし、いまのところ問題なく行えている。

けど、僕の腕が落ちていないというよりは、この人のおかげだろうな……。僕は目だけを動かして視線を上げ、手術台を挟んで対面に立つ壮年の執刀医を見る。

スピードはそれほどでもないが、一つ一つの処置が正確で、丁寧だ。緊急手術だというのに、その手の動きは常に一定で、全く焦りが見られない。おかげで、外科医としてだいぶブランクが空いている僕でも、スムーズに助手を務めることができる。

この人の手術を初めて見るけれど、ここまで腕のいい外科医だとは思っていなかった……。

心の中でつぶやきながら、僕は術野《じゅつや》に視線を落とす。

虚血によって壊死を起こしていた横行結腸はすでに切除され、正常な腸管の吻合《ふんごう》も終わりかけていた。

「これで最後だ。小鳥遊先生、よろしく頼む」

腸管を完全に縫い合わせた執刀医が、抑揚のない声で指示を出す。

僕が素早く結紮した縫合糸を、手術用のハサミであるクーパーで切断すると、執刀医は器械出しの看護師に「生食《せいしょく》を」と指示を出す。看護師が差し出した手術用の取っ手のついた大きめのカップを手に取った執刀医は、その中に入っている生理食塩水を、なみなみと患者の腹腔内へと注ぎ入れた。

「次を」

執刀医は看護師から次々とカップを受け取っては、術野に生理食塩水を流し込んでいく。やがて腹腔内に生理食塩水の池が現れ、そこでピンク色の腸管が海藻のようにゆらゆらと揺れはじめた。

僕と執刀医は無言で『池』を見つめる。ここで気泡が浮かべば、縫合が不十分で腸管から空気が漏れているということだ。

手術室の中に重い沈黙が満ちる。水面が揺れることはなかった。

「縫合は問題ないようだ。腹腔内を洗浄したあと、閉腹を行う」

宣言をしたあと、執刀医はわずかに視線を上げて僕を見た。

「小鳥遊先生、助手を務めてくれてありがとう。あとは私がやるので、君は手を下ろしてもらって大丈夫だ」

「え？　でも、閉腹は普通、助手が行うものじゃないですか？」

「善意で手伝ってくれている君の手を、そこまで煩わせるわけにはいかない。この患者は私の旧知の仲だ。閉腹まで私が責任を持って行う」

そこで一拍おいた執刀医は、小さく肩をすくめた。

「それに、あまり時間外勤務をさせては、私が事務長から叱られてしまう。真鶴《まづる》に小言を言われたくはないからな」

おそらく冗談を言っているのだろうが、相変わらず抑揚のない口調なので笑っていいものかどうか判断がつかない。

「分かりました。お言葉に甘えさせていただきます」

軽く会釈をして手術台から離れると、僕はまとっていた滅菌ガウンを首元から破いて脱いでいく。こもっていた熱が放散していくのが心地よかった。

手袋をとり、ガウンとともに丸めて手術室の端にあるゴミ箱へと捨てた僕は、出入り口へと向かう。フットスイッチにサンダルを履いた足を入れると、金属製の扉が横にスライドしていった。

「小鳥遊先生」

手術室から出ようとした僕の背中に声がかけられる。振り返ると、執刀医が目を細めてこちらを見ていた。

「今日は本当に助かった。君がいなければ手術が遅れ、この患者の状態はさらに危険なものになっていたはずだ」

「そんな……。僕が救急部で受けた患者さんですから、当然のことをしただけです」

「いや、当然ではない。搬送後、緊急手術が必要だとして引き継いだ時点で、この患者に対する全責任は我々、外科が負うべきだ。君は義務ではないにもかかわらず、この手術に協力してくれた。それに対して我々は感謝をしなければならない」

まあ、そうかもしれないけれど、ちょっと肩苦しいなぁ……。

僕は苦笑すると、「今度のボーナス査定を期待しています」とおどけて言う。

「ボーナスの査定に関しては各科の部長に全権を委任している。小鳥遊先生の場合は、鷹央《たかお》にしかそれを決める権限はない。申し訳ない」

「いえいえ、単なる冗談ですよ。そんなに謝らないでください」

僕は慌てて胸の前で両手を振ると、執刀医は「ただ……」と付け加えた。

「君がうちの外科に入るというのなら、私が責任を持ってボーナスの査定を上げよう」

「え？　外科に？」

僕がまばたきをすると、執刀医は「そうだ」と大きく頷《うなず》いた。

「緊急手術だというのに、とてもスムーズに行えた。君が高い外科技術でサポートしてくれたおかげだ。その技術を、患者を救うために使わないのはもったいない。外科に戻るつもりはないのか？　統括診断部では毎日、鷹央のわがままに付き合わされて苦労しているだろう。もし君が望むなら、私は君をいまよりもはるかに良い条件で、うちの外科に迎え入れよう」

「はるかに良い条件って、そんな……」

笑い飛ばそうとした僕の言葉を遮るように、執刀医が声を上げる。

「給料は今の一・五倍、さらにボーナス満額を約束する」

マジでいい条件じゃん……。

想像を絶する厚待遇に思わず心がぐらりと揺れてしまう。

「いますぐ答えを出さなくてもいい。じっくりと考えて……」

執刀医がそこまで言ったところで、僕は右手を突き出して彼の言葉を止める。

「とてもありがたいですけれど、外科医に戻るつもりはありません。僕は二年前、悩み抜いた末にメスを置いて内科医として生きることを決めましたから」

「鷹央のわがままに振り回されて辟易《へきえき》していないのか？」

「してないと言ったら嘘《うそ》になりますけど……。鷹央先生、時々めちゃくちゃなことやりますから。いや、時々というかいつもか……」

これまでの一年強の統括診断部での思い出が走馬灯のように頭をよぎり、頬が引きつってしまう。

「なら……」

再び僕を説得しようとする執刀医に向かって、僕は首を横に振った。

「確かに鷹央先生はめちゃくちゃです。けれど、あの人のそばにいることで、僕はたくさんのことを学ぶことができています。内科医として、そして人として。統括診断部に来てから、僕は鷹央先生と一緒に成長していると感じているんです」

執刀医は十数秒、無言で僕を見つめた後、マスクの下で息を吐く。

「そこまで鷹央に入れ込んでいるなら仕方ない。外科に誘うのは諦めるとしよう」

「いや、別に入れ込んでいるわけではないんですけど」

反論を無視して、執刀医は閉腹処置をはじめる。どうやら僕には興味がなくなってしまったようだ。僕はマスクの下で苦笑しながら部屋を後にする。

統括診断部を、というか、その部長の天久《あめく》鷹央を毛嫌いする彼にとって、彼女に（いろいろと不満を覚えつつも）敬意を覚えている僕は、完全に『敵側』なのだろう。

しかし、この手術のこと、鷹央先生に知られたら、面倒なことになるだろうな……。

手術帽をかぶった頭を掻《か》きつつ廊下を歩きながら、ため息が漏れてしまう。

「院長の手術を手伝ったなんて知られたら、鷹央先生、僕のことを『裏切り者』とか言い出しかねないからなぁ……」

2

「この裏切り者が！」

三日後の月曜日、出勤した僕が天医会総合病院の屋上に立つ〝家〟の玄関を開けると、罵声が飛んできた。半ば、というか八割方こうなるだろうと予想していた僕は、「何がですか？」としらを切る。

「何がですかじゃない。お前、先週の金曜日、叔父貴の手術を手伝っただろう！」

ああ、やっぱりバレてたか……。

「ええ、手伝いましたよ。それがどうかしました？」

内心の動揺を隠しつつ開き直ると、鷹央の頬が紅潮した。鷹央の自宅兼、僕が所属している統括診断部の医局でもあるこの部屋には、高く書籍が積み重なった〝本の樹《き》〟が何本も生えている。その隙間を縫って、鷹央は近づいてくる。

「どうかしましたじゃない！　何でお前が叔父貴の手術の助手をしているんだ！　あいつはうちの科を潰そうとしている敵なんだぞ！」

目の前まできた鷹央は、僕の鼻先に指を突きつけた。

統括診断部の部長で、この病院の副院長でもある天久鷹央と、彼女の叔父であり、この病院の院長である天久大鷲《おおわし》は、犬猿の仲、不倶戴天《ふぐたいてん》の敵同士だった。

統括診断部は他の科では診断がつかなかった複雑怪奇な症状を呈する患者を診察し、その身体を侵している疾患に診断を下すことに特化した部署だ。しかし、この日本では『診断』に対する医療費は、国によって極めて低く設定されている。そのため、原因不明の疾患に侵され苦しんでいる多くの患者を救っているにもかかわらず、統括診断部は万年不採算部門だ。

それもあって、地域医療に貢献するためには、まずは病院の経営を安定させなくてはならないという信念を持つ大鷲は、ことあるごとに統括診断部の縮小、あわよくば潰そうと目論《もくろ》んでいた。

「仕方がないじゃないですか。僕が救急搬送を受けた患者さんの緊急手術だったんですから。何ヶ月も前から体調が悪くて、体重減少が見られたっていう高齢の女性が、急に強い腹痛を訴えて嘔吐《おうと》をくり返していたんです。悪性腫瘍による腸閉塞が考えられる状態で、搬送前から外科に緊急手術が必要な可能性があると、僕自身が報告していました」

「だとしても、処置室で行うような簡単な処置ならまだしも、どうして本格的な手術にまで参加する必要があったんだ？　それは救急部ではなく、外科の仕事だ」

「外科医が足りなかったんですよ」

「足りなかった？」鷹央の眉根が寄った。「うちの病院の外科は十人を超える大所帯だ。何で足りないなんていうことが起こり得るんだ？」

「もともと地方の外科学会に何人か行っていて、人手が少なかったらしいです。さらに金曜は外科の手術日で、夕方時点で大半の外科医が執刀中か、術後の経過観察で手が離せない状態だったんです」

「それでもまだ病棟管理をしている外科医が二、三人は余っているはずだ。なんでそいつらを使わなかった？」

「外科病棟に入院中の術後患者が急変して、その対応に追われていました」

僕は「というわけで」と肩をすくめる。

「院長が執刀する緊急手術に入れる外科医は誰もいなくて、僕が助手を務めるしかなかったんですよ」

「……だからってわざわざお前が入らなくても、誰か外科の医者の手が空くまで待って手術をすればよかったじゃないか」

「患者さんは壊死性の虚血性腸炎で、かなり症状が進行した状態だったんですよ」

僕が答えると鷹央は「うっ……」と言葉を詰まらせる。

壊死性の虚血性腸炎とは、腸に血液を送っている血管が何らかの理由で閉塞し、腸管の一部が壊死を起こす疾患だった。壊死が進むと腸が破け、内容物が腹腔内を汚染し、重症の腹膜炎を起こす。そこまで悪化すると血液に細菌が流れ込んで全身へと回り、敗血症性ショックが生じて命を落とすことも少なくなかった。

壊死性の虚血性腸炎の最も有効な治療方法は、虚血によって壊死を起こしている部分の腸管を、穿孔《せんこう》する前に外科的に切除することだ。そのためには、可能な限り早く診断をつけ、手術を開始することが重要だった。

「分かったでしょ。患者さんのためには僕が助手を務めるのが一番合理的だったんです」

「だからって、叔父貴の手術の助手に入るなんて……」

唇を尖《とが》らせ、ブツブツと文句を言い続ける鷹央を見て僕は首を傾《かし》げる。

これ以上なく明確に説明できたはずだ。理論を重視する鷹央先生なら、僕の行動が合理的で、それ以外の選択肢がなかったと理解してくれると思ったのだけど……。

「あれですよね。鷹央先生は心配だったんですよね」

それまで部屋の奥にあるソファーに腰かけて、ニヤニヤと笑みを浮かべながら僕たちのやり取りを黙って見ていた鴻ノ池舞《こうのいけまい》が声を上げる。

二年目の研修医で、現在、統括診断部で研修を受けているこの鴻ノ池は、僕の天敵だった。何かにつけて僕をからかってきて、さらにことあるごとに僕と鷹央をくっつけようとする。

僕と鷹央が交際しているという根も葉もない噂《うわさ》を鴻ノ池に院内に撒《ま》き散らされたせいで、ちょっといい雰囲気の看護師や薬剤師の女性と関係が進まないということがこれまで何度もあった。

「心配だった？」

僕が聞き返すと、鴻ノ池は「そうですよ」と、芝居じみた仕草で両手を広げた。

「救急部で勤務していたはずの小鳥《ことり》先生が、なぜか緊急手術の第一助手を務めているんです。もしかしたら、小鳥先生がまた外科に戻るつもりなんじゃないかと思うじゃないですか」

「え、そんなこと思っていたんですか？」

「……そりゃそう思うだろ。わざわざ時間外に外科の手術に入っているんだから」

鷹央は不貞腐《ふてくさ》れたようにそっぽを向いた。

「いえ、ですから、特殊な状況で仕方なく……」

「そんなこと、金曜日の時点で私に分かるはずないだろ！　少しは頭使えよ！」

鷹央は僕から視線をそらしたまま、癇癪《かんしゃく》でも起こしたかのように強い口調で言う。

「そんな言い方しなくても……」

険悪な空気が漂いはじめたタイミングを見計らったかのように、鴻ノ池が近づいてきて僕と鷹央の肩に両手を回した。

「まあまあ、お二人ともそんな怖い顔しないで。夫婦喧嘩《げんか》は犬も食わないって言うじゃないですか」

「「誰が夫婦だ！」」

僕と鷹央の声が重なる。

「あら、息ぴったり。妬《や》けちゃうな」

鴻ノ池のおどけた態度に、僕と鷹央の毒気が抜かれていく。

こいつ、本当に場の空気を読んで和ますのがうまいよな。にこにこと屈託のない笑みを浮かべている鴻ノ池に、僕は内心で感心する。

よく勉強しているし、フットワークもよく、コミュニケーション能力が高い。基本的な処置もそつなくこなす。客観的に見て研修医としては極めて優秀な人材であることは間違いなかった。

実際、鴻ノ池が統括診断部に研修にきてからというもの、それまで僕が一手に引き受けていた雑用をかなり任せることができ、負担が減っている。その分、患者をじっくり診察したり、内科学、診断学の専門書や、医学論文などを読む時間が取れていた。

（特に女性関係において）様々な迷惑をこうむっているので認めるのはなかなか業腹だが、鴻ノ池に助けられているのは紛れもない事実だ。今日も鴻ノ池がいなければ、当分の間、鷹央がへそを曲げ続け、その機嫌を直すために四苦八苦していただろう。

「けど、小鳥先生も悪いんですよ。他の課の業務を手伝うなら上司である鷹央先生に状況を説明して、許可をもらうのが正しい手順じゃないですか」

反論の余地もない正論をぶつけられ、僕は「悪かったよ……」と首をすくめる。

「謝るのは私にではなく、鷹央先生にです。浮気の心配をさせたんですから」

「浮気って……」

「えー、完全に浮気じゃないですか。信頼し、愛し合っているパートナーが、よりによって憎み合っているライバルと薄暗い部屋の中、二人で息を合わせながら共同作業を行っていた。そんなの、嫉妬するなっていう方が無理でしょ。一種の寝取りですよ、寝取り」

「いかがわしい言い方やめろ！」

これさえなければ本当に優秀な研修医なのに……。

「そもそも相手は院長だぞ」

「実は、ここだけの話ですけど……」

真剣な表情を浮かべた鴻ノ池は、耳元に口を近づけ、囁《ささや》いてくる。

「私、実はＢＬもいけるクチなんです」

「そんな情報知りたくない！」

やっぱり、雑務が減って楽になる以上のストレスを、こいつから浴びせかけられているかもしれない。頭痛をおぼえて頭を押さえる僕を楽しそうに眺めていた鴻ノ池は、ふと何かに気づいたかのように真顔になった。

「けれど、院長先生が外科医だっていうことは知っていましたけど、オペをしたっていう話、あんまり聞きませんね」

「あいつは患者を治すよりも、病院の利益を上げることの方が興味があるからな」

吐き捨てるように言った鷹央は、「ただ……」とつまらなそうに付け加える。

「外科医としての腕は確かだ。院長になる前は、外科部長としてかなりの数のオペをこなしていた。極めて正確な技術で様々な手術を行い、患者を救っていた」

「そうなんですね。じゃあ今回は、外科医が少なくて院長先生しか手が空いてなかったから、自分で手術をしたっていうことなんですかね」

鴻ノ池は唇に人差し指を当てた。

「いや、外科医が足りていても、今回の手術は院長が執刀した気がするよ」

僕は三日前の出来事を思い起こしながら言う。

「患者さんから直接連絡を受けた院長が、すぐに救急車で来院するように指示を出したらしいからな。なんか、もともとの知り合いだったみたいだ」

「知り合い？　患者の名前は何て言う？」

鷹央は猫を彷彿《ほうふつ》させる大きな瞳をすっと細めた。

「えっと……。たしか、八千代和子《やちよかずこ》さんですね」

「ああ、あいつか」鷹央は小さく舌打ちをする。

「鷹央先生もお知り合いなんですか？　誰なんでしょう？」

鴻ノ池の問いに、鷹央は大きくかぶりを振った。

「知り合いじゃない。叔父貴とつるんでいる政治家だ。そんなやつに私は興味ない」

「政治家、ですか？」

鴻ノ池が小首を傾げると、鷹央は「そうだ」と大きく頷いた。

「この辺りから選出された都議会議員だ。結構なベテランで、都知事とも近い仲らしいな。そして、叔父貴はそいつの有力な支援者だ。うちの病院から毎年かなりの献金をしているはずだ。姉ちゃんがよく、『こんなに献金する必要があるんですか？』とか文句を言っていた」

「ここまで大きな総合病院の院長となると、地元の医師会とか政治家とかとのパイプも重要でしょうからね」

僕の言葉に鷹央はハエでも追い払うように手を振る。

「地元開業医たちとの窓口である医師会ならまだしも、政治家とべったり繋《つな》がる必要なんてないはずだ。どうせ悪徳政治家だ。二人して裏であくどいことでもやっているんだろうさ。ああ、いやだいやだ」

鷹央がかぶりを振ると、鴻ノ池が胸の前で両手を合わせた。

「あれですね。悪代官が『越後屋《えちごや》、お前も悪よのう』みたいなことを言って、二人で笑うようなやつですね」

二人とも偏見がひどい……。そして鴻ノ池はイメージがあまりにも古い……。

僕が呆《あき》れていると、鷹央は大きくため息をつく。

「何にしろ、叔父貴がわざわざ執刀をしたのは、相手が有力政治家だからだ。あいつにとって、患者は平等じゃないのさ」

どこか寂しげな鷹央の横顔を、僕は無言で見つめる。

鷹央は生まれついての性質によって、他人の年齢や地位を慮《おもんぱか》っての行動をとることを苦手としている。

彼女は誰に対しても『お前』という二人称を使う。相手の立場によって自分の態度を変えるということは、彼女にとってどんな不可解な謎を解くことよりも困難なことだから……。

だからこそ彼女は、全ての患者を平等に診察し、そして正しい診断を下してきた。

たとえ相手がどれほどの悪人であろうとも……。

そんな鷹央にとって、社会的地位の高い患者を特別扱いするような大鷲の態度は唾棄すべきものと映るのだろう。

「でも、医療政策って政治が決めることですから、政治家に気を使うのもある程度は仕方ないんじゃないですか」

鴻ノ池の意見に僕は「まあ、そうだな……」と曖昧に頷く。

地域医療の根幹を担う大病院の院長として、政治家や医師会の幹部との接触は必要なことなのだろう。ただ、普段はほとんど手術に入らない大鷲が、顔見知りの政治家に対してだけ自ら執刀をするという行為に対しては、僕も少し思うところがあった。

「八千代さんでしたよね。術後の経過は順調なんですかね。やっぱり政治家だから高い特別個室とかに入院してるのかな……」

そんなことをつぶやきながら、鴻ノ池はデスクの前まで軽い足取りで移動すると、そこに置かれていた電子カルテの電源を入れる。

鼻歌まじりにマウスを操作していた鴻ノ池が、「あれっ」と声を上げた。

「どうした?」

僕が訊《たず》ねると、鴻ノ池は電子カルテの画面を指さす。

「その八千代さん、かなり状態が悪くなってるみたいですよ」

「え? そんな馬鹿な」

僕は小走りに鴻ノ池に近づき、その肩越しにディスプレイを覗《のぞ》き込む。そこに表示された八千代のカルテを見た瞬間、僕は大きく息を呑《の》んだ。

診療記録によると、当初、八千代の術後の経過は順調で、手術翌日の夕方にはICUから一般病棟へと移されていた。

しかし日曜日、つまりは昨日の昼頃に、病状が突然悪化した。四十度近い発熱と頻《ひん》脈《みゃく》を認め、さらには強い胸苦しさを訴えはじめた。

相手が有力政治家ということもあって、日直に当たっていた医師は、慌てて主治医である大鷲を呼び出すとともに、抗生剤の追加投与と原因精査のための様々な検査を行った。しかし、八千代の症状は改善するどころか悪化の一途を辿《たど》っており、現在は精神症状すら生じて、わけの分からないことを口走りはじめていると記されている。

「せん妄を起こしているみたいだな。まあ、全身状態が悪化した場合にはよく起こる症状だ。特に高齢の患者にはな」

遅れて近づいてきた鷹央が、興味なさげにつぶやく。

「手術をしたのに全身状態が悪化しているってことは、オペが間に合っていなかったっていうことですか？　それともオペ自体が失敗だったとか……」

鴻ノ池の眉間にしわが寄った。

「いや、そんなことない。穿孔する前に壊死した腸管を全て切除できたし、縫合もしっかりできていた」

僕は、「貸してくれ」と、鴻ノ池からマウスを受け取って操作をする。

「腸管の切除を受けた患者の症状が悪化した場合、縫合不全を疑ってCTを撮影しているはずだ」

検査データ一覧を表示すると、思った通り昨日の午後、腹部CTを撮影していた。

「本当に縫合不全で消化管から内容物が漏れていたら、これで分かる……」

CT画像を表示させた僕は、マウスについているホイールを回して、画像を上腹部から下腹部へと次々に移動させながら、目を皿にして画面を凝視する。

「縫合不全を起こしているという所見はないな」鷹央がつぶやいた。

「手術の失敗じゃないっていうことですか?」

鴻ノ池に問いかけられた鷹央は、「さあな」と興味なさげに肩をすくめた。

「手術の成否というものは、オペ室での手技だけで決まるものではない。その後の術後管理を適切に行うことも含まれている。そうだろう?」

鷹央に水を向けられ、僕は「その通りです」と大きく頷く。

たとえ手術を完璧に行っても、術後管理が不適切であれば治療が成功したとは言えない。疾患を治すために必要ではあるが、手術というものは患者に対して強い侵襲を与える処置だ。そのダメージから問題なく回復できるようにサポートすることも、手術と同じぐらいに重要な外科医の仕事だった。

「でも、手術自体が成功しているのに、こんなに全身状態が悪化しているのってどうしてなんでしょう？」

鴻ノ池のつぶやきに鷹央は首筋を掻いた。

「おおかた、術前に腸管の壊死した部分から細菌が血中に入り込んでいたんだろう。それが増殖して菌血症から敗血症を起こしているのさ」

「けれど、術後には抗生剤を投与しているはずですよ」

僕が反論すると、鷹央の目つきが鋭くなる。

「外科の術後の抗生剤投与なんて、どうせ決められた種類をルーチンで使用しているだけだ。ちゃんと起炎菌となる病原体を検討した上で、それに適した抗生剤を予防投与しているわけではない。違うか？」

「いえ……、違いません」

僕は首をすくめる。外科医時代、術後の感染予防投与に何を使用するかなど考えたこともなかった。ただ、マニュアルで決められていたセフェム系の抗生物質を投与していただけだ。おそらく、天医会総合病院の外科でもそれは変わらないだろう。

「外科医ってやつは手を動かすことにしか興味がないんだから。もうちょっと頭も使えっていうんだ」

外科医というよりも、この病院の外科系のトップでもある大鷲に対して強い敵愾心《てきがいしん》を持っているせいか、鷹央の言葉にはいつもより棘《とげ》が多かった。

「そもそも小鳥、お前は抗生剤の選び方が適当なことが多いんだよ。もっと患者の状況をよく考え、起炎菌がグラム陰性菌なのかグラム陽性菌なのか、細胞壁をもっているのか、どの種類の抗生剤に耐性を持っていることが多いのか、そういうことを総合的に考えて最適な抗生剤を選べ。でないと無駄に耐性菌を増やしたうえ、患者が治らないという最悪の状態になるだろ。全く頭の中に豆腐でも詰まっているのかよ」

鷹央は僕を睨《にら》みながら、延々と説教をはじめる。

「ちなみに頭部外傷によって生じる脳震盪《のうしんとう》の説明をするとき、脳を豆腐に見立てて、頭蓋骨の内側にぶつかって壊れるという説明をする者がいるが、それは正確ではない。脳震盪は頭蓋内にぶつかる直接的なダメージよりも、頭部に回転加速度が生じるような衝撃を受けた際、剪断力《せんだんりょく》により脳の軸索《じくさく》が障害され……」

説教が脱線して明後日《あさって》の方向に向かいはじめた……。そのことを指摘しかけるが、僕は舌先まで出かかった言葉を呑み込む。

そんなことをしても、さらに説教の時間が延びるだけだろう。僕が院長の手術に入ったことで、鷹央の虫の居所はかなり悪い。こういうときは触らぬ神に祟《たた》りなしだ。

僕は心を無にして鷹央の言葉を聞き流し続ける。

数分間、説教（と、よくわからないトリビア）を垂れ流し続けた鷹央は、「分かったか？」と僕に水を向けてくる。

「分かりました、分かりました。本当にすいません」

正直、鷹央が何を言っているのか、もはやよく分からなくなっていたが、僕はさっさとこの苦行を終わらせるため、ひたすらコクコクと頭を縦に振った。

「まあ、分かればいい」

怒りを説教に乗せて吐き出したことでいくらか気分が晴れたのか、鷹央は鷹揚《おうよう》に頷くと、〝本の樹〟の合間を縫って離れていき、倒れこむようにソファーに横になった。

鷹央が漫画本を手にとって読み始めたのを見て、僕は安堵《あんど》の息をつく。

「この患者さん、この後どうなるんでしょう？」

鴻ノ池の問いに、鷹央は漫画本を読んだまま「大丈夫なんじゃね？」と興味なさげにつぶやく。

「今頃、叔父貴が慌てて広域スペクトラムの抗生剤を投与した上で、麻酔科あたりも巻き込んで全身管理を開始しているはずだ。おそらく回復するさ。叔父貴が自分の手駒にできる有力政治家を死なせたりするわけないからな」

鷹央が皮肉で飽和した口調で言ったとき、僕の腰あたりからジャズミュージックが響いてきた。着信音を鳴らしているスマートフォンをポケットから取り出した僕は、その液晶画面に表示されている着信相手を見て「あれ？」と声を漏らしてしまう。

「どうした？　誰からの電話だ？」

鷹央の問いに、僕は「なんか、成瀬《なるせ》さんからです」と答える。

成瀬隆哉《りゅうや》はこの地域を担当する所轄署である田無《たなし》署刑事課の刑事だ。この一年強で鷹央は様々な摩訶《まか》不思議な事件に首を突っ込んでは、その超人的な頭脳によって謎を解き明かしている。成瀬とはその際に何度も顔を合わせ、知り合いになっていた。一般人が事件に関わることに拒否感を持ちながらも、鷹央が事件を解決した際、自分の手柄にできるということで、ブツブツと文句を言いながらもなんだかんだ協力をしてくれる。それが成瀬という刑事だ。

「成瀬から？」

鷹央は持っていた漫画本を脇に置くと、勢いよく立ち上がる。

「また何か面白そうな事件でも起きたのか？　小鳥、早く出てスピーカーにしろ！」

その小さな頭蓋骨の中に収められているスーパーコンピューターのような超人的な頭脳を使う機会に常に飢えている鷹央は、興奮気味に声を上げた。

「はいはい、分かりましたよ」

僕は『着信』のアイコンを押してスピーカーモードにする。

『もしもし、小鳥遊先生ですか？』

聞き慣れただみ声が、スマートフォンから響いてきた。

「何か面白い事件か⁉　どんな事件なんだ？　さっさと教えろ」

『……俺は小鳥遊先生のスマートフォンに電話をしたはずですが』

成瀬の声が、濃い警戒の色を孕《はら》んだ。

「小鳥は私の部下だ。つまり、小鳥のものは私のものだ。違うか？」

『絶対違うと思いますが……』

成瀬の声はもはや呆れているを通り越して、引いているという感じだった。

「聞きました？　小鳥先生」

鴻ノ池が小声で囁きながら、椅子に座ったまま脇腹を肘で突いてくる。

「やめろよ。何がだよ？」

「小鳥先生のものは鷹央先生のものってことは、お二人がもはや夫婦のように共同資産を持ったただならぬ関係だっていうことですよね。いやー、妬けるなぁ」

いや、どう考えてもさっきのセリフ、『お前のものは俺のもの』っていうジャイアン的な思想の発露だろ……。

「なんでもいいから、さっさと事件の詳細を教えろ。私にわざわざ相談をしてくるっていうことは、よほど不可解な事件なんだろう」

興奮が抑えきれなくなってきたのか、鷹央は歌を歌うように言いながら、こちらに近づいてくる。

『逆ですよ』

冷めた声がスマートフォンから響いた。

鷹央は足を止めると、「逆?」と訝《いぶか》しげに眉間にしわを寄せた。

『そうです。俺はあなたに事件の協力をしてもらうために連絡をしたわけではありません。事件に関わって欲しくないから、釘《くぎ》を刺すために連絡をしたんです」

「事件に関わって欲しくないってどういうことだ? そもそもお前から連絡がなければ、私はその事件とやらが起きていることにすら気づかなかっただろう?」

至極当然の疑問に、成瀬は『それが気づくんですよ』と疲労が滲《にじ》む声で答える。

『事件は、あなたが住んでいる、天医会総合病院で起きているんですから』

「うちの病院で起きている⁉」鷹央の目が大きく見開かれる。

「そちらに入院中の都議会議員の八千代先生から今朝、うちの署に通報があったんですよ。『殺されかけているから、すぐに助けてくれ』って」

「八千代が殺されかけている? 一体誰にだ?」

鷹央が声を裏返すと、スマートフォンから成瀬の低く押し殺した声が響いた。

『天久大鷲。つまりはあなたの病院の院長にですよ』

3

「……やっぱり来た」

僕たちの姿を見るなり、成瀬は目元を押さえて大きなため息をついた。

「なんだよ、その迷惑そうな態度は」

僕の前を歩く鷹央が言うと、成瀬は大きく手を振った。

「迷惑そうなんじゃない。迷惑なんですよ」

『これから事情聴取を行う』と、成瀬から連絡を受けた僕たちは、すぐに屋上の〝家〟をあとにして、八千代和子が入院している七階の外科病棟へと向かった。

階段室を出て病棟にたどり着くと、ちょうど成瀬がナースステーションの看護師に向かって警察手帳を提示しているところだった。

「なんだ、その言いぐさは。呼ばれたから来てやったというのに」

つかつかと成瀬に近づきながら、鷹央は唇を尖らせる。

「呼んだ覚えはありません！　俺はあなたが干渉してこないように、小鳥遊先生に釘を刺すつもりだったんです。それなのに勝手に話に割り込んできて……」

「鷹央先生と小鳥先生は一心同体みたいなものですから、小鳥先生に連絡を入れれば鷹央先生に話がいくのは当然ですよ」

鴻ノ池が冗談めかして言う。成瀬は再び深いため息をついた。

「小鳥遊先生には恋人として、なんとか天久先生を制御してもらいたいと思っていましたが、逆効果だったみたいですね」

「恋人じゃないですから！」

僕が反射的に抗議をすると、鷹央も「そうだそうだ」と同調する。

「小鳥は恋人なんかじゃない。下僕だ！」

「部下です！」

「……夫婦《めおと》漫才に興味はありません。何にしろ、天久先生には関係ない話です。さっさとお引き取りください」

成瀬は虫でも追い払うかのように手を振る。

「とか言って、本当は私に一緒に捜査して欲しいんじゃないか？　『嫌よ嫌よも好きのうち』ってな」

「何ですか、それは。昭和のセクハラ親父《おやじ》じゃあるまいし」

成瀬が冷め切った口調でつぶやくと、鷹央が目を剝《む》いた。

「だ、誰がセクハラ親父だ。このうら若きレディに向かって！」

いや、うら若きって年齢でもないような……。

僕が内心で突っ込んでいると、背後からコッコッと足音が近づいてきた。振り返った僕の喉から、「うっ……」とうめき声が漏れる。八千代に告発された張本人である天久大鷲が、鷹央の姉にしてこの病院の事務長でもある天久真鶴を引き連れてやって来ていた。

面倒なことになりそうだ……。

頬が引きつっていく。鷹央と大鷲は犬猿の仲であり、真鶴は鷹央の後見人のような立場であると同時に、事務長として院長を支える立場でもある。

この三人が一堂に会するだけでも微妙な空気になることが多いのに、加えて、今日は鷹央と（消極的ながら）協力関係にあり、大鷲に対する告発を受けてやってきた成瀬がいる。事態がどのように進んでいくのか読めずにハラハラしてしまう。

「天医会総合病院の院長で、八千代議員の主治医を務める天久大鷲です。八千代議員との面会を希望している刑事さんというのはあなたたかな？」

大鷲が威厳のこもった声で自己紹介をすると、成瀬の表情が引き締まった。

「はい、田無署刑事課の成瀬と申します」

「成瀬……」大鷲の太い眉がピクリと動く。「なるほど。あなたが鷹央と仲良しの刑事さんか。噂はかねがね聞いていますよ」

揶揄《やゆ》するような大鷲の口調に、成瀬の唇が歪《ゆが》んだ。

「なにか誤解があるようですね。私は決して天久鷹央先生とは仲良しなどではありません。それどころか、事あるごとに事件に首を突っ込んできて誠に迷惑しています。院長先生は天久鷹央先生の上司であり、また親族でもあられますよね？」

「確かに私は鷹央の叔父ですが、それが何か？」

「でしたらどうか、姪《めい》っ子さんを制御していただけませんでしょうか。事件の捜査の邪魔になって、とても困っているんです」

成瀬はわざとらしく肩をすくめた。

「おい、成瀬。何が『困っている』だ。お前、私が解決した事件を、自分の手柄にしているくせに！」

鷹央が顔を赤くして抗議するが、成瀬は聞こえないふりを決め込む。代わりに大鷲が口を開いた。

「私も鷹央の非常識な行動にはほとほと呆れ返っています。可能なら鷹央の子どもじみた『探偵ごっこ』を止めたいとは思っているのですが、刑事さんもご存知の通り、言って聞くような子どもではなくて……」

「誰が子どもだ！　私は二十八歳のれっきとしたレディだぞ！」

鷹央は再度の抗議するが、大鷲にも黙殺される。

「院長先生もかなり苦労されている様子ですね。ご心労お察しいたします」

「刑事さんも鷹央に仕事の邪魔をされてお困りでしょう。申し訳なく思います」

大鷲と成瀬は表情を緩ませる。さっきまでの険悪な空気はいつの間にか消え去り、固い握手でも交わしそうな雰囲気になっている。

「何なんだ、お前たち！　私をだしにして仲良くなりやがって！」

鷹央がまた大声を上げるが、やはり大鷲と成瀬は完全に無視を決め込んだ。

頬を大きく膨らませた鷹央は、僕に近づいてきていきなりスネを蹴ってきた。

「痛っ！　いきなり何するんですか？」

「八つ当たりだ！」

「開き直らないでください！」

弛緩《しかん》した空気を振り払うように、成瀬が大きく咳払《せきばら》いをした。

「さて、自己紹介も終わりましたし、さっそく八千代先生に面会させていただいてもよろしいでしょうか？」

「いや、それは許可できない」

大鷲も、いくらか緩んでいた表情を引き締める。

「許可できない？　なぜですか？」成瀬の目つきが鋭くなる。

「八千代議員は現在、全身状態が極めて悪化している。話を聞けるような状態ではない」

「面会謝絶ということですか？」

「そう理解していただいて構わない。彼女の病状が回復したら連絡を入れるので、今日のところはお引き取りいただこう」

「残念ながらそういうわけにはいかないんですよ。このまま八千代先生が命を落とす可能性もあるのでね。……誰かのせいで」

含みのある口調で成瀬が言うと、それまで黙っていた真鶴が「あの、どういうことでしょう？」と不安げに訊ねた。

「今朝、うちの署に八千代先生ご本人から通報があったんです。『殺されかけているから、助けてくれ！』ってね」

「殺される⁉ うちの病院で入院中なのに、一体誰に殺されるって言うんですか？」

真鶴の声が上ずる。成瀬は口を開くことなく、じっと大鷲を見つめた。

「……なるほど。私に殺されると主張しているのか」

大鷲の顔に、わずかに自虐的な笑みが浮かぶ。

「驚いていないようですね。では、説明していただけますでしょうか？ なぜ、八千代先生はそんな通報をしてきたのか」

成瀬はあごを引き、すっと目を細めた。

獲物を狙う大型の猛獣のような雰囲気を醸し出している成瀬を前にしても、大鷲は動じることなく「もちろんだ」と鷹揚に頷いた。

「八千代先生は術後せん妄を起こし、被害妄想に取り憑《つ》かれている。それが原因だ」

「術後せん妄？」成瀬が太い首を傾げた。

「術後せん妄とは、手術や麻酔を契機として生じる精神症状のことだ。術後一日から数日で起こることが多く、錯乱や幻覚、妄想などの様々な症状が生じる」

淡々とした大鷲の説明を聞いた成瀬は、横目で鷹央に視線を向ける。

「そんな病気が本当にあるんですか？」

鷹央は「ああ、あるぞ」と大きく頷いた。

「臨床現場では比較的よく生じる精神症状だ。八十歳以上の全身麻酔手術では、軽いものも合わせると七〇パーセント以上の確率で生じるというデータすらある。リスクとしては、患者が高齢であること、もともと認知症があること、手術自体の侵襲が大きかったこと、術後の全身状態が悪いことなどが挙げられる。八千代和子の場合は六十二歳と比較的高齢であり、壊死性虚血性腸炎に対する腸管切除という侵襲の強い手術を受けている。しかも、どっかの誰かさんの術後管理がお粗末だったせいか、現在患者の全身状態はめちゃくちゃ悪い。相手がＶＩＰということでわざわざ自分で手術したのに、こんな状態にするなんて、金勘定ばっかりして腕が鈍っているんじゃないか？」

嫌味で飽和した鷹央の言葉に、大鷲が顔をしかめた。

「つまり病気のせいで錯乱して、わけの分からない通報をしたということですか？」

成瀬は考えをまとめるように、こめかみに手を当てた。

「その可能性もあるというだけだ。実際に患者を見ていない限り断言はできない」

「では、やはり八千代先生に会わないわけにはいきませんね。院長先生、病室まで案内していただいてもよろしいですか？」

「さっき言ったように、それはできない」

大鷲は低くこもった声で答える。

「八千代議員の病状は極めて悪い。急に刑事が病室に押しかけてパニックになれば、さらに状態が悪化するかもしれない。主治医として面会は許可できない」

「そう言われても、『はい、そうですか』と引き下がるわけにはいかないんですよ。八千代先生は主治医であるあなたに殺されると通報してきたんですからね」

成瀬は鋭い視線を大鷲に投げかけた。

「それでは、もしあなたが面会を強行したせいで八千代議員の状態が悪化し、命を落とした場合は、警察はどのように責任を取るおつもりかな」

「……それは脅しですか？」

「まさか。たんに責任の所在を確認しているだけだ」

口を固く結んだ成瀬と大鷲の視線が、空中で激しく火花を散らす。十数秒後、成瀬が口をゆっくりと開いた。

「では、中立の立場の医者に判断をしてもらうのはいかがでしょう？」

成瀬の視線が、なぜか大鷲から僕へと移動してくる。

「え……、もしかして僕ですか？」

僕が自分の顔を指さすと、成瀬は「ええ、そうです」とあごを引いた。

「小鳥遊先生はこの病院に勤めてはいますが、何度も私と一緒に事件を解決に導いています」

「いや、別に成瀬さんと一緒にというわけでは……」

戸惑う僕を無視して、成瀬は言葉を続ける。

「小鳥遊先生なら、八千代先生の告発を無視することはできない私の立場も、患者さんに無理をさせられない院長先生の立場も理解できますよね。なら、彼に事情聴取に立ち会っていただいて、危険だと判断したらストップをかける。それでどうですか？　もしこれが受け入れていただけないなら、すぐに裁判所に掛け合って令状を取ります」

成瀬の提案に、大鷲は口を真一文字に結んで黙り込む。

「そうか、お前、中立の立場なのか。なるほどなるほど、半分は叔父貴の仲間ってことだな。つまり、お前はスパイか」

隣に立っている鷹央が、再び足を軽く蹴ってくる。

「変ないちゃもんつけないでくださいよ」

僕が鷹央の蹴りをよけていると、大鷲が口を開いた。

「分かった。それでいい。八千代議員の病室まで案内しよう」

大鷲はゆっくりと廊下を進みはじめる。勝ち誇ったような表情を浮かべながら、成瀬はそのあとに付いて行った。

「よし、じゃあ行くとするか」

鷹央が嬉々《きき》として拳を突き上げる。得意げだった成瀬の顔が歪んだ。

「用があるのは、小鳥遊先生だけです。天久先生は関係がないんだから引っ込んでいてもらえませんかね」

「関係がない？　何言っているんだ、お前は？」

鷹央は芝居じみた仕草で両手を広げる。

「小鳥は統括診断部の医師、つまり私の所有物というわけだ」

「断じて違います！」

僕が即座に抗議をするが、鷹央はどこ吹く風で言葉を続ける。

「もしお前が事情聴取のために小鳥を使いたいと言うなら、私に許可を取るのが筋というものだろう？」

　正論をぶつけられた成瀬の口から、ものを詰まらせたような音が漏れる。その隙をつくかのように、鷹央は履いているスリッパをパタパタと鳴らして廊下を進み、前にいた成瀬の横をすり抜けた。

「というわけで、私も八千代和子の状態を見に行くぞ。文句ないな」

「……ありません」

　鷹央に介入されたくないが、なんとか八千代の聴取をしなければならないという強い苦悩が、成瀬のいかつい顔に浮かんでいた。

　僕たちは廊下を進んで突き当たりにある、この病棟で一番広く、そして使用料も高い特別病室の前までやってくる。

「ここが八千代先生の病室ですか」

　成瀬のつぶやきに小さく頷きながら大鷲がノックする。中から「どうぞ」という返事が聞こえてきた。

　引き戸を「失礼する」と開けて部屋に入る大鷲に、僕たちもぞろぞろと続いていく。

　応接セットや簡易キッチン、さらにはシャワールームまで完備されている広々とした病室。その奥に置かれたベッドに、目を閉じて横たわっている八千代を見て、僕は唇を噛《か》む。彼女の口元には酸素マスクがあてられ、腕へと伸びている点滴ラインには抗生剤と昇圧剤をはじめとする様々な薬剤が流れ込んでいた。

脇に置かれたモニターに表示されている心電図は波の間隔がかなり狭く、心拍数が大幅に上がっていることが見て取れた。カルテではパニック状態になっていると記されていたにもかかわらず眠っているところを見ると、おそらく鎮静剤を投与されているのだろう。

「院長先生、どうされたんですか？」

ベッドサイドに立っていた白衣を着た太り気味の初老の男が声を上げる。天医会総合病院の腹部外科部長で、大鷲の腹心の部下でもある酒井《さかい》という男だ。

わざわざ部長に術後管理をさせているところを見ると、想像以上に八千代の状態は悪いのだろう。

「刑事さんが八千代議員から話を聞きたいらしい」

「え、刑事？　でも八千代さんはいま、お休みになっていますよ」

困惑顔で酒井が言うと、ベッドのそばに置かれたパイプ椅子に腰掛けていたメガネをかけた男が立ち上がった。

「刑事さんが一体何の御用でしょうか。いま先生はお休みなので、後日にしていただけませんか。伝言がありましたら、私が責任を持って先生にお伝えしますので」

慇懃《いんぎん》無礼《ぶれい》な態度のメガネの男に、成瀬はじろりと睨みつけるような視線を浴びせる。

「あなたは？」

「わ、私は八千代先生の秘書を務めている藤田《ふじた》といいます。先生の甥《おい》でもあります」

成瀬の迫力に圧倒されたのか、軽く身を引きながら男は答えた。

「なるほど、秘書で甥っ子さんね。それなら八千代先生が今朝、警察に通報をしたことはご存知ですよね」

成瀬が放った言葉に、藤田は「通報⁉」と、メガネの奥の目を大きく見開いた。

「おや、ご存知なかったですか。そんな大切なことを知らされていないなんて、信用されていないんじゃないですか？」

成瀬の皮肉に、藤田の唇が歪んだ。

「さっき面会が可能な時間になって私がこの病室にやってきた時にはもう、先生はいまのように眠っておられたんです。今朝何をしたか話を聞くことはできませんでした」

「通報したことは知らなくても、議員が怯《おび》えていたことぐらいはご存知じゃないんですか？　八千代先生は『殺される！』と警察に助けを求めてきたんですよ」

「殺される⁉」

目を剝く藤田に、成瀬は大きく靴音を鳴らしながら近づいていく。

「昨日までに、八千代先生はあなたに何か訴えていませんでしたか？　誰かに危害を加えられたとかいう話を聞いていませんか?」

「聞いていません。ただ……」

「ただ何ですか?」

言葉を濁した藤田を成瀬が問い詰める。

「ただ、手術を受けてから先生は精神的に不安定になって、……怯えていました」

「何に怯えていたんですか?」

「よく分かりません。先生の言っていることは支離滅裂で、要領を得なくて。ドクターの皆さんが言うには、高齢者が大きな手術を受けると、そのような状態になることがあるけれど、すぐに良くなると聞いていました。ただ……、状態は良くなるどころか悪くなる一方で……」

うつむく藤田の姿には、強い不安が滲んでいた。

「なるほど。これはやはり、ご本人から話を聞くしかありませんね」

藤田の横をすり抜けた成瀬は、酒井を押しのけるようにしてベッドのそばへと立つ。

「八千代先生、起きてください。警察です。お話を聞かせてください」

成瀬はその大きな手を八千代の肩に当て、ゆっくりとゆすりはじめた。

「ちょっと、やめてくださいよ。この患者さんが重症だってことは素人でも見たら分かるでしょう」

慌てて止めようとする酒井を成瀬はぎろりと睨みつける。酒井がびくりと硬直するのを満足げに眺めたあと、成瀬は振り返って僕に声をかけてきた。

「どうですか、小鳥遊先生。絶対に話を聞けないような状態ですか？」

「それは……」

僕はベッドの脇に置かれているモニターを見つめる。心拍数は毎分一二〇回、体温は三十八度を超えているが、酸素飽和度は正常で、血圧の低下は見られない。それどころか、かなりの高血圧になっている。

さっき〝家〟で鷹央が言ったように、一見すると敗血症を起こして全身状態が悪化しているように見える。しかし、血圧が十分に保たれているところを見ると、敗血症性ショックという、生命の危機に瀕《ひん》した状態にまでは進んでいないようだ。

「短時間なら会話は可能だと思います。ただ、患者さんを興奮させないようにしてください」

僕の指示に「はいはい、分かりましたよ」と適当に答えると、成瀬は再び八千代の肩をゆすりはじめる。

険しい顔で目を閉じていた八千代の瞼《まぶた》が、ゆっくりと上がりはじめた。

「初めまして、八千代先生。私は田無署の……」

成瀬が自己紹介をしはじめた瞬間、八千代の目が大きく見開かれた。

「誰⁉　誰なの、あなたは⁉　何で私の家にいるの⁉」

金切り声が病室の空気を揺らす。

「落ち着いてください。ここは病院ですよ」

諭すように成瀬が言うが、八千代は恐怖に顔を歪めて首を激しく振り続ける。

「嘘よ！　ここは私の家でしょ！　違う！　私はどこにいるの？　何なの？　誰がこんなところに私を閉じ込めているの⁉」

「……見当識《けんとうしき》障害が出ているな」

僕の隣で鷹央がボソリとつぶやいた。

見当識とは現在の日付や自分がどこにいるかなどの基本的な状況把握能力のことだ。せん妄や認知症の症状の一つに、この見当識が障害され、自分がどこにいるのか分からず、パニックになることがある。

「大丈夫ですよ、八千代先生。私は刑事です」

「刑事？　私を捕まえる気⁉　やめて！　警察を呼ぶわよ！　藤田、こいつを私の家から追い出して！」

八千代は落ち着くどころか、さらにヒステリックに叫びはじめる。

これは危険か？　止めた方がいいか？　モニターに表示されている八千代の心拍数と血圧がさらに上昇していくのを見て、僕は迷う。

「ですから私が、警察官です。そしてあなたに呼ばれてきました」

「なんで私が警察なんか呼ばなくちゃいけないの⁉」

「覚えていないようですが、あなたは今朝、助けを求めてきたんです。『殺されかけているから助けてくれ』ってね」

「殺されるって、一体誰に⁉　わけが分からない！」

紅潮している八千代の顔が恐怖に歪む。

恐慌状態になっている八千代を目の当たりにして、彼女が正常な精神状態でないとようやく理解できたのか、成瀬は露骨に熱意を失った口調で言う。

「こちらにいる、院長先生にですよ」

成瀬は顎をしゃくって大鷲をさす。つられるように大鷲に視線を移した八千代の顔が、恐怖で染まっていった。

「そ、そいつ！　そいつが私の口封じをしようとしているの！　追い出して！　私に近づけないで！」

震える指で大鷲をさしながらガタガタと震えだした八千代の態度を見て、成瀬の表情が再び引き締まった。

「口封じ？　一体何について口封じをしようとしているとおっしゃるんですか？」

「病院を潰したことよ！　その男は私を使って、病院の建設計画を潰したの！」

つばを飛ばしながら、八千代は悲鳴じみた声で叫ぶ。

「病院の建設計画をね……。それについて詳しい話をお聞かせ願えますか？」

「やめて！　助けて！　みんな私の家から出て行って！」

顔を真っ赤にし、口の端に泡を浮かべながら八千代は叫ぶ。モニターに表示されている心拍数が毎分一四〇回を超え、収縮期血圧も二〇〇㎜hgに達している。限界だ。

「成瀬さん、そこまでです！　事情聴取をやめてください」

僕が鋭く言うと、成瀬は「あと少しだけですから」と手を振った。

「約束したはずです。僕が限界だと言ったら、事情聴取をやめて病室から出て行くって。これ以上は危険です！」

成瀬は苦虫を嚙み潰したような表情で小さく舌打ちをしたあと、「分かりましたよ。今日はこれまでにします」と踵《きびす》を返した。同時に、酒井が慌ててベッドに近づき、点滴の側管にシリンジを接続させる。

「鎮静をかけます。皆さんは部屋から出てください！」

白衣の上からでも分かるほど腹の贅肉《ぜいにく》を揺らしながら、酒井は処置をはじめる。

「酒井先生、あとはよろしく頼む」

大鷲の言葉に、処置を続けながら「承知しました」と答える酒井を尻目に、僕たちは続々と出入り口へと向かう。

「あと少しで詳しく聞き出せたのに……」

病室を出て引き戸が閉まると、成瀬は恨みがましく僕を見る。

「聞き出す前に、八千代さんが急変していた可能性もあります。あまり興奮させないようにと言ったじゃないですか」

「私が興奮させたわけじゃないですよ。あの方、最初からほとんどパニック状態だったじゃないですか」

「それが術後せん妄の症状です。そんな状態の患者さんに、まくし立てるように質問を浴びせたら、さらに混乱して当然です」

「それは失礼しました。皆さんと違って医学の知識がないもので」

心のこもっていない謝罪の言葉を口にしながら、成瀬は横目で大鷲を見る。

「それで、院長先生。さっき八千代先生が言っていたことは本当ですか？」

「私が彼女の命を狙っているということか？　そんなわけがない」

「そうじゃありません。八千代先生と病院の建設計画を潰したという話です」

「……それも妄想に決まっている。都議会議員の一人に過ぎない彼女に、病院の建設計画を止めるほどの力などあるわけがない」

淡々と大鷲が答え続けていると、それまで黙っていた鷹央が、「そうとは言い切れないぞ」と声を上げた。

「新しい病院を建設する場合は、各都道府県の知事に許可を得る必要がある。自治体の医療計画の責任者は、都道府県知事だからな。そして、都議会与党の重鎮である八千代は、都知事に極めて近しい」

大鷲が顔をしかめるが、鷹央はそれに気づく様子もなく話し続ける。

「新規に立ち上げられる病院について、知事にあることないことを吹き込めば、その建設計画を潰すのはそれほど難しい話じゃないはずだ。地元医師会との関係も強い叔父貴なら、そこから圧力をかけることも可能だ。本気を出せば、総合病院の新規開設を妨害することぐらい十分にできる」

また余計なことを。せっかく妄想で片付きそうだったのに……。頭痛をおぼえて、僕はこめかみを押さえた。

「それは、院長先生が実際にそのようなことをしたという告発ですか？」

成瀬の問いに、鷹央は「いや、あくまで一般論だ」と首を横に振る。

「そうですか。院長先生、いまの天久鷹央先生の意見はいかがでしょう？」

成瀬はずいっと大鷲に近づいた。

「鷹央は私に強い敵愾心《てきがいしん》を抱いている。そこからくる偏見に基づく馬鹿げた意見だ」

「馬鹿げたとは何だ、馬鹿げたとは」

鷹央は苛立《いらだ》たしげに声を上げる。

「確かに私はお前が嫌いだ。顔を見るだけで虫唾《むしず》が走る。特にそのやけに綺麗《きれい》にセットされたあごひげがムカつく。いつか鷲摑《わしづか》みにして引っこ抜いて……」

「鷹央先生、ストップ、ストップ。話が逸れてます」

大鷲の悪口をまくし立てはじめた鷹央を、僕は慌てて止める。

「逸れている？　何がだよ？」

「成瀬さんが聞きたいのは、院長先生が新規病院の開設を妨害できるのかどうかです」

「ああ、そういえばそうだったな……」

鷹央はつまらなそうに言うと、成瀬の目をまっすぐに見つめた。

「私は叔父貴が大嫌いだ。ただ、だからと言って真実を歪めて、その人物をけなしたり、貶《おとし》めたりはしない。真実というものは、私にとって何よりも大切なものだからだ。私と一緒に何度も事件を解決してきたお前なら分かるだろう」

水を向けられた成瀬は、「ええ、まあ……」と、ほんのわずかにあごを引いた。

「その上で言おう。叔父貴はむかつく奴《やつ》だが、病院の経営能力、周囲の医療機関とのコミュニケーション能力、自分の理想とする医療を提供するための政治力と交渉力、それらについてかなり優れている。この病院の経営状態を良好に維持するために、様々な搦《から》め手を使う能力は間違いなくある。しかし、実際にそれをやったかどうかまでは私には分からない」

「なるほど……、ご意見ありがとうございます。それでは院長先生、もう少しだけお話を伺わせていただけますか」

「それはできない」

大鷲に即答された成瀬は、「できない？」と眉間にしわを寄せる。

「なぜですか？　警察に協力するのは善良な市民の義務だと思いませんか？」

「私は善良な市民として、この病院を運営し、地域医療に貢献をしている。あなたはその私の時間を奪い、患者の治療を妨げようと言うのか？」

大鷲の迫力に押されたのか、成瀬は「妨げようというわけでは……」と言葉を濁した。

「ここは外科病棟だ。多くの重症患者が戦っている場所だ。院長である私の時間を奪うことは、この病棟をはじめとした六百床を超える病院の機能を低下させることにつながる。その結果、助かるはずの患者が命を落とす可能性も否定できない。それでもあなたは、令状がないにもかかわらず、私に話を聞かせろと強制してくるのか？　だとしたら、その法的根拠はどこにあるのか教えていただきたい」

淡々と、しかし、ほとんど息継ぎをすることなく大鷲はまくしたてる。

……この追い込み方、鷹央先生にそっくり。やっぱり、血は争えないな。

鷹央が聞いたらブチ切れそうな感想を僕が抱いているなか、成瀬の表情が引きつっていく。

「これから私は外来がある。患者が診察を待っている。もし、あなたがどうしても話を聞きたいというのなら、あなたからその患者たちに説明をしていただきたい」

大鷲はとどめとばかりに言い放つ。

「……いえ、今日のところは結構です。八千代先生のご体調が改善したら連絡をください。改めてお話を伺わせていただきます」

悔しそうにつぶやいた成瀬は、「ただし……」と付け加えた。

「万が一、八千代先生の身に何かあった場合は、我々は全力で捜査をしますので、そのおつもりで」

成瀬は踵を返して去っていく。その大きな背中を見送った大鷲も、「では、外来に行ってくる」と離れて行った。

「それじゃあ私たちも仕事をはじめるとするか」鷹央は大きく伸びをした。

「え、普通に仕事をはじめるんですか？」

僕が訊ねると、鷹央は「なに言っているんだ？」と、猫を彷彿させる大きな目をしばたたいた。

「もう始業時刻が過ぎているぞ。仕事をはじめるのは当然だろう。時間通り勤労に勤《いそ》しまないとな」

鷹央は大根役者が台本を棒読みするような口調で言いながら、そばに立っている真鶴をちらりと見る。

さぼって真鶴に叱られることを恐れているのだろう。けど……。

「けど、八千代さんの件については調べなくていいんですか？」

その小さな頭に詰め込まれた、超高性能の脳をフル回転させる機会を、鷹央は常に求めている。だからこそ成瀬がやってくると聞いて、嬉々として僕たちを引き連れてここにきた。なのに、こうもあっさり引き下がるとは……。

「別に調べるようなことなんてないだろ。八千代和子の症状は、不完全な術後管理によって起きた敗血症の可能性が高い。それに、叔父貴がライバルになりそうな総合病院の建設を、八千代と一緒に差し止めたという件についても、別に私が解明するような謎があるわけじゃない」

言われてみればそうだ。成瀬がやってきたため、また何か大きな事件が起き、それに鷹央が首を突っ込もうとするのではないかと思っていたが、杞憂《きゆう》だったようだ。

今回の件に、鷹央が食いつくような不可思議で魅力的な謎は存在しない。となれば、彼女が興味を失うのも当然だ。

「鷹央、八千代先生の治療について何かアドバイスとかないかしら？」

真鶴が訊ねる。その女優顔負けの端整な顔には強い不安が浮かんでいた。

「え？　アドバイスって何について？」

「それは診断や治療について……」

真鶴が言葉を濁すと、鷹央は「姉ちゃん」と諭すように語りかけた。

「診断についてはおそらく、叔父貴は私と同じように細菌感染による敗血症が疑わしいという結論に達していて、それを確認するための検査も終えている。そうなると治療は、起炎菌の薬剤感受性が分かるまでは、広域スペクトラムの抗生剤の投与と、全身状態の管理になる。抗生剤の投与はもう行っているし、全身管理は酒井が付きっきりでやっている。いまのところ、私がアドバイスするようなことなんてないさ」

そこで言葉を切った鷹央は、皮肉っぽく唇の片端を上げた。

「そもそも、叔父貴が私のアドバイスを聞くとも思えないしな」

「そう……。でも、もし院長がアドバイスを欲しいって言ったときは答えてあげてね」

「そんなことは天地がひっくり返ってもないと思うけれど、万が一の時は考えてやってもいいよ」

そこで言葉を切った鷹央は、いやらしい笑みを浮かべる。

「まあその際には、頭の一つでも下げてもらわないとな」

4

「疲れましたー」

鴻ノ池が気の抜けた声を上げながら、玄関扉を開く。

成瀬が病院に押しかけてから約八時間後、勤務を終えた僕たちは、病院の屋上に鎮座する鷹央の自宅兼統括診断部の医局である〝家〟に戻っていた。

「診察依頼が多くて疲れた。なのに、面白い症例がなくてつまらなかった」

鷹央は床から生えている〝本の樹〟の間をすり抜けながら部屋の奥に行くと、倒れ込むようにソファーに腰掛けた。

「ちょっと考えれば何の疾患か見当がつくような患者ばっかりじゃないか。他の科のやつら、診断が面倒だと全部うちに押し付けてないか？　もうちょっと自分たちでも頭使えよな」

ローテーブルに置かれていた漫画本を手に取りながら、鷹央がブツブツと愚痴をこぼす。

「ご機嫌斜めだなぁー」

ソファーに横たわって漫画本を読み出した鷹央を眺めながら僕は小声でつぶやく。

「今日は本当に診察依頼多くて、一日中病院の中を歩き続けて各病棟を回っていた感じでしたからね。それに朝のこともあるし」

鴻ノ池が含みのある口調で言いながら近づいてくる。

「なんだよ、朝のことって」

「あれですよ。小鳥先生が外科に取られちゃうかもしれないってことですよ」

「それは誤解だって何度も説明しただろ」

「誤解と言われても不安になるのが女ってものなんですよ」

「何の話だよ？」

「男ってすぐに誤解だ、誤解だ、ってごまかすけど、そうやって焦って言い訳する時に限って、実は浮気してるんですよね。……本当に最低」

僕を見る鴻ノ池の瞳に、なぜか軽蔑の色が浮かびはじめる。

「いや……本当に何の話なんだよ？」

「だから、男なんてみんな下半身に脳みそあるってことですよ。愛してるとか、君だけとか言っておきながら、ちょっと可愛《かわい》い子にアプローチされたら骨付き肉を見せられた犬みたいに尻尾を振って、よだれ垂らしはじめるんだから。本当にムカつく」

なにやら苛立ちはじめた鴻ノ池から、僕はそっと距離を取る。こいつの過去に何があったか知らない、というか知りたくないが、近くにいると八つ当たりされて、お得意の合気道でぶん投げられかねない。

僕はとりあえず今日見た患者の診療記録をまとめようと、電子カルテが置かれているデスクに近づき、椅子に座った。

マウスに手を置いたところでふと思い立って、八千代和子の診療記録を確認する。八千代は外科に入院しているので、僕の担当ではないが、自分が手術に入った患者の状態はやはり気になった。昨日から抗生剤を広域スペクトラムのものに切り替えているので、そろそろその効果が出て全身状態が良くなっているはずだ。あとは起炎菌さえ確定すれば、問題なく回復させることができるだろう。

そんなことを考えながらマウスを何度かクリックした僕は、ディスプレイに表示されたカルテを見て目を見張った。

八千代の病状は改善どころか、朝のデータよりさらに悪化していた。体温は四十度近くまで上がり、心拍数も常に毎分一三〇回を超えるようになっている。

抗生物質が効いていない？　多剤耐性菌の院内感染だったのだろうか？　だとしたら、大部分の抗生剤が無効になる。その場合、血液培養で起炎菌を確定し、さらに薬剤感受性の検査で有効な抗生物質を見つけてそれを投与しなければ……。

再びマウスを操作し、血液培養検査の結果を確認する。次の瞬間、口から「え？」という呆《ほう》けた声が漏れた。

「どうした小鳥、カピバラのあくびみたいな声を出して」

鷹央は漫画本を読んだまま、興味なさげに尋ねてくる。

「カピバラってあくびするんですか？　って、そんなことより、大変です！　八千代さんの病状がどんどん悪化しています」

「なに？　抗生剤が効いてないのか？　血液培養は結果が出ているか？」

漫画本をローテーブルに置いた鷹央は、ゆっくりと身を起こした。

「はい、出ています」

「多剤耐性菌か？」

「いえ……、違います」

「はぁ？　多剤耐性菌じゃないのに、広域スペクトラムの抗生剤が効かないのか？」

鷹央の眉間にしわがよるのを見て、僕は「そうじゃないんです」と首を横に振った。

「血液培養が陰性なんです。起炎菌が発見されていません」

「な⁉」

鷹央の目が大きく見開かれる。

「本当に血液培養が陰性なのか？　ちゃんと、二セット採ってあるのか？」

「はい、マニュアル通り好気性菌と嫌気性菌のボトルそれぞれ二本、合計四本の血液培養を採取していますが、全て陰性です」

「じゃあ、細菌感染による敗血症じゃないってことですか？」

鴻ノ池が唇に指を当てる。

「そうなるな。他にも様々な部分で培養検査をしているけれど、全て陰性だ。だから抗生物質が効かないんだ」

「細菌感染じゃないなら、何が原因でこんなに高熱が出て、血液データでも炎症マーカーが高くなっているんですか？」

「……分からない」

僕はゆっくりと首を横に振る。

「ただ、八千代さんの状態は明らかに悪くなっている。このままだと本当に危険だ」

近づいてきた鷹央が「そうだな」とディスプレイを覗き込んだ。

「細菌感染じゃないとすると、この三日間、意味のない治療をしていたということになる。いまは対症療法で何とか全身状態を保っているが、このままじゃジリ貧だ。早く原疾患を突き止めて適切な治療を行わなければ、……近いうちに八千代和子は命を落とすことになる」

鷹央が険しい顔で唇を舐《な》めたとき、唐突にノックの音が響いた。鷹央が「開いているぞ」と声をかけると、ゆっくりと玄関扉が開いていく。

「姉ちゃん、どうしたんだ？」

部屋の中に入ってきた真鶴を見て、鷹央がまばたきをする。

「八千代先生の件でちょっとお話があるの」

「ああ、ちょうどいまカルテを見ていたところだよ。かなり良くない状態だな」

「そうなの。それに、なんでこんな状態になっているか分からないらしくて、外科のみんなが、いいえ、病院全体が困ってる……」

「このまま状態が悪化して亡くなったりすれば、警察が本腰を入れてうちの病院を調べ出すだろうしな」

鷹央は後頭部で両手を組んだ。

「ええ、だから力を貸してくれないかしら」

「私の力を？」鷹央は自分の顔を指す。

「ええ。あなたに、どうして八千代先生の状態があんなに悪くなっているのか、どうやったら治療できるのかを調べて欲しいの」

懇願するように両手を合わせる真鶴を見て、鷹央は難しい顔で考え込む。

「……単純な細菌感染による敗血症ではなさそうなので、確かに私が原因を探り診断を下すべきなのかもしれない。けれど、統括診断部は主治医の依頼がなければ他科の患者を勝手に診察するわけにはいかない」

いや、結構いつも勝手に診察しているような気がするんだけど……。

「つまり私が八千代和子に診断を下すためには、主治医である叔父貴の依頼が必要だ。叔父貴は私に依頼するのを嫌がるんじゃないか？」

「それは……」

真鶴が答えかけたとき、それを遮るように足音が響いた。

「……叔父貴」

真鶴の後ろから姿を現した大鷲の姿を見て、鷹央の目がすっと細くなる。

「統括診断部に正式に依頼をしに来た。八千代先生を診察して診断を下してほしい」

大鷲はいつも通りの、低く平板な口調で言った。

「ふーん、なるほど。正式に依頼をしたいのか……」

鷹央は首を軽くそらし、いやらしい笑みをその唇にたたえる。

「まあ、依頼を受けてやるのはやぶさかではないが、頼むならそれなりの態度があるんじゃないか。例えばそうだな……土下座してお願いするとか」

思いっきりふっかけたな、この人……。

呆れている僕の前で、大鷲は片眉を上げる。

「統括診断部にとって、診察依頼を受けることは通常業務だ。そんなくだらない見返りなど必要ないはずだ」

「ああ、通常業務だ。普通の時間帯ならな。けれどいまは勤務時間外だ。つまり、これは時間外労働というわけになる。通常業務で対応して欲しいなら、明日以降の診察というわけになるが、それでもいいのか？　八千代和子の容態なら、少しでも早く診断をして治療に入るべきじゃないのか？」

　鷹央はにやにやしながら、思いきり胸を反らした。

「……なるほど、お前の言うことにも一理ある。悪くない交渉術だ」

「叔父貴に褒められても嬉《うれ》しくない、と言いたいところだが、医療よりも政治家や地元医師会との交渉の方が得意なお前に勝ったのは、正直なかなか痛快だな」

　満足げに鼻を鳴らす鷹央に、大鷲は一瞥《いちべつ》をくれた。

「いや、私に交渉で勝つには、まだまだ実力不足だ」

「……どういう意味だ？」訝しげに鷹央の眉毛が寄る。

「考えてみろ。もし八千代先生に万が一のことがあったら、警察は私を疑うだろう。最悪の場合、病院経営に影響が出ないよう、私は責任を取って院長を辞任しなければならないかもしれない」

「それは結構なことだ。お前がいなくなったら統括診断部はもっとのびのびと……」

「次の院長は鷹央、お前だぞ」

　かぶせるようにして発せられた大鷲の言葉に、勝ち誇るような表情を浮かべていた鷹央が硬直する。

「私が……院長……？」

「当然だろう。私が急に辞任すれば、副院長であるお前が代わりに院長の役職につくことになる」

「そ、それって一時的に……、だよな？」

「いや、臨時理事会によってすぐにでも正式にお前が院長に命じられるだろう。天医会総合病院は天久家の私立病院だ。そして、院長を務めるには医師免許が必要だ。前院長であるお前の父親は完全に引退して、悠々自適な生活を送っている。お前以外、天久家で院長に就任できるものはいない」

「あ、兄貴がいるじゃないか！」鷹央は悲鳴じみた声をあげた。

「翼《つばさ》はダメだ」

大鷲は大きくかぶりを振った。

「すぐに家を出て、どこぞのクリニックでよからぬ仲間たちと裏社会に関わっているような男を、この天医会総合病院の院長にするわけにはいかない。誰が何と言おうと、私が失脚した場合の院長はお前だ」

「院長なんかになったりしたら……」鷹央の顔がみるみると青ざめていく。

「お飾りの副院長とは違い、病院を安定経営していくための大量の仕事をこなしてもらうことになる。当然、政治家や地元医師会の幹部をはじめとする様々な関係者との面談、多くの会合への出席もお前が全部担うことになる」

口を半開きにしてぷるぷると震えている鷹央に、大鷲は軽い口調で、「もしそうなった場合は、頑張ってくれ」と声をかけた。

やっぱり交渉術では院長の方が一枚も二枚も上手だな……。

呆れと感心が入り混じった感想を僕が抱いていると、鷹央が「小鳥！　舞！」と振り返る。その表情はいまにも泣き出しそうだった。

「すぐに八千代和子の診察に行くぞ！　可及的速やかに診断を下して、適切な治療を行うんだ」

僕たちの返事を待たず、鷹央は短い足をちょこまかと動かし走って玄関へと向かうと、（おそらくはわざと）大鷲に軽く体当たりをしてから外へと飛び出した。

「ああ、鷹央先生、待ってくださいよ」

僕と鴻ノ池は慌てて鷹央のあとを追って〝家〟を出る。すでに鷹央の姿は屋上にはなく、階段室の扉が大きな音を立てて閉まるところだった。

「鷹央先生、めちゃくちゃ素早いですね。よっぽど院長になるの嫌なんでしょうね」

鴻ノ池が苦笑いをする。

「まあ、事務作業とか会合に出るとか、鷹央先生が一番苦手なことだからな。それより急いで追うぞ。運動神経が壊滅しているあの人が急いで階段を駆け下りたりしたら、転んで怪我《けが》するかもしれないからな」

「ラジャーです」

僕たちは小走りで階段室へと向かい、階段を駆け下り、七階病棟に到着する。病棟を早歩きで進んでいると、廊下の奥に八千代の病室の引き戸を開け、室内を覗き込んでいる鷹央の姿が見えてきた。

「鷹央先生、どうしたんですか？　八千代さんの診察、しないんですか？」

近づきつつ僕が声をかけると、鷹央は首だけ振り向いて肩をすくめた。

「これでどうやって診察しろって言うんだ？」

鷹央の肩越しに病室を覗き込んだ僕は固まってしまう。

そこには誰もいなかった。

八千代が寝ているはずのベッドはもぬけの殻になっていた。

「え？　八千代さんはどこに？　検査に行ったとか、ＩＣＵに移されたとか？」

鴻ノ池が視線を彷徨《さまよ》わせる。

「いや、違うな。あれを見ろ」

鷹央はベッドを指した。そこには、雑に剝がされた心電図の電極や、むりやり抜かれたと思われる血の付いた点滴針が放置されていた。

誰もが呆然《ぼうぜん》としている中、鷹央が低い声でつぶやいた。

「八千代和子は逃げ出したんだ。……このまま入院していては殺されると怯えてな」

5

僕と鴻ノ池が、〝家〟の玄関扉を開けて中に入った瞬間、ソファーに座っていた鷹央が腰を浮かす。

「八千代は見つかったか？」

「いいえ、見つかっていません」

僕はゆっくりと首を横に振った。

「院内はもちろん、病院の敷地内も徹底的に探しましたけれど、まだ八千代さんは発見できていません」

「ということは、敷地の外に出たのか。これは厄介だな」

鷹央は険しい顔であごを撫《な》でた。

八千代和子が病室から消えていることが発覚してから、すでに三時間以上が経《た》っている。一報を受けた大鷲は、すぐに警備員や手の空いている者たちに指示を出し、病院内の捜索をはじめた。

夜勤の警備員だけでなく、勤務時間が終わった医師、看護師をはじめとする医療スタッフたちにも協力を要請し、(事務長である真鶴が、『残業代がとんでもないことになる……』と顔を青くしていたが) 数十人の捜索隊を結成した。

僕と鴻ノ池も、それに加わって院内を駆けずり回った。最初のうちは鷹央も参加していたのだが、ものの数分で息を乱しはじめ、階段を上がる途中で力尽きて膝をつき、「私はもうだめだ。お前たちだけで先に行ってくれ」と、なにやら戦争映画の負傷兵のようなセリフを吐きだしたので、足手まといと判断して、屋上の〝家〟で待機してもらっていた。

「病院外となると、警察の連絡待ちですかね」

鴻ノ池が鼻の付け根にしわを寄せる。

捜索開始から三十分ほどしても発見に至らなかった時点で、大鷲は成瀬に連絡を取り、八千代の失踪を伝えるとともに、警察による周辺の地域の捜索を依頼していた。昼に大鷲にあしらわれている成瀬は、最初は少し渋ったようだが、地域選出の有力都議会議員が重症の状態で行方不明という事態を無視はできず、署長へと情報を上げてくれたらしい。おかげでかなりの数の警察官が、病院の周囲を探してくれていた。

「成瀬から連絡はないんだな?」

「はい、まだありません」僕はあごを引く。

「成瀬の性格からして、警察が八千代を発見したら、いの一番に私たちに連絡をしてきて、嫌味たっぷりに自慢してくるはずだ」

確かに成瀬さんなら間違いなくやるだろうな……。

「つまり、警察も八千代を発見できていないということだ。かなりまずい状況だ」

「まずい状況って、どういうことですか？」鴻ノ池が不安そうに首をすくめた。

「いくらＶＩＰが失踪したといえど、警察も動員できる人数には限りがある。まずは病院の近くから捜索をするはずだ。しかし警察の介入から二時間以上経っているにもかかわらず、いまだに発見できていない。警察の捜索範囲外まで移動しているか、もしくは警察が勝手には探せない場所、例えば民家の敷地内などに隠れている可能性が高いな。どちらにしても早く発見しないと危険だ」

「危険……」鴻ノ池の表情が強張《こわば》る。

「舞も昼に見ただろう、八千代の全身状態を。もう秋で、夜は気温もだいぶ下がる。あそこまで全身状態が悪化し消耗している患者が、こんな寒空の下で放置されたらどうなると思う？」

「……死亡します」

かすれ声で答える鴻ノ池に、鷹央は「そうだ」と重々しく頷いた。

「け、けれど、そんなに体調が悪くなったら、さすがに命を落とす前に誰かに助けを求めるんじゃないですか？」

「どうだろうな。八千代が病院から逃げ出したのは、せん妄状態による被害妄想で、このまま病院にいれば自分は殺されてしまうと怯えていたからだ。誰かに助けを求めれば、救急車を呼ばれて病院に連れ戻されると分かっているはずだ。どれだけ病状が悪化しても、身を隠そうとし続けるかもしれない」

「……八千代さんが行方不明になってから、もう三時間以上経っています。あれだけ危険な状態だった八千代さんが、その間一切の治療を受けなかったら、そろそろ限界がくるはずです」

僕が低い声で言うと、鷹央は「その通りだ」と表情を険しくする。

「だからこそ一刻も早く八千代和子を発見し、治療を開始する必要がある」

「一刻も早くと言っても、もう可能な限りの人員は動員してますよ」

「そうだな……」鷹央はこめかみを掻く。「八千代の甥の藤田とかいう男はどこにいる？　少しはおとなしくなったんだろう？」

藤田の名前を聞いて、僕と鴻ノ池は思わず顔をしかめる。八千代が行方不明になったという連絡を受けて病院に駆けつけた藤田は、病室に入るなり、「八千代先生が行方不明ってどういうことなんですか⁉　この病院の管理はどうなっているんですか⁉　ふざけるな！　訴えてやる！」と大声でわめきはじめた。ほとんどパニック状態の藤田を落ち着かせる役目は、なぜか大鷲から、僕と鴻ノ池に押し付けられた。

「小鳥遊先生は、八千代議員が救急搬送された際に、藤田さんとやり取りをしている。それに鴻ノ池先生は、優秀な研修医で、患者からの信頼が厚いと聞いている。なによりも、鷹央とまともに会話できる素晴らしいコミュニケーション能力を持っている君たち二人なら、きっと藤田さんを落ち着かせ、八千代議員の居場所の心当たりを聞き出せるはずだ」

そんな風に言いくるめられ、仕方なく藤田の相手をしたのだが、そもそもコミュニケーション能力というのは、会話が可能な状態でこそ発揮できるものだ。叔母であり、雇い主でもある女性が行方不明になったことで恐慌状態に陥って、ほとんどこちらの言うことを聞こうとしない藤田を落ち着かせるのに、僕たちはさんざん罵声を浴びせられ続けることになり、叫び疲れて少しは落ち着いた彼から、「八千代先生の行き先に心当たりなんてありません」という答えを聞き出すまでに三十分以上を要したのだった。

「藤田さんはたぶん病室にいると思います。そこで、関係者に片っ端から連絡を入れて、八千代さんの行き先を知らないか訊ねていますから」

「いくら政治家で顔が広いと言っても、三時間もあれば軒並み連絡は取れただろう。いまなら話す余裕があるはずだ。というわけで、行くか」

「行くかって、藤田さんに話を聞くんですか？」

「そうだ、あの男から、八千代の居場所についての手がかりが得られるかも」

ソファーから立ち上がった鷹央は、僕たちの脇をすり抜けて家の外に出る。

「あ、ちょっと待ってくださいよ」

僕は鴻ノ池と共に慌てて鷹央のあとを追う。

「藤田さんが手がかりを持っているって、どういうことなんですか？　さっき僕と鴻ノ池が話を聞きましたけれど、八千代さんがどこに行ったのか全く見当もつかないって言っていましたよ」

「あの男が自分で気づいていないだけの可能性がある。あいつは甥っ子であると同時に秘書、つまり八千代を一番身近で支えてきた人物だ。様々な情報を持っている。それを聞き出し、『ここ』で処理することで、なにか気づくことがあるかもしれない」

鷹央は自慢げに自分のこめかみをコツコツと叩《たた》いた。

「少なくとも私が捜索隊に加わるより、藤田から情報を引き出す方が役に立つだろ」

「確かにそうですね」

ナマケモノ並みの体力しかない鷹央先生が捜索隊に加わっても、役に立つどころか、足を引っ張るだけだろうしな……。

胸の中でつぶやきながら僕たちは屋上から七階病棟へと降り、八千代の病室の前までやってきた。鷹央は「邪魔するぞ」と、ノックもせずに引き戸を開ける。広々とした病室の中では、藤田がパイプ椅子に腰掛け力なくうなだれていた。

「『あしたのジョー』の最終回みたいだな。真っ白に燃え尽きちまったって感じだ」

デリカシーのない鷹央のつぶやきに、顔を上げた藤田の瞳に怒りの炎が灯《とも》った。

「ふざけないでくれ！　誰のせいでこんなことになっていると思っているんだ⁉」

「誰のせいだと思っているんだ？」

鷹央は小首を傾げる。質問に質問で返された藤田は虚を突かれたのか、一瞬言葉に詰まった。

「そ、そんなの、あんたたちに決まっているじゃないか」

「あんたたちというのは、私を含めた複数の人数ということだな」

「そ、そうだ。あんたは病院の職員なんだろう？」

全く動揺を見せることなく、質問をぶつけてくる鷹央に、藤田の顔にうかぶ困惑が濃くなっていく。

「確かに私は病院の職員だ。では私にどんな責任がある？　八千代は救急部に搬送され、その後、外科が手術と術後管理を担当した。統括診断部の部長である私は、八千代の治療に一切関わっていない。そんな私にお前はなんの責任があると言うんだ？」

「それは……」藤田の視線が泳ぐ。

いや……、鷹央先生は統括診断部の部長だけでなく、この病院の副院長でもあるんだから、ほんのちょっとぐらいは責任あるんじゃないかな。

僕は内心で突っ込むが、口に出したら面倒くさいことになるので黙っておく。

「病院は治療を希望する患者に対して、それを行う施設でしかない。成人である八千代が病院を個人の意思で出ようとした場合、無理やり止める権利は病院にはない」

「それはそうですけれど……」

畳み掛けるように鷹央にまくし立てられ、藤田はごにょごにょと言葉を濁した。

「お前は雇い主である八千代を早く発見して助けたい。そうだな？」

鷹央はずいと藤田に近づく。完全に呑まれている彼は「は、はい」とのけぞった。

「それなら私に情報をよこせ。そこから八千代の居場所が分かるかもしれない」

「関係者にはできる限り電話をかけて話を聞きました……。けれど八千代先生の居場所を知っていたり、今日、先生から連絡があった人は誰もいませんでした。先生がどこにいるのか全く分からないんです」

「お前が分からなくても、私なら分かるかもしれないんだよ」

「あなたなら分かる？」訝しげに藤田は聞き返す。

「そうだ。私の脳は、お前とは比べ物にならないほどの処理速度がある」

暗にというか、ほとんど直接的に、『お前は私より頭が悪い』と告げられた藤田の鼻の付け根にしわが寄る。しかし、鷹央は気にするそぶりも見せず言葉を続けた。

「私の頭脳なら、同じ情報からでもお前よりはるかに様々なことを導き出すことができる。だからお前が知っていることを私に教えろ」

不満げな表情を浮かべつつも、少しでも叔母で雇い主の見つかる可能性があればと思ったのか、藤田は「分かりました」とあごを引いた。

「それで、なにが聞きたいんですか？」

「まずは、八千代の入院前の健康状態についてだ。八千代和子はこれまで大きな病気などに罹《かか》ったことはなかったか？」

「ちょっと待ってください。入院前の先生の状態なんてどうでもいいじゃないですか。それより、先生がどこに行ったのか、いまどこにいるのか、考えてくださいよ」

「そのために病気のことを聞いているんだ。ぐだぐだ言っていないでさっさと答えろ」

鷹央が苛立たしげにかぶりを振ると、藤田は「どういうことですか？」と訊き返した。

「甥で秘書のお前が思い当たるところ全てに連絡を入れても、見つからなかったんだろ？　ということは、普通のアプローチでは八千代の居場所を特定するのは難しいということだ。そういう場合、思わぬ情報から有力な手掛かりが見つかることがある」

鷹央は早口でまくし立てる。

「今回、手術自体は成功したはずだし、明らかな細菌感染も認められなかったにもかかわらず八千代は高熱を出し、重篤な状態に陥っていた。なぜ八千代の体調は治療のかいもなく悪化し続けていったのか、八千代の身になにが起きていたのか、それを解き明かすことで、八千代がどこへ向かったのかが分かる可能性もある。分かったらとっとと話せ。時間の無駄だ」

鷹央に一喝された藤田は、疑わしげな表情を浮かべながらも口を開く。

「八千代先生は、これまで特に病気などされたことはありませんでした。少なくとも、診断はされていません」

「本当か？　還暦を越えているんだろう？　体に色々なガタが来てもおかしくない頃だ。健診や人間ドックなどはしっかり受けていたのか？」

「いいえ、全く」

藤田が首を横に振るのを見て、鷹央は目を剝いた。

「全く!?　有力政治家なんだろう？　政治を行うのに健康の維持は重要じゃないのか？」

「私たちも、できることなら定期的に健康診断を受けていただきたかった。特に、今年に入ってからは目に見えて疲れていて、様子がおかしかったから。けれど、八千代先生は断固として首を縦に振りませんでした。あの方は病院を徹底的に嫌っていましたから」

「どうしてそこまで病院に対して強い拒否感を持っているんだ？」

「それは……色々とありまして」

藤田は露骨に視線を外した。

「『色々とありまして』じゃ分からないだろう。雇い主を見つけたいなら、知ってること全部言え」

鷹央に詰め寄られた藤田は覚悟を決めたかのような表情になると、静かに言った。

「二十年ほど前に先生の夫、つまりは私の叔父が亡くなった件に関係しています」

「夫が亡くなった件？　医療過誤でもあったのか？　そのせいで病院に強い不信感を持ったとか？」

「……その方がまだましでした。医療ミスなら、その後責任を認めさせ、賠償も受けることができたでしょうから」

「ああ、まどろっこしいな。もったいぶるな。時間がないんだ」

「医療詐欺にあったんですよ」

「医療詐欺？　どういうことだ？」

鷹央が訝しげに尋ねると、藤田は大きくため息をついたあと、淡々と話し始めた。

「言葉通りですよ。詐欺師の医者に騙《だま》されて、叔父が命を落としたんです。二十年前、中規模の不動産会社を経営していた叔父は健診で胃がんが発見されました。幸いにも初期の胃がんだったため、手術をすれば治る可能性が高かった。けれど、叔父はかなり気が小さくて、手術のリスクを聞いて恐ろしくなった」

「二十年前といえば、インフォームドコンセントがしっかりと根づきはじめた頃ですからね。全身麻酔や手術の際のリスクは、起こる可能性が低いものでもしっかりと説明した上で、手術の必要性を伝えたはずです」

僕が口を挟むと、藤田は「その通りです」と頷いた。

「叔父がどうにか手術を避けられないかと悩んでいたとき、とある医師の本を書店で見つけました。そこには『がんに対する手術や抗がん剤の使用は、全て医者が金儲《かねもう》けをするために行っているもので、そんなことをしてもがんは治らないどころか、体を痛めつけて寿命を短くするだけだ』と書かれていました」

「なるほどな。確かに『詐欺師の医者』だ」鷹央の顔に、濃い嫌悪が浮かぶ。

「そういうのって昔からあるんですね」

硬い表情で鴻ノ池がつぶやくと、鷹央は「いくらでもあるぞ」とあごを引いた。

「一流の科学者による査読が入る医学雑誌の論文などとは違い、本という形なら、どれだけでたらめでありえない内容でも出版することができる。そして、センセーショナルな煽《あお》り文をつけて不安を掻き立てて売り上げを伸ばすんだ」

「でも医学についてのでたらめな内容って、それを読んだ人に健康被害を与えるかもしれないじゃないですか。それなのに問題にならないんですか？」

「問題にはなってるさ。ただ、この国では出版の自由、表現の自由が憲法で保障されている。だから法的にその出版を取りやめさせることはできないんだ」

鷹央は大きく首を振ると、藤田に視線を戻す。

「それで、八千代の夫はがんの手術を拒否したんだな？」

「それだけじゃありません」

硬い声で藤田は言う。鷹央の眉が「それだけじゃない？」とピクリと上がった。

「本には『がんをほぼ百パーセント消し去ることができ、副作用もない治療法がある』と書かれていて、最後に、『その治療を日本で唯一受けられる』と著者の医者のクリニックの宣伝がついていました」

「ああ、ありがちだな。もはやテンプレートと言っていい」

鷹央が弱々しく苦笑すると、鴻ノ池の鼻の付け根にしわが寄る。

「そんな治療法、あるわけないじゃないですか。そんなものがあったら、標準治療として実用化されて、世界中で使われているに決まってます」

「普通に考えればそうだな。ただ、そういう本には決まってこうつけ加えられているんだよ。『この治療法が広がったら、手術や抗がん剤で儲けている医者や製薬会社が立ち行かなくなるから、実用化を妨害されている』ってな」

皮肉っぽく鷹央が鼻を鳴らすと、藤田は「そうです」と顔をしかめた。

「まさに、いま先生がおっしゃった通りのことが書かれていました。だから叔父はそれを信じてその医師のクリニックを受診して、極めて高額な治療を受け始めました」

「どんな治療だったんですか？」

半ば答えを予想しつつも、僕は訊ねずにはいられなかった。

「確か、自分の血液の中からがんを攻撃する白血球を取り出して、増殖させてから戻すとかなんとかいう治療法だったと思います。私も専門ではないので詳しいことは分かりませんけれど……」

「ああ、NK細胞療法だな。確かにナチュラルキラー細胞には腫瘍細胞を攻撃する性質がある。それを増殖させてから体に戻すことでがんを治療できるのではないかと考えられた治療法だ」

「それって効果あるんですか？」

鴻ノ池の問いを、鷹央は「ないな」と一言で切って捨てる。

「様々なデータが取られたが、NK細胞療法ががん患者の予後を改善させるというエビデンスは得られていない。ましてや、がんを完全に治すなんてとてもできるような代物じゃない」

「叔父は何千万円もかけて、数ヶ月間、その治療を受け続けました」

「何千万円⁉」鴻ノ池の声が裏返った。「そんなにお金がかかるんですか？」

「自由診療だから、医者の言い値なんだよ。どれだけ高い治療費を要求しても、患者との同意さえ取れていれば法的にはなんの問題もない」

鷹央は吐き捨てるように言った。

「ええ、金銭的に余裕があった叔父は、むしろ高い治療費がかかることを喜んでいました。金がかかるということは、それだけ効果があると信じてたからです。叔父も叔母もその治療でがんは完全に治ったと思っていました」

「けれど実際は違った。そうだな」

鷹央に水を向けられた藤田は、痛みに耐えるような表情になる。

「そのクリニックで治療を受け始めてから一年ほどして、叔父はみるみると痩せていき、目に見えて弱ってきました。食欲も落ち、腹に強い痛みを訴えるようになりました。けれど、クリニックの医者にそのことを告げても、単に胃薬をくれるだけでした。痛みが改善するどころか、悪化していくことにしびれを切らした叔父がちゃんと検査をしてくれるように要求すると、その医者に『俺の治療が信頼できないなら他の病院に行け』と突き放されました」

「ひどい……」鴻ノ池が口元に手を当てる。

「ええ、ひどいです。叔父は仕方なく、最初に胃がんの診断を受けた病院を受診しました。すると、がんが全身に転移していて、もはや手の施しようがない状況だということが分かりました。そのまま入院して、一週間後には叔父はなくなりました。騙された自分を責め、苦しんだ末に……」

悲惨な結末に、僕は思わず唇を嚙む。外科医をしていた頃、同じように怪しい代替療法に騙され、財産と健康を奪われた末、放り捨てられた患者を何人か担当した。彼らは騙した医師と同じくらい、騙された自分自身へ強い怒りをおぼえていた。なぜ最初に診断をしてくれた主治医を信頼しなかったのか。なぜ、なんの副作用もなく簡単に病気が治るなどというあまりにも都合のよすぎる話を信じ込んでしまったのか。なぜ家族へ残すはずだった財産を、みすみすと詐欺師に渡してしまったのか。

「それって、クリニックの医者に返金を迫ったり、訴えたりはできないんですか？」

鴻ノ池が疑問を口にする。僕は「かなり難しいだろうな」と首を横に振った。

「そういう詐欺医療をしているクリニックは、亡くなった患者の遺族が激怒して抗議に来ることは想定内なんだよ。治療をはじめる前の説明の時点でそれとなく、百パーセント治るわけではないこと、どのような結果になろうが治療費の返金などはしないことを伝えて、その内容を契約書などに紛れこませているはずだ」

「おっしゃる通りです」重々しく藤田が頷く。「叔父の葬式が終わってすぐ、叔母はクリニックに乗り込みました。けれどそこの医者は『自分にはなんの責任もない』と主張した上で、『手術しようが死んでいた可能性はある。治っていると思い込んで、がんのことを忘れて一年間も幸せに生きられたのだから、その代金としては安いものだ』とうそぶいたということです」

「ひどすぎます。完全な詐欺じゃないですか！」

鴻ノ池は顔を紅潮させて拳を握り込む。

「がん患者さんの不安に付け込んで、金をむしり取った上、病気の治療の邪魔をするなんて。ある意味、人殺しですよ。そんなことが許されるんですか⁉」

「倫理的には許されないよな。けれど法的には許されているのがこの国の現状だな」

僕はため息交じりに答えた。

「なんでですか？　意味のない治療をして、大金を騙し取っているんですよね。犯罪じゃないですか！」

「確かに効くという証拠、つまりはエビデンスはない治療だ。だからと言って効果がないと断言できるわけじゃないんだよ。効果があるかないか分からないというだけだ。それにさっき鷹央先生が言ったように、自由診療においては、治療費をどんな値段設定にしようが患者の同意さえ取れていれば問題ない」

「けれど、外科手術を受けていれば治った可能性が高いんですよね」

食い下がるように鴻ノ池は言う。

「もちろんそうだ。ただ、手術の合併症で亡くなった可能性もあるし、がんを摘出してもその後再発して命を落とすことも十分に考えられる。どんな治療をするか選ぶ権利は、患者さん自身にあるんだよ」

「小鳥先生はそれで納得できるんですか？」

僕は「できるわけないだろ」と、大きくかぶりを振った。

「医者っていうのは公衆衛生を守るため、つまり、国民の健康を守るために尽くす義務を負うことを前提に医療行為を行う資格を得ているんだ。なのに、その肩書きを使って人の健康を奪うなんて許されるわけない。ただ……、それを罰する法律は残念ながら存在しないんだよ」

「日本では医者の裁量権、つまり患者に対してどのような治療を行うか決める権利はかなり強く保障されているからな」

鷹央が硬い声で言う。

「間接的にとは言え、他人の命を奪うような行為をしてるのに、なんのお咎《とが》めもなしなんですか？」

納得いかないという様子で、鴻ノ池は拳を握りしめる。

「そう……、お咎めなしだ」

押し殺した鷹央の声には、抑えきれない怒りが滲んでいた。

「いまこの瞬間も誤った医療情報が氾濫し、それを信じた者たちの健康を奪っていっている。情報がネットを通じて瞬く間に伝播《でんぱ》、拡散する現代においては、医療に関するデマはどんな武器よりも効率的に多くの人の命を奪う凶器なんだよ。刃物よりも、銃よりも、ミサイルよりもはるかに危険で、そしてはるかに容易に人を殺すことができる凶器だ」

「しかも罰されることなく、そして罪悪感なく使われる凶器」

僕が付け足すと、鷹央が「そうだ……」と唇を噛んだ。

鉛のように重い沈黙が病室に降りる。鷹央は気を取り直すように大きく息を吐くと、ゆっくりと口を開いた。

「とりあえず、なぜ八千代和子が医者嫌いになったかはよく分かった。けれど、八千代はかなり前から体調不良を訴えていたんだろう？　それは放置していたってことか？」

「放置していたわけじゃありません。ただ、病院以外で相談していました」

「体調不良を病院以外で？」鴻ノ池が小首を傾げる。「整体とか鍼灸《しんきゅう》とかでですか？」

「いいえ、違います。なんと言いますか、霊能力者みたいな……」

「霊能力者？」

あまりにも突飛な答えに、僕と鴻ノ池の声が重なった。

藤田は「はい」と首をすくめた。

「知り合いから紹介されて、霊能力みたいなもので治療のようなことをしている人物のところによく通っていたようです」

「霊能力みたいとか、治療のようなとか、なんだかあいまいだな」

鷹央の指摘に藤田はかぶりを振る。

「私もその人物について詳しくは知らないんですよ。体調が心配だったので、そんな怪しい人物ではなく、病院で診てもらうべきだと何度も説得しているうちに、八千代先生は、叔母は体調のことを、私と話さなくなりました。それに、最近は調子が良くなってきたようで、顔色も良かったし、減っていた体重もだいぶ戻っていたみたいだから、私もあまり突っ込んで聞かなくなりました。だから、その霊能力者とやらについて私は詳しくは知らないんです」

「しかし、怪しい免疫療法の次は、よりにもよって霊能力者か。お前の叔母はどんどん間違った方向に進んでいってないか？」

「私も何度も止めようとしたんです。けれど、叔母は聞く耳を持たなくて……」

藤田は肩を落とした。

「けど、それだけ病院が嫌いなのに、よく今回は受診しましたね」

鴻ノ池が疑問を口にする。

「さすがに症状が激烈でしたから。嘔吐をくり返し、激痛でのたうち回って、叔母にも意地を張る余裕がなかったんだと思います。だから、こちらの院長先生に連絡を取りました」

「そこだ」

鷹央は藤田の鼻先に指を突きつけた。

「どうして八千代はうちの叔父貴と親しいんだ？　どうして叔父貴の手術なら受け入れたんだ？　叔父貴はこの地域で最大規模の病院の院長だぞ」

確かに言われてみればその通りだ。病院を嫌っているというか、もはや憎んでさえいそうな八千代にとって、大鷲は決して受け入れられない立場の人間だったはずだ。

「簡単ですよ。叔父の胃がんを見つけ、手術を勧めてくれた外科医が大鷲先生だったからです」

藤田の表情がわずかに緩んだ。

「大鷲先生は手術を受けたくないという叔父に対して、『いまなら治すことができる。自分が責任を持って治療を行う』と寄りそってくれました。騙されて全身にがんが転移して戻ってきた叔父に対しても、咎めることなどをせず、少しでも苦痛が減るようにと緩和医療をしっかりとやってくださいました」

「なるほど。だから医療に対して強い反感を持っていた八千代和子も、叔父貴にだけは一定の信頼を置いていたということか」

藤田は「そうです」とあごを引いた。

「ただ、術後のせん妄で叔父貴に殺されるという強い被害妄想が生じたことを見ると、医師という人種に対する不信感はかなり根深かったみたいだな」

状況が整理できたことに満足したのか、鷹央はうんうんと何度も頷いた。

「あの、それで見当はついたのでしょうか？」

「見当？　なんのことだ？」

「叔母がいまどこにいるかです！　それが分かるっていうからこんな時なのに詳しく説明していたんじゃないですか！」

大声を出す藤田の前で不思議そうに目をしばたたいたあと、鷹央は「ああ、そうだった」と胸の前で両手を合わせた。

「そうだったって……。ふざけないでください」

「そう興奮するな。ふざけてなんていない。八千代和子が病院から脱出したあと、向かった場所に目星がついたぞ」

「本当ですか⁉」

藤田が勢いよくパイプ椅子から立ち上がる。

「その『霊能力者』とやらに会いに行ったんじゃないか」

藤田の口から「あっ……」という呆けた声が漏れた。

「医療を信用しなくなった八千代は、その『霊能力者』に健康管理をしてもらっていたんだろう。今回は壊死性の虚血性腸炎を起こして、あまりの激痛に病院を頼ったが、術後に体調が悪くなり、このままでは主治医である叔父貴に殺されるという妄想が生じていた。そんな状態なら、普段から頼っていた霊能力者に助けを求めようとするのも自然な反応だ」

「じゃあその霊能力者のところに行けば、八千代さんが見つかるんですか？」

鴻ノ池の言葉に「その可能性は十分にある」と鷹揚に頷くと、鷹央は藤田にずいっと顔を近づけた。

「だから、そいつについて詳しく教えろ」

「詳しく教えろと言われましても、さっき言ったように、その人物について、叔母は私に話すのを渋っていましたから……」

「お前は八千代和子の甥であり、そして秘書なんだろう。一番そばで八千代を支えてきたお前なら、なにか聞いているはずだ」

鷹央に詰め寄られた藤田は空中に視線を彷徨わせる。

「確か……、その霊能力者の名前を聞いた気がします。特徴的な名前だったはず……」

「思い出せ！　意地でもその名前を思い出すんだ！　さもなきゃ、人の心を読む妖怪精神科医を召喚して、お前の脳の奥底にある記憶を無理やり引き出すぞ」

手掛かりを目の前にして興奮した鷹央に脅され、藤田は「そんなこと言われても」と怯える。

「小鳥先生、妖怪精神科医って、なんのことですか？」

隣に立っている鴻ノ池が小声で訊ねてくる。

「鷹央先生のお兄さんのことだよ」

鷹央の兄である天久翼との邂逅《かいこう》が脳裏に蘇《よみがえ》り、僕はぶるりと体を震わせる。

「え、鷹央先生ってお兄さんいるんですか？　どんな人ですか？」

「どんな人……。なんというか……、恐ろしい人かな」

「小鳥先生を威圧できるというぐらい怯えさせられるってことは、すごく体格良かったりします？　もしかしてマッチョですか？　真鶴さんみたいに顔が整っていて、マッチョな人だったら紹介して欲しいんですけど」

重度の筋肉フェチである鴻ノ池が、なにか誤解をして興奮気味にまくし立てる。

「全然そういうタイプじゃないよ。真鶴さんというより、鷹央先生に近いタイプ」

「鷹央先生にってことは、もしかして……」

「そう、小柄で華奢《きゃしゃ》で、僕より年上のはずだけど、高校生ぐらいにしか見えない」

「そんな人がどうして怖いんですか？　もしかして妹さんを僕にくださいとか言って殴られたりしたとか……」

鴻ノ池は唇に指を当てた。

「お前、なにを言っているんだ？　なんと言うかな。鷹央先生のお兄さんはこっちが考えていることを言い当ててくるんだよ。人の心を読む妖怪『サトリ』みたいに」

初対面でまじまじと顔を見つめられ、考えていることを的確に言い当てられた経験が頭をよぎる。

「なんですか、それ？　本当にちょっと怖いんですけど」

鴻ノ池が頬を引きつらせたとき、藤田が「そうだ！」と声を上げた。

「その霊能力者の苗字《みょうじ》を思い出しました。珍しい苗字だったので。確か……ユズリハさんとか」

「杠！」

鷹央、僕、鴻ノ池の声が綺麗に重なる。藤田は「ど、どうしたんですか？」とのけぞった。

「杠って、杠阿麻音《あまね》のことか？」

鷹央が頭突きでもしそうな勢いで藤田に顔を近づける。

「そんな名前だったような気も……」

「まさか、あの詐欺師が関わっているとはな」鷹央は大きく舌を鳴らした。

杠阿麻音は、体調不良の患者を『霊に取り憑かれている』と脅し、霊能力者を騙《かた》って除霊の名目で金を奪う詐欺師だった。コールドリーディングと呼ばれる、相手の外見や話し方、表情などから情報を読み取る技術を駆使し、自らを霊能力者として信頼させ、詐欺を行っていた。

これまで、『迷い込んだ呪い事件』と、『聖者の刻印事件』で僕たちは杠阿麻音と敵対したり、逆に協力関係を結んだりしていた。

「八千代さんは杠さんに助けを求めに行った可能性が高いってことですよね。だとすると、杠さんの居場所が分かれば、八千代さんが見つかるかも」

鴻ノ池が興奮気味に言う。

「けれど、あの人の居場所なんて分かるのか？　自分がやっていることが、限りなく黒に近い、グレーだって自覚しているから、結構警戒しているはずだぞ」

僕の言葉に鷹央は「確かにな」とあごを撫でた。

「私の検索能力なら、あの詐欺師の居場所を突き止めることは十分に可能だが、それにはかなり時間がかかる」

八千代の全身状態から考えて、事態は急を要する。悠長に時間をかけている余裕はない。

あごに手を当てたとき、腰の辺りに振動を感じた僕はポケットからスマートフォンを取り出す。ぐずるように震えているスマートフォンの画面を見た僕は、「鷹央先生！」と声を上げた。

「どうした。誰からの電話だ？」

「成瀬さんからです！」

部屋の空気がざわりと揺れる。

「ということは、八千代が見つかったのかもしれない。すぐに出てスピーカーモードにしろ」

僕は「はい」と答えると、鷹央の指示通りにして着信を取る。

『小鳥遊先生、ちょっとよろしいですか？』

成瀬の押し殺したような声がスマートフォンから響いた。

「八千代が見つかったのか⁉」

鷹央が声を上げると、成瀬のわざとらしいため息が聞こえてきた。

『やっぱり天久先生もいらっしゃるんですか。……まったく面倒くさい』

「面倒くさいとはなんだ。いいからさっさと、八千代が見つかったかどうか答えろ」

『……ええ。久留米池公園で八千代先生は発見されました』

「久留米池公園？　かなり移動していたんだな。見つからないはずだ。それでいつ頃こっちに搬送される？」

『搬送？　そんなものはしませんよ』

「なにを言っているんだ。病院を抜け出した時点でかなりの重症だったんだぞ。それほど重篤に見えなくても、すぐに詳しく検査をして治療を開始する必要が……」

『治療なんてできません。……もう亡くなっているんです』

淡々とした成瀬の声が部屋に響いた。

「亡くなって……いる……？」

鷹央は猫を彷彿させる大きな目を、さらに見開いた。藤田の口から小さな悲鳴が漏れた。

『ええ、そうです。なので、これから鑑識による実況見分がはじまります』

「ちょっと待て。本当に死んでいるのか？　秋になって夜はだいぶ寒くなっている。低体温症などの場合は、一見すると死亡しているように見えていても、実は仮死状態になっていることも少なくない。だから、とりあえず病院に搬送して治療を……」

『そんな必要ありませんよ。間違いなく八千代先生は亡くなっています』

早口の鷹央の言葉を遮った成瀬は、押し殺した声で続けた。

『首元が大きく切り裂かれているんですから。頸椎《けいつい》が見えるくらい大きくね』

第二章　鏡の万能薬

1

「あなたたちの出る幕じゃないんですよ。さっさと帰ってください」

小走りで近づいてきた鷹央《たかお》に向かって、成瀬《なるせ》は冷たく言い放つ。

成瀬からの連絡を受けた僕は、すぐに愛車のCX－8で鷹央と鴻ノ池《こうのいけ》とともに、久留米池《くるめいけ》公園へと向かった。

病院から車で五分ほどの距離にある、大きな池を中心に広がる久留米池公園。その二キロ以上ある外周をCX－8で走っていると、黄色い規制線が張られているのが見えた。

近くにあったコインパーキングに車を止め、規制線が張られた場所に向かうと、待ち構えていた成瀬が立ちふさがるように僕たちの前に姿を現したのだった。

「帰れるわけがないだろう。うちの病院に入院していた患者が死亡したんだぞ。一体なにが起きたのか明らかにするためにも、事件現場を見る必要がある」

「なにが起きたのか明らかにするのは、我々警察の仕事です」

「これまでお前たちが手も足も出ずに迷宮入り寸前になっていた事件を、私がいくつも解き明かしてやったのを忘れたのか？」

「忘れてはいませんよ」

恩着せがましい鷹央のセリフに顔をしかめた成瀬は、「ただし」と付け加えた。

「あなたが解き明かした事件は、ほとんどがなにが起きているのか分からない特殊なものでした。けれど、今回は違う。被害者は首を掻《か》き切られて殺害されたという、ある意味単純な事件です。この事件で必要なのは、あなたの頭脳ではなく、ガイシャの行動や人間関係、現場に残った物証などから犯人を導く警察の地道な捜査です。素人の出る幕ではありません」

ぐうの音も出ない正論をぶつけられ、鷹央は「うっ……」とうめく。

「け、けれどな、普通の事件に見えても、もしかしたらなにか驚くような裏があるのかもしれない。しかも被害者は有力政治家というVIPだ。念のため、私にも事件現場を見せておいた方がいいかもしれないだろ。ほら、ちょっとでいいから見せてくれ。すぐに退散するから」

鷹央がかなり無理やりな理由をこじつけようとしたとき、背後から「鷹央先生、無茶言わないでくださいよ」という、どこか間延びした声が響いた。

「鑑識が捜査している間は、私たち刑事でも現場に入ることはご法度《はっと》なんです」

振り返ると、いつの間にか背後にしわの寄った茶色いコートを着た猫背の中年男が立っていた。

「桜井《さくらい》さん？」

僕が声を上げると、桜井公康《きみやす》は「はい、桜井ですよ」とおどけるように答えた。

「……なんで腹黒タヌキがここにいるんだ？」鷹央は顔をしかめる。「警視庁捜査一課殺人班の刑事が出てくるのは、殺人事件だと断定されて所轄署に捜査本部が立ってからだろう」

「まあ、正式にはそうなんですが、首を搔き切られたホトケさんが発見されて、しかもその方が都議会議員さんだっていうじゃないですか。いまはうちの管理官が現場を視察して確認しているところですが、まあ間違いなく田無《たなし》署に帳場を立てるでしょう。そして、今夜の待機に当たっているのは私が所属している班なんですよ」

「桜井さんの班がこの事件を担当するってことですか？」

鴻ノ池の問いに、桜井は「その通りです」と愛想よく頷《うなず》いた。

「というわけで、予習のために現場を見ておこうと、やってきたわけです」

「それは仕事熱心で結構なことだな。まあ、鑑識の捜査が終わるまで現場に入れないのは分かった。それじゃあ、鑑識が引き上げたあと、お前たちと一緒にちょっとだけ現場を見せてくれ。ほんのちょっとだけでいいから」

鷹央は顔の高さに上げた左手で、親指と人差し指の間にわずかな隙間を作る。

「申し訳ありませんが、それも無理です」

にべもなく断られ、鷹央の表情が歪《ゆが》んだ。

「なんでだよ。私の捜査能力はよく分かっているだろう。お前たちがもし捜査に行き詰まったとき、私の協力を得ていたら解決する確率が一気に高くなるぞ」

「ええ、それはよく分かっています。この事件の犯人を確実に捕まえるだけなら鷹央先生たちに事件現場を見せておいた方がいいんでしょう。ただ、私たちの目的は犯人を見つけることだけじゃないんです。ガイシャの首を切り裂いたホシを逮捕し、証拠を集めて起訴し、そして有罪にすることなんです」

桜井は人の良さそうな笑みを浮かべながら、ゆっくりとした口調で説明を続ける。

「だから、事件に利害関係がある人は絶対に現場に入れられないんですよ。万が一そんなことになれば、現場で得られた証拠が全て裁判で使えなくなる。事件関係者によって恣意的に証拠が捏造《ねつぞう》された可能性があると判断されるから」

「私たちが証拠を捏造するかもしれないっていうんですか⁉」

鴻ノ池が抗議の声を上げると、桜井は「いえいえ、まさか」と芝居じみた仕草で両手を広げた。

「私は皆さんを信じていますよ。そんなことするわけないってね。けれど、裁判官はそうじゃない。でしょ？」

桜井に水を向けられた鴻ノ池は「そうかもしれませんけど……」と歯切れが悪くなる。代わりに再び鷹央が声を上げた。

「おいおい、いまの大前提は事件に利害関係がある人物が現場に入った場合だろう。けれど、私は別に利害関係なんてないぞ」

「そんなことはないでしょう」

桜井は苦笑する。

「成瀬君から事件の概要は聞いています。ガイシャは天医会《てんいかい》総合病院に入院していたけれど、そこから逃げ出して行方不明になっていた人物。それで間違いないですね」

「……ああ、間違いない」鷹央が小さくあごを引いた。

「となると、あなたにも今回の事件の責任の一端がある」

「なんで私に責任があるんだ？　八千代《やちよ》が入院していたのは外科だ。統括診断部の部長である私にはなんら責任なんてないはずだ」

鷹央がわざとらしく肩をすくめると、桜井はすっと目を細めた。

「鷹央先生、あなたは統括診断部の部長であると同時に、天医会総合病院の副院長でもあるでしょう。少しは道義的な責任が生じるはずです」

正論をぶつけられ、作り笑いを浮かべていた鷹央の唇の端がわずかに引きつる。

さすが百戦錬磨の警視庁捜査一課殺人班の刑事だ。いくら鷹央でも、藤田のように簡単に詭弁《きべん》で煙《けむ》に巻くことはできないらしい。

感心している僕の前で、桜井はさらに喋《しゃべ》り続ける。

「手術を受けた後、状態が悪化していた有力政治家が病院を抜け出し、そして何者かに首を切られて殺害された。こんなセンセーショナルなネタ、マスコミが放っておくわけがありません。情報が漏れたら記者たちが病院に押しかけるでしょう。かなり大きな問題になるはずだ。違いますか？」

鷹央は「どうだろうな」とごまかすが、桜井は気にすることなく言葉を続ける。

「そんなことになれば大きな責任問題になる。そしてその責任を取る立場なのは、病院のトップである院長先生だ。万が一、院長先生が引責辞任なんていうことになったら、普通に考えて、副院長の鷹央先生が次の院長ということになる。けれど私の知る限り、あなたは大きな病院を運営するような業務は極めて苦手なはずだ。なんとしてもそれを避けたいと考える」

完全に思考を読まれた鷹央の表情がみるみる強張《こわば》っていく。

「というわけで、鷹央先生とその部下である小鳥遊《たかなし》先生、鴻ノ池先生は、この事件に明らかに利害関係がある人物ということになる。なので我々が完全に撤収するまで現場には一歩も入れることができません。何卒《なにとぞ》ご了承ください」

桜井は慇懃《いんぎん》に宣言すると、深々と頭を下げる。

鳥の巣のような桜井のもじゃもじゃの頭頂部を向けられた鷹央の顔に、苦虫を嚙《か》み潰したような表情が浮かんだ。

「鷹央先生、これはさすがに退散するしかないですよ」

僕が声をかけたとき、背後からカンカンという足音が近づいてきた。振り返ると、真鶴《まづる》がハイヒールを鳴らして走ってきていた。さらにその後ろに続いている人物を見て、僕は息を吞《の》む。

「姉ちゃん。それに……叔父貴」鷹央がまばたきをした。

「小鳥遊先生から……連絡を受けて……慌てて院長と……病院から駆け付け……」

よほど慌ててやってきたのか、激しく息を切らせながら真鶴が言う。その後ろに立つ大鷲《おおわし》は険しい表情で深呼吸を繰り返すと、喉の奥から声を絞り出した。

「八千代議員が、遺体で発見されたというのは、本当ですか？」

「ええ、そのようですね。いまは鑑識が調べているので、まだ私たちも見ていませんが、特徴からして八千代和子《かずこ》議員で間違いないようです」

桜井が答えると、真鶴は「そんな……」と、額に汗を光らせながらかすれ声でつぶやく。

「しかも、現場の状況からすると議員は何者かに殺害された可能性が極めて高い。八千代議員は行方不明になる直前まで天医会総合病院に入院していたときいていますので、どうか捜査にご協力お願いいたします」

過剰なほどに恭しく桜井は頭を下げる。

真鶴は「は、はい」と動揺しつつも頷くが、大鷲は無言で規制線の向こう側を見つめたままだった。

「明日、捜査本部の立ち上げ後に我々の捜査ははじまりますが、その前に院長先生に一つだけ伺ってもよろしいでしょうか？」

「なんでしょう？」

大鷲は平板な声で答える。

「八千代議員が行方不明になってからいままでの間、どこにいらっしゃいましたか？」

「……それは私のアリバイを確認しているということですか？」

僕ははっと息を呑む。病院から抜け出す前、八千代は院長に殺されると警察に助けを求めている。その八千代が明らかに殺害されたと思われる状況で発見されたのだ。

当然、まず警察が疑うのは……。

心臓の鼓動が加速していくのを覚えつつ、僕は大鷲の答えを待つ。大鷲は気怠《けだる》そうな表情で口を開いた。

「八千代議員を探して、院内や病院の敷地を歩き回っていた」

「どなたかそれを証明してくださる人がいらっしゃいますか？」

「いや、いない」

大鷲は首をゆっくりと横に振る。

「私は一人で探していた。つまり私にアリバイは存在しない」

「そうですか。よく分かりました。ご協力心より感謝いたします」

桜井は愛想よく微笑《ほほえ》む。しかし、大鷲を見つめるその目の奥に、獲物を狙う肉食獣のような危険な光が灯《とも》ったことに僕は気づいていた。

2

白いワンピースを着た華奢《きゃしゃ》な女性が、どこかおぼつかない足取りでマンションの内廊下を進んでいく。廊下の奥にある玄関扉の前に立った女性は、インターホンを押す。すぐに錠が外れる音が響き扉が開いた。

「こんにちは、真奈美《まなみ》さん。お待ちしてましたよ」

長身の女性が顔を出し、愛想よく言った。次の瞬間、「見つけた！　小鳥《ことり》、舞《まい》、行け！」という声が廊下に響き渡った。

「はい！」「ラジャーです！」

鷹央に指示された僕と鴻ノ池は、廊下を駆けて行く。

部屋の中にいた女性は僕たちに気づき目を見開くと、慌てて扉を閉めようとする。しかしその前に、革靴を履いた僕の足が、扉の隙間に差し込まれた。

「……なにか用かしら」

部屋の中にいた女性、詐欺師である杠阿麻音《ゆずりはあまね》が僕を睨《にら》みつけた。

「お久しぶりです、杠さん。ちょっとお話があるんです」

諭すように言うと、杠は真っ赤な口紅をさした唇を歪ませる。

「私には話すことなんてない。無理やり部屋に侵入しようとしてくる怪しい大男と『お話』をしようとするほど危機管理は甘くないの」

まあ、言われてみれば確かに……。

正論をぶつけられた僕がこめかみを掻いていると、杠は「分かったらこの足を引っ込めてもらえる？」と僕の足をゲシゲシとつま先で蹴ってきた。

「そうですよね、小鳥先生みたいな怪しい大男が押しかけてきたら、びっくりしちゃいますよね。でも、私みたいな可憐《かれん》な乙女なら問題ありませんよね」

鴻ノ池は愛想よく言うと、ドアの隙間から手を差し込んで、ドアノブを必死に引っ張っている杠の手首を掴《つか》んだ。次の瞬間、杠が「痛っ」と声を上げてドアノブを離す。

傍目《はため》には軽く触れているだけにしか見えなかったが、達人レベルの合気道の使い手である鴻ノ池のことだ。おそらく、手首の関節を極《き》めるかなんかしたんだろう。

「というわけで、お邪魔しまーす」

鴻ノ池は明るく言うと、扉を開いて玄関へと入る。右手首を押さえた杠は、ジリジリと後退していった。

「なるほど。ここがお前の診察室というわけか。それっぽい雰囲気だな」

鴻ノ池に続いて部屋に入った鷹央は、興味深そうに玄関を見回す。靴入れの上にはサボテンなどの多肉植物が植えられた鉢がいくつも並んでおり、天井からは小さいながらも煌《きら》びやかなシャンデリアがぶら下がっている。短い廊下には複雑な模様が浮かび上がったペルシャ絨毯《じゅうたん》が置かれ、壁に飾ってあるコルクボードには杠が老若男女、様々な人物と笑顔で写っている写真が数十枚貼られていた。

ふと鼻先を線香の煙を甘くしたような不思議な香りが掠《かす》める。おそらく海外のお香でも焚《た》いているのだろう。

統一感がないものの、それが却《かえ》って怪しい雰囲気を醸し出し、混沌《こんとん》とした空間を作り出していた。

「久しぶりだな、杠阿麻音。会えて嬉《うれ》しいよ」

鷹央が皮肉っぽく微笑むと、杠の端整な顔が歪んだ。

「私は嬉しくなんかないわよ」

「おや、つれないな。『聖者の刻印事件』では共同戦線を張った仲間だっていうのに」

からかうような鷹央の口調に、杠が舌を鳴らす。

「なにが仲間よ。その子、さっき私の手首を折ろうとしたのよ」

指さされた鴻ノ池は「そんなの心外です」と唇を尖《とが》らした。

「本気で折るつもりなら、失敗なんかしません。しっかり手首の関節を外してます」

さらっと恐ろしいことを口にした鴻ノ池に、杠は怯《おび》えた表情で後ずさる。

「なんにしろ、すぐに私の部屋から出て行って。さもないと……」

「さもないと、なんだ？　警察でも呼ぼうって言うのか？」

鷹央はいやらしい忍び笑いを漏らす。

「呼べないよな。お前、詐欺師だもんな。警察の厄介になりたくないはずだ。たとえ自分が被害者だとしても」

「なにを言っているんですか⁉」

それまで、状況についていけないのか、玄関の外で呆然《ぼうぜん》と立ち尽くしていたワンピース姿の女性が、甲高い声を上げた。

「杠先生は詐欺師なんかじゃありません！　本物の霊能力者なんです！」

「ああ、そうだな。二年前からお前を悩ませていた下痢《げり》や胃の痛みが、この女のカウンセリングを受けてから良くなったんだからな」

鷹央が笑顔で言うと、女性の顔に恐怖が浮かぶ。

「どうして、それを……？」

「どうして？　全部お前がSNSに書いていたことじゃないか。ここに通いはじめてから、胃の調子や、メンタルが良くなった。ただ、最近、美容関係での悩みが出てきたので、それについても『特別な癒しの力を持つ先生』に相談したいってな」

鷹央は芝居じみた仕草で、両手を大きく広げた。

首が切り裂かれた八千代和子の遺体が発見された五日後、土曜日の正午前、僕たちは練馬《ねりま》駅にほど近い住宅街にあるマンションを訪れていた。

僕の頭に、この五日間の出来事がよみがえる。

五日前、事件現場を確認することができず、引き下がるしかなかった鷹央は、天医会総合病院の屋上に立つ〝家〟に戻るやいなやパソコンの前に座り、せわしなくキーボードを叩《たた》きはじめた。

「なにをしているんですか？」

僕が肩越しにディスプレイを覗《のぞ》き込むと、鷹央は「事件の捜査に決まっているだろう」と苛立《いらだ》たしげに答えた。

「石頭の警察どもが事件現場から締め出すというのなら、こっちは全く違うアプローチで捜査を進めていくしかない」

「確かに、そうですね」

僕が頷くと、鷹央は手を止めて、不思議そうに振り返ってくる。

「なんだよ。いつもは『事件を調べるのは医者の仕事じゃありません。首を突っ込むのをやめましょう』とか常識人のふりをして止めようとするのに」

「全く関係ない事件ならそうですけれど、今回の被害者はうちの病院に入院していた患者さんです。しかも、僕は八千代さんを救急で診察したうえ、助手として手術にも参加しました」

「そうだったな。お前、叔父貴と仲良く八千代の手術をしたんだよな」

鷹央の目がすっと細くなる。

ああ、余計なことを言ってしまった。後悔しつつも慌てて僕は言葉を続ける。

「鷹央先生が副院長として今回の事件に道義的責任があるのと同じぐらい、僕も責任を感じているんです」

「それに、桜井さんの反応を見ると、院長先生を疑っている感じでしたしね」

近づいてきた鴻ノ池が、口を挟んでくる。

「ああ、桜井も成瀬も明らかに叔父貴を容疑者として疑っている。担当患者が病院を抜け出して死亡したうえ、殺害容疑者でもあるなんて状況が報道でもされたら、叔父貴はとてつもなくやばい立場になる。それだけは防がなくてはならない」

鷹央の表情が引き締まる。

「そうですよね、院長先生を助けないと。いつも反目しあっていても、同じ病院の仲間だし、血の繋《つな》がった親戚ですしね」

形は違えども、鷹央と大鷲、どちらも患者に対してより良い医療を提供しようという思いは共有している。きっと鷹央も、医師として大鷲に一定の敬意を抱いているのだろう。だからこそ、追い詰められている大鷲を救おうとしているのだ。

その姿に、鷹央の成長を見た気がして、少し感動していると、鷹央は「なに言ってんだ、お前？」と心から不思議そうにつぶやいた。

「叔父貴がどうなろうが知ったこっちゃない。というか、ちょっといい気味だと思っている。普段から統括診断部のことを目の敵にして、私たちに嫌がらせをしてくるバチが当たったんだ」

鷹央は唇の端を上げるが、すぐに真顔に戻る。

「ただ、万が一、叔父貴が失脚でもしようものなら、本当に私が院長を押し付けられかねない。それだけはなにがなんでも防がなくてはならない。だから絶対に八千代和子を殺害した犯人を捕まえて、叔父貴の疑惑を晴らしてやる必要があるんだ」

そこで言葉を切った鷹央は、クックと忍び笑いを漏らした。

「見てろよ。私が絶対にこの事件を解決して、叔父貴にでっかい貸しを作ってやる。叔父貴のやつ、私に頭が上がらなくなる。来年のうちの科の予算倍増も夢じゃないぞ」

「……さいですか」

「なんだよ、その白けた目は？」

鷹央はじろりと僕を睨む。

「いいえ、なんでもありません」

「まあいい。とりあえず、杠阿麻音だ。医療に対して強い不信感を抱いていた八千代は、自らの体調不良について、あの詐欺師に相談していた。あいつが今回の事件に関わっている可能性は十分にある」

「けれど、用心深くて計算高いあの人が、殺人なんていう割に合わないことをするとは思えないんですけれど……」

「杠が犯人だとは私も思っていない。だが、あの女は他人から情報を引き出すプロだ。

あいつを絞り上げればなにか手がかりが得られるはずだ」

「でも、杠さんの居場所なんて分かるんですか？」

鴻ノ池が小首を傾《かし》げると、鷹央は「任せておけ」と再びキーボードを叩きはじめた。

「ネットサーフィンをして調べるんですか？　慎重な杠さんが、ネットに情報を載せたりしますかね」

僕が声をかけると、鷹央は唇の端を上げた。

「杠阿麻音が、自らの情報をネットに晒《さら》すような迂闊《うかつ》なことをするとは思えない。ただし、あいつの客はどうかな？」

「客？」

「そうだ。あいつはコールドリーディングを駆使して相手の言動から情報を得て、それを指摘することで、自らを超能力者のように演出する。そして、それを信じ込んだ体調不良の相手に、『あなたは治る』と声をかけてプラセボ効果で治療を施している」

鷹央は左手の人差し指を立てて説明をしていく。

「プラセボ効果、つまり偽薬効果は一般的に考えられているより強いものだ。そして、霊能力者を頼るような者は、ほとんどの場合、器質的な疾患を否定されているにもかかわらず体調が優れない患者たちだ」

「強いストレスによる身体症状とかですね」

鴻ノ池が言うと、鷹央は「その通り」と指を鳴らした。

「ストレス性の疾患は特にプラセボ効果が生じやすい。杠のカウンセリングを受けて、本当に体調が良くなった者もかなりいるはずだ」

「そうでしょうけど、それがどうしたんですか？」僕は首を捻《ひね》る。

「そういうやつらにとって、杠は救世主のようなものだ。医者に行っても治らなかった体調不良を、不思議な力で治してもらったんだからな。当然、杠のことをもっと多くの人に知ってもらいたいと思うやつが出てくる」

「けれど、杠さんは、他言しないようにお客さんたちに指示をしていると思いますけれど……」

「杠阿麻音という名前は出さなくても、『自分はすごい霊能力者に診てもらっている。その人のおかげで楽になった』と世間に向けてアピールせずにはいられないやつがきっといる」

「それだけ杠さんの凄《すご》さを多くの人に知ってもらいたいんですね」

「さあ、それはどうかな」

鷹央は皮肉っぽく肩をすくめた。

「本人が嫌がっているのに世間に向けて発信するようなやつだ。杠のためだと自分自身に言い聞かせているが、その実、自己顕示欲がねじ曲がった形で発露したものでしかないんじゃないか。私はこんなにすごい霊能力者と知り合いなんだぞってな」

「そういう自己顕示欲が強い人のインターネットの発信っていうと……」

　鴻ノ池が唇に指を当てる。

「SNSだ。現代ほど世間に向けて自らをアピールできるツールが揃《そろ》っている時代はない。誰も彼もが、個人情報を世界に向けて発信している。それを私の検索能力でさらえば、ほとんどの情報は濡《ぬ》れ手で粟《あわ》を摑むようにいとも簡単に得られるさ」

　そう言って鼻歌混じりに検索をはじめた鷹央が見つけ出したのが、このワンピース姿の女性だった。

　ナイトプールで撮影した露出の多い水着写真とともに記されたSNSの文章にはこう記されていた。「慢性的な胃もたれや気分の落ち込み、生理痛などに悩まされていた。しかし、数ヶ月前に『特別な癒しの力を持つ先生』とやらを紹介され、その先生が、なにも言わなくても自分の出身地や交友関係、恋人と数ヶ月前に別れたことなどを的確に言い当てた。さらに、彼女の癒しの力によって体調が劇的に改善した」と。

　彼女こそが杠の客だと確信した鷹央は、そのSNSを監視した。すると今日、『特別な癒しの力を持つ先生』の治療を受けに行くという文章とともに、お茶をしているおしゃれなレストランを、その店のホームページのアドレスとともに投稿していた。

それを見た僕たちはレストランの前で張り込み、そして出てきた女性を尾行してここまでやってきたのだった。

「私のことは口外しないって約束でしたよね。それを破ったのですか?」

杠は厳しい視線をワンピース姿の女性に浴びせかける。女性は「そ、そんなことしてません」と怯えた表情で首を横に振った。

「そう怒るなって。確かに口外はしていないよ。ただ、SNSでお前の存在をほのめかしただけだ」

「同じこと。よりによってあなたたちを、私の仕事場所まで連れてきたんだから」

ため息をつく杠を見て、女性はオロオロと視線を彷徨《さまよ》わせた。

「自分の客をそう責めるなよ。まさかお前が本物の霊能力者じゃなく、単なる詐欺師で、警察とかに見つからないよう居場所を可能な限り隠しているなんて知らなかったんだからな」

「私は詐欺師じゃない」

顔を上げた杠が鋭い眼差《まなざ》しを向けてくる。

「そうです。杠先生は本物の霊能力者なんです。杠先生のおかげで私はずっと悩まされていた胃腸の調子が良くなって、沈んでいた気分も回復……」

そこまで言った女性は、鷹央が自分にまじまじとした視線を浴びせていることに気づき口をつぐんだ。

「なるほど、なるほど。色々と分かったぞ」

「な、なにが分かったって言うの？」

迫ってくる鷹央に、女性の表情に怯えの色が浮かぶ。

「SNSに書いていた内容は読んだ。お前が元々悩まされていた症状は、胃腸炎、気分の落ち込み、そして強い生理痛だった。それらは最近よくなったが、代わりに美容関係で悩みが出てきた」

「そうだけど……」

「さっき、お前は、杠に治してもらった症状に生理痛を挙げなかった。つまり、生理痛は杠に相談する前になんらかの形で治すことができた。そうじゃないか？」

「……だったらどうなの？」不安げに女性は答える。

「生理痛を根本的に治すには低用量ピルの内服が勧められる。エストロゲンとプロゲステロンという二種類の女性ホルモンを適量含んでいる低用量ピルを摂取することによって、生理をかなり軽くすることができる。お前は婦人科を受診し、低用量ピルの内服をはじめた。そうじゃないか？」

「なんでそれを!?　あなたも杠先生みたいな能力を持ってるの？」

「この女のような能力？」

鷹央は口角を上げながら杠を指さす。

「この女が吹聴《ふいちょう》している超常的な能力のことか？　なら、そんなものは持っていない。私はＳＮＳから得られた情報を元に、さらに診察を行い、お前を苦しめている症状の原因について診断を下そうとしているだけだ」

「診察？　私はあなたの診察なんて受けていない」

かぶりを振る女性に向かって、鷹央は「いや、受けているんだよ」と目を細める。

「お前は自分のことを語ってくれたし、私はお前に簡単な質問をして答えてもらった。これは問診という診察方法だ。さらに私はお前を観察して、その体から様々な情報を得た。これも視診という診察技術で……」

「私の体を見て、一体なにが分かったっていうの⁉」

怯えをごまかすためか、嚙み付くような口調で言う女性に、鷹央はさらに近づき、その顔を指さした。

「顔には厚くファンデーションを塗って隠しているが、首筋の皮膚を見るとわずかな黒ずみがあるのが確認できる」

鷹央に指摘された女性は、慌てて手を当てて首を隠す。

「その手にも特徴が出ているぞ。ネイルをしているため一見するだけでは分からないが、爪が割れている指が多い。つまり爪自体がかなり脆《もろ》くなっているんだ。それこそが『美容関係の悩み』だろ？」

「……だったら、なんだって言うの？」

「鉄過剰症だ」

「え……？　鉄……？」女性は呆《ほう》けた声を漏らす。

「そうだ。お前は鉄のサプリを飲んでいるんじゃないか。おそらくは推奨されているよりかなり多く」

鷹央の指摘に、女性は「確かに飲んでいるけど……」と戸惑い顔で答える。

「それが原因だ」鷹央は左手の人差し指をぴょこんと立てた。「鉄剤は過剰に摂取すると、全身に沈着していき肌を黒ずませたり、爪を脆くするなどの症状が現れる。さらに摂取を続ければ、肝臓や腎臓に蓄積して重症になることもある」

そこで言葉を切った鷹央は、女性に向けてにやりと笑った。

「よかったな。お前はまだそこまで至っていないらしい。鉄剤の摂取をやめればすぐに回復するだろう」

「待ってよ。私は十年近く鉄のサプリを飲み続けているのよ。それなのに爪とか皮膚がおかしくなったのはこの数ヶ月のことなの。そんなのおかしいでしょ？」

「おかしくはないぞ」

鷹央は立てた人差し指をメトロノームのように左右に動かす。

「おそらく、お前は生理のときに出血が多かったんじゃないか。しかし、一年ほど前から低用量ピルの内服をはじめ、月経時の出血量が大幅に減った。違うか？」

「……違わない」

「なら、それが鉄過剰症になった理由だ。元々は出血量が多かったので、その分鉄を補う必要があった。しかし、ピルの内服をはじめてからは出血量が減ったので、本来は鉄の補充が必要なくなった。だが、お前は惰性で鉄のサプリを大量に内服し続け、過剰になった鉄が体に蓄積しはじめて、皮膚や爪の異常を引き起こしたんだ」

「でも、ピルを飲みはじめたあとも貧血は続いていたのよ。だから鉄のサプリを飲み続けていたの」

「その貧血、立ちくらみとか、そういう症状じゃないか？」

「そうだけど……」

「それは脳貧血と呼ばれる、一時的な脳への血流不足によって起こる症状だ。疲労やストレスなどが原因で、自律神経の働きが乱れているときに起こる。確かに貧血と呼ばれているが、別に赤血球が足りないわけではない。お前の体に起きている不調は、鉄の過剰摂取によるもので間違いない」

「ならどうして、杠先生の治療を受けて、生理痛以外の私の症状は良くなったの？」

「人間の精神と体というものは密接につながっている。特に胃腸はストレスの影響を受けやすい。杠のカウンセリングを受けてストレスが緩和されたおかげで、胃腸や精神の症状が少し緩和されることは十分に考えられる。だが完全に症状が消えたわけじゃないだろう？」

「はい……」

ためらいがちに答えながら女性は、渋い表情で佇《たたず》んでいる杠に視線を向ける。女性の瞳からはさっきまで宿っていた憧れの光が消え、代わりに疑念の色が浮かんでいた。

「というわけで、診察は終わりだ。今日から鉄サプリを摂取するのは控えておけ。そうすれば肌の黒ずみや爪の変形も次第に良くなっていくはずだ。じゃあまたな」

鷹央は一方的にまくし立てると、追い出すように手を振る。女性は「はあ……」と狐《きつね》につままれたような表情で頷いて部屋から出て行く。

扉の閉まる音が聞こえると同時に、「なんなのよ、あんたたちは！」という怒声が部屋に響き渡った。

「私のお客さんにストーカーして、しかも追い返すなんて！　営業妨害でしょ！」

杠が苛立たしげに髪をかき乱す。ついさっきまでの落ち着いてミステリアスな雰囲気は完全に消え去っていた。どうやらあれは、『客』の前で見せる営業用のものらしい。

「なにが営業妨害だ。相変わらず怪しい商売しやがって。いま言ったように、あの女は私が治した。苦しんでいる患者を騙《だま》して金を搾り取るんじゃない」

鷹央は大きく手を振る。

「騙してなんかいないわよ」

「騙しているだろう。自分のことを霊能力者なんて言って」

「言っておくけど、私は霊能力者なんて自称したことはない。勝手に相手が、私に超常的な能力があると誤解するだけ」

「白々しい。コールドリーディングを駆使して、あたかも超能力者かのような態度をとっているくせに」

「それが私の仕事なの。コールドリーディングを使って私を信頼させ、そのうえでちょっとした儀式をしてストレスを緩和させ、その人の苦痛を取ってあげる。カウンセラーと同じようなものよ。それよりさっさと質問に答えなさいよ！　なんの目的があってここに来たの⁉」

詭弁を弄することに疲れたのか、杠は大きなため息をつく。

「八千代和子」

鷹央がぼそりとその名を口にした瞬間、杠の表情が強張った。その反応を見て、鷹央はにやりと笑みを浮かべる。

「やはり、八千代和子がお前の客だったという話は本当らしいな」

「……だったらなんだって言うの？」杠の口調に強い警戒の色が滲《にじ》んだ。

「八千代和子が遺体で見つかったことは知っているか？」

鷹央はあごを引くと、反応を窺《うかが》うかのようにじっと杠を見つめる。

「ええ、もちろん知ってるわよ。ニュースを見たからね」

ベテラン政治家が深夜の公園で、首を切られて殺害されたと思われる遺体で発見されたというニュースは、すでに大々的に報道されていた。死亡する前に八千代が天医会総合病院に入院していたこと、院長に殺されると騒いでいたことはまだすっぱ抜かれてはいないが、それも時間の問題だろう。

「なら、私たちの目的は分かるだろう。八千代について知っていることをすべて教えろ。なに一つ隠すことなくな」

早口でまくし立てる鷹央の声には、わずかに焦りが滲んでいた。

このままではおそらく、数日以内に病院にマスコミが殺到する。そうなれば、地域医療を支えている天医会総合病院はその機能を失い、多くの患者に健康被害が生じかねない。それを避けるためにも、杠から情報を得る必要があった。

「知っていることなんてほとんどないわよ。この数ヶ月は顔を合わせていなかったからね」

「ふざけるな！」鷹央は鋭く一喝する。「お前が八千代和子をカモにしていたことは分かっているんだ。慎重なお前は、騙した相手から一気に金を搾り取ることはしない。そんなかわりに、定期的に自分の『カウンセリング』を受けさせ、金を貰《もら》っている。そんなお前が何ヶ月も会っていないなんて信じられるわけがあるか」

「あなたが信じられなくても本当のことなの。私はこの数ヶ月、八千代さんと会っていない。だから話せることなんてなにもない。分かったらさっさと帰って」

虫でも追い払うように手を振る杠を見て、鷹央の視線が鋭さを増す。

「私たちをなんとか追い出そうとしているところを見ると、なにか知られたくないことでもあるんじゃないか？　例えば今回の殺人事件になんらかの形で関わっているとか……」

杠阿麻音が殺人事件に関わっている？　僕は杠の表情を見る。

「なに言ってるの？　あなたたちが商売の邪魔なだけよ」

面倒くさそうに言う杠だったが、その態度にはかすかに動揺が見て取れた。

「やっぱりなにか知ってますよ！　だって目が泳いでるもん」

鴻ノ池に指さされた杠は、露骨に顔をしかめた。

「いい加減にしてよ。本当になにも知らないんだってば」

「お前が素直に知っていることを全部話したら、すぐにでも退散してやるよ。けれど話す気がないなら、もっと商売がしにくくなるぞ」

鷹央は、唇にいやらしい笑みを湛《たた》える。

「……なにするつもりよ？」

「簡単だ。懇意にしている警視庁捜査一課の刑事に、お前の情報を渡すんだ」

杠の顔から血の気が引いていくのを尻目に、鷹央は楽しげに言葉を続けた。

「八千代が心酔して通っていた霊能力者だってな。八千代は亡くなる前に妄想に囚《とら》われ、精神的に追い詰められていた。そんなときは信頼する人間に連絡を取って助けを求めようとするものだ。当然、警察は興味を持つよな。重要参考人としてお前から話を聞こうとするはずだ。いや、もしかしたら容疑者としてかな。有名政治家が首を掻き切られたなんていう重大事件だ。警察は徹底的にお前を調べ尽くす。もちろんこれまでやってきたグレーというか、ほぼ真っ黒の詐欺行為も併せて」

鷹央はわざとらしく忍び笑いを漏らす。杠の息がみるみる上がっていった。

「別件で逮捕して、大きな事件の自白を取ろうとするのは警察の常套《じょうとう》手段だ。いくらでも詐欺行為が出てくるお前なら、その気になれば再逮捕を繰り返して何ヶ月でも勾留できるだろうな」

そこで言葉を切った鷹央はつかつかと杠に近づくと、下から睨《ね》め上げる。

「それが嫌だったら、八千代和子の情報をすべて吐け。洗いざらいすべてな」

唇を固く噛んだあと、杠はソバージュの髪をかき乱して「分かったわよ！　教えればいいんでしょう」と、半ば自棄《やけ》になった様子で吐き捨てた。

「それでは早速聞かせてもらおうか。最後に八千代に会ったのはいつだ？」

「そんなの覚えてないわよ。多分半年ぐらい前じゃない？」

「……小鳥、警察に電話だ。重要参考人がいると桜井に連絡してすぐに来てもらえ」

押し殺した声で鷹央が指示を出す。僕が頷いて、ズボンのポケットからスマートフォンを出すと、杠が慌てた様子で胸の前で手を振った。

「嘘《うそ》じゃないって。本当に八千代さんとは半年ぐらい会っていないの」

「適当なこと言うなよ。八千代がお前に頼り切りだったって聞いているんだぞ」

「それは、あれでしょ。甥っ子の秘書がそう言ったんでしょ。その情報が間違っているのよ」

杠は早口で釈明する。鷹央は「……どういうことだ？」と眉を顰《ひそ》めた。

「あの秘書は真面目でおせっかいなの。私みたいなのに叔母が健康面でのアドバイスを受けていることを心配して、なんとかやめさせようとした」

「お前みたいな、怪しい詐欺師にな」

鷹央が付け加えると、杠の唇が歪んだ。

「とにかく、秘書はなにかにつけて八千代さんを私から遠ざけようとした。けれど、八千代さんにとって、それはありがた迷惑以外の何ものでもなかった」

「それで八千代和子は、藤田にお前のことについてなにも言わなくなったというわけか」

「そういうこと。だから八千代さんが私から離れたことも知らなかった」

「八千代がお前と決別したのが本当だとして、一体なにがあった？　なんでお前は、上客である八千代を手放したんだ？」

鷹央の問いに、杠は小さくため息をついた。

「手放したくなかったわよ。ただ私にもポリシーってものがあるの。私の『カウンセリング』を受けたせいで、お客さんが不幸になるのは許せないのよ」

「どういうことだ？　詳しく説明しろ」

「単純なこと。私の『カウンセリング』では、八千代さんの体調不良を十分に改善できなかった。それどころか、明らかに症状が悪化していたの」

「その悪化っていうのは、具体的にはどんな症状だったんだ？」

「動悸《どうき》、苛立ち、胃腸の不調、あとは本人は気づいていなかったけど、ちょっとした被害妄想も出ていたと思う」

「お前はそれを霊能力で治療しようとしたんだな」

皮肉を込めて鷹央が言うと、杠は悪びれる様子もなく「ええそうよ」と頷いた。

「私はコールドリーディングを使って、八千代さんの信頼を得た。そして、八千代さんに『あなたの病気は良くなる』と伝えて、プラセボ効果によって彼女の治療を試みた。その結果実際に彼女を悩ましていた症状の一部はある程度改善した」

「改善されたなら、どうして八千代はお前から離れていったんだ？」

「たしかに私のカウンセリングによって、八千代さんの胸苦しさとかの自覚症状は緩和された。けれど、それはあくまでプラセボ効果によって不安が緩和されたからに過ぎない。八千代さんは喜んでいたけれど、私は不安だった」

「なにが不安だったんだ？」

「八千代さんが医学的治療が必要な病気にかかっていることよ。彼女自身は症状が楽になったと言っていたけど、傍目には彼女の病状は明らかに悪化していた。どんどん瘦せていっていたし、顔色も悪くなっていたからね」

「なるほど。お前はストレスが原因で体に不調を起こす心身症や精神症状の患者の治療は行うが、明らかな器質的疾患のある患者の治療は行わないということか」

鷹央の確認に、杠は「ええ、そうよ」と肩をすくめた。

「がんの患者さんとかを私の『カウンセリング』で治療して、気づいたときには取り返しのつかない状態になっていたら困るでしょ」

「リスクヘッジというわけだな。お前を信じてがんの治療が遅れたりしたら、訴訟沙汰に巻き込まれるかもしれないからな」

「それもあるけれど、私は自分の仕事に誇りを持ってるの。私は私なりの方法で『カウンセリング』を行って、苦しんでいる人たちを救っている。もちろんあなたたち医者から見れば詐欺にしか見えないかもしれないけれどね」

「詐欺師が、『自分の仕事に誇り』か。ご立派なことだ」

鷹央は唇の端を上げて杠を見つめる。杠はその視線を正面から受け止めた。数秒間、視線をぶつけ合ったあと、鷹央は肩をすくめた。

「まあいい。まとめると、お前は八千代がなにか大きな疾患を患っているのではないかと考えたということだな」

「そう。だから私は八千代さんに、病院にかかるように忠告した」

「それでどうなった？」

鷹央の問いに、杠の鼻の付け根にしわが寄る。

「私は八千代さんの信頼を完全に失った」

「信頼を失った？　八千代はお前に心酔していたんじゃないのか？」

「ええ、そうよ。……私が医者への受診を勧めるまではね。八千代さんが医療不信なのは知っていたけれど、まさかあそこまでとは思っていなかった。完全な私のミス」

杠は大きなため息をつく。

「『医者を勧めるなんて信じられない！　そんなの無責任だ。私は医者にかからないで健康になる方法を探している。あなたにはもう頼らない！』そんなことをすごい剣幕でまくし立てられて、出て行っちゃった。それが半年くらい前。それ以来、八千代さんは私の『カウンセリング』を受けていない。というわけで、私はあなたたちに提供できるような情報はなにも持っていない。分かったならもう帰って」

「私の『カウンセリング』を受けていない、か」

鷹央の唇に不敵な笑みが浮かぶ。

「なんでそんなまどろっこしい言い方をする。半年前から八千代とは会っていない。それでいいじゃないか」

「……特に大きな意味はないわよ」

「いいや、あるね。自分に心酔していた有力政治家なんていう貴重なコマを、お前が易々《やすやす》と手放すわけがない。なんとかコンタクトを取って、関係を構築し直そうとするはずだ。違うか？」

水を向けられた杠は渋い顔で黙り込む。その反応はもはや肯定と変わりなかった。

「八千代はお前のカウンセリングには来なくなった。けれどお前は八千代について情報を集めていた。そうだな？　それについて詳しく教えろ」

鷹央に促された杠は少し考えるような素振りを見せたあと、肩をすくめた。

「そろそろお昼よね。続きはランチでも食べながら話しましょ」

3

「ふむ、うまい。スパイスと生薬が絶妙なハーモニーを奏でて、淡い辛味の中に、複雑な旨味《うまみ》が存在している。これはインドと中国という、世界で一位二位の人口を擁する国の文化の融合であり、カレーという料理を超えたもはや一種の芸術と言っても過言ではない」

皿に盛られた薬膳カレーを、スプーンでせわしなく口に運びながら鷹央は、深いような気がするけれど、実は全然浅い食レポを口にする。

……僕たちはなんで、こんなところでランチをしているのだろう?

胸の中でつぶやきながら、僕は『全粒粉パンのオーガニック野菜サンド』を頬張った。メニューには『無農薬有機栽培で育てられた野菜と、放し飼いのニワトリの卵で作ったマヨネーズを使ったサンドイッチ。野菜の本当の甘さに目覚めるはず』という宣伝文句が書かれていたが、特に普通の野菜サンドと比べて甘みが増しているとは感じなかった。それどころか、パンが全粒粉のため少しパサついていて、口の中から水分が奪われていく。

僕はコップを手に取り、そこに満たされている『貴重なアルプスの雪解け水』と説明された水を一口含んで、口の中に残っていたサンドイッチを飲み下した。

杠の仕事場をあとにした僕たちは車で東久留米《ひがしくるめ》市へと戻り、そこにある『オーガニックカフェ　ユーラス』というカフェで昼食を取っていた。

「なんでこんな離れたところでランチを取らなくちゃいけないんですか？」

テーブルを挟んで向かいの席で有機野菜のサラダを頬張っている杠に、僕は声をかける。

一時間ほど前、『ランチでも食べながら話しましょ』といった杠は、このオーガニックカフェに行くように指示してきた。食事なら近くのファミリーレストランにでも行けばよいのではないかと思ったが、杠がこのユーラスというカフェが良いと譲らず、仕方なく三十分ほどかけてここまで車で移動してきていた
「せっかく食事を取るなら、美容にいいもの食べたいでしょ」

冗談めかしていった杠は、隣でカレーを貪っている鷹央に、「ねっ？」と同意を求める。スプーンを止めた鷹央は、不思議そうに、「美容？」と首を傾けた。

「美容に興味ないの？　もしかしてあなた、すっぴん？　いい年して化粧もしないなんてヤバくない？」

「なんで顔にいろんなもの塗りたくらなくちゃいけないんだよ。ベトベトして気持ち悪いだろう」

鷹央は面倒くさそうにかぶりを振る。

「ちゃんとケアしないとそのうちシミができるわよ」

「大丈夫だ。見ろ、私のこの白い肌を。お前と違って肌が綺麗《きれい》なんだよ」

鷹央は得意げに自分の頬を指さす。

「それって多分、薄暗くてじめじめした部屋にこもっているから、紫外線とか乾燥と無縁だからじゃないですか？」

僕の指摘に、鷹央は「私の肌がすべすべで白いのは事実だろう」と頬を膨らませた。

「けど、すっぴんでそのルックスってことは、あなた結構素材はいいわね。ねえ、今度私にメイクさせてよ。めっちゃ美少女にしてあげる」

なにかのスイッチが入ったのか、杠が楽しげに言う。

「少女ってなんだよ、少女って。私はれっきとした大人のレディだぞ」

「そうですよね。鷹央先生、童顔だけど実はアラ……」

「……私がなんだって？」

地の底から響くような鷹央の声で、失言に気づいた僕の背筋が伸びる。

「な、なんでもございません！」

全身の汗腺から冷たい汗が滲み出す。そのとき、薬膳ラーメンをすすっていた鴻ノ池が、「そうですよ。鷹央先生、めっちゃ素材はいいんですよ」と、はしゃいだ声を上げた。

「一度、ちゃんとメイクさせてもらったことあるんですけれど、超美少女になりました。私ももう一度、鷹央先生を変身させたい」

「嫌だよ。私の顔はキャンバスじゃないぞ」

鷹央は苦虫を嚙み潰したような表情になる。

「えー、いいじゃないですか。また、可愛《かわい》くて綺麗になった鷹央先生を見たい」

「私はメイクなんかしなくても可愛くて綺麗だ」

僕の失言から話題が逸《そ》れたことに、安堵《あんど》の息を吐いていると、背後から足音が近づいてきた。振り返ると、この店の店長であるエプロン姿の痩せた中年女性が人の良さそうな笑みを浮かべていた。

「お味はいかがですか？」

「いつも通りとっても美味《おい》しいですよ、店長さん」

杠が愛想よく答えると、店長と呼ばれた女性は「そうでしょう」と嬉しそうに首を縦に振った。

「初めて食べるタイプのカレーだが確かにうまい。独特の味が癖になりそうだ」

鷹央は唇についたカレーのルーを舌で舐《な》めとった。

「うちで使っている野菜は全部、有機農法で作ったものです。農薬も化学肥料も使っていないから、安全で美味しいんです」

店長がエプロンに包まれた胸を張ると、鷹央は「それは違うぞ」と声を上げる。

「農薬や化学肥料の使用は、野菜の安全性と味になんの関連もない」

鷹央の指摘に、店長の顔が「えっ？」と強張った。

「農薬の安全性は科学的に繰り返し確認され、発がん性などの疑いが無いものだけが、現在は使用が認められている。また、使用量も法的に厳しく定められており、人体に害を及ぼさない量であることが分かっている」

「けれど、ほんの少しずつでも農薬を摂《と》ったら、だんだん体の中に蓄積されて……」

「現在使用されている農薬は、摂取しても素早く肝臓で代謝され、体に蓄積されないものだけだ。それにもし農薬を使用しなければ、害虫などの被害を受けて農作物の収穫量が激減することが分かっている。化学肥料も同じだ。一九〇〇年代前半に窒素から肥料を合成できるようになり、農業の効率は飛躍的に向上した。それにより食料の生産量が跳ね上がり、これまでとは比べ物にならないほどの人口を養えるようになった。もし、農薬や化学肥料を使用しなければ、現在世界中にいる人間の大半は餓死する危険性が高い。つまり、農薬や化学肥料は危険なものどころか、多くの人々の命をつなぐ極めて重要な生産物であると言える。世界的には無農薬有機農法で作られた作物を好む人々が確かにいるが、それは科学的な根拠があるわけではなく、どちらかというと宗教に近いもので……」

「鷹央先生、ストップ、ストップ。ほら、ここデザートも美味しそうですよ」

店長の顔がみるみると紅潮していくのを見て、僕は慌ててデザートのページを開いたメニューを鷹央に差し出す。

「おお、うまそうだ。そうだな……。このキャロットケーキとかもらおうか」

鷹央がメニューを指さすと、店長は「……承知しました」とどこまでも硬い声で答え、身を翻す。

大股で離れていく店長の背中を見送りながら、僕は大きく息を吐いた。

「ダメですよ、鷹央先生。そんな頭ごなしに否定しちゃ」

「本当のことを言っただけだろ」鷹央は唇を尖らす。

「鷹央先生の言っていることは正しいです。けれど先生自身が言ったじゃないですか。無農薬とか有機栽培にこだわるのは宗教に近いって。いきなり自分の信仰の対象を頭ごなしに否定されたら、拒否反応が出るのは当然でしょう」

諭すように言うと、鷹央はスプーンを唇に当てて数秒考えたあと、「まあ、そうかもな」と唇に手を当てた。

「つまり、もっとはっきりと自分の考えが間違っていることを科学的なエビデンスをもってぶつけ、その信仰を丸ごと粉々に打ち砕くべきという……」

「違う！」

とんでもないことを目論《もくろ》む鷹央に、僕は思いっきり突っ込む。

「なんだよ。大きな声出してうるさいな。それより……」

唇を歪めていた鷹央は、表情を引き締めて杠を見る。

「なんでわざわざ、このカフェにやってきた？　料理はなかなかうまいが、車を使ってやってくるほど特別な店だとは思えない」

まあ、その通りだな。僕は周囲を見回す。三十席ほどの木製のテーブル席と十席ほどのカウンター席がある、テニスコートほどの広さのシックな店内には、十数人の客がいた。

店内には小さな車輪がついて移動可能な姿見がいくつか置かれ、若い女性客がそこで自分の姿を鏡に映して、スマートフォンで撮影している。おそらく、ＳＮＳにでも投稿するのだろう。

テーブル席には空きが目立つが、正面に厨房《ちゅうぼう》とつながる大きな窓が開いたカウンター席は若い女性客を中心にほぼすべてが埋まっていた。そこの客たちは、オープンキッチンのようになっている厨房にいる店長と楽しげに話しながらランチを取ったり、アフタヌーンティーを楽しんだりしている。ほとんどが常連客のようだ。

「若い女の人って、おしゃれでちょっと意識が高い系のカフェ好きですからね」

皮肉っぽくつぶやく鴻ノ池を、僕は「お前も『若い女の人』だろ」と横目で見た。

「こういうお店って、カロリーとか気をつけるお客さんが多いから全体的に量が少ないじゃないですか。私的にはちょっとボリュームが足りないっていうか、もっと大盛りで油と炭水化物がガッと入っているようなものが食べたいんですよね」

麺をすすり終えた鴻ノ池は、両手でラーメンのどんぶりをつかむと、中に残っていたスープを一気に飲み干す。

「お前、塩分過多で高血圧になるぞ。スープ飲み干すのはやめておけよ。それにカロリーの高い物ばっかり食べていたら太るぞ」

「大丈夫ですって。私、当直の日以外は毎日十キロぐらいランニングして汗を流しているんですよ。あと、最近は鷹央先生と一緒に事件の捜査をすることも増えたから、合気道の稽古も増やしているし、ジムで筋トレもはじめたんです」

「化け物か、お前は。研修医として毎日忙しく働き回っているのに、仕事が終わったあとも動き続けるって……。エネルギーが余って、いつも意味なく暴れまわっている男子小学生みたいな奴《やつ》だな」

「誰が男子小学生ですか！　こんなキュートな後輩をつかまえて」

両手を机に当てて腰を浮かす鴻ノ池に、杠が冷めた目を向ける。

「食べても食べても太らないのなんて、三十歳までよ。それを超えると気をつけないと。どんどんお尻とか腰回りに脂肪がついてくるわよ」

「わ、私は大丈夫ですよ。さっき言ったとおり、いつも体動かしていますから」

「その、体を動かすのがきつくなるんだってば。疲労感が抜けなくなって、一日中家でゴロゴロしてポテトチップスとか食べていたくなっちゃうの。特に最近、本当に疲れが抜けなくて、やる気も出ないし……」

杠がため息混じりにリアルな話をしていると、鷹央が顔の横にスプーンを掲げた。

「だからスタイルを保つために、こういう過剰に自然食品に傾倒したカフェに私たちまで連れて来たっていうのか？」

「いいえ、あなたたちを連れてきたのは、ここが八千代さんの行きつけのカフェだったから」

「八千代和子の？」鷹央の表情が引き締まる。

「そう。医療不信の人とかは、こういう自然派のカフェを好むでしょ。だから、八千代さんはよくここで食事をしていたの」

「自分のもとを離れた八千代を取り戻そうと、お前も常連客となって、ここで八千代の情報を得ていたということか」

「そんなところかな。ただ私が得ていたのは八千代さんの情報だけじゃないけれどね」

杠が含みのある口調でよく分からないことをつぶやいたとき、鴻ノ池が「あっ！」と声を上げた。

「もしかしてこのカフェとうちの病院の間に、久留米池公園がありませんか？」

「え？」

僕は慌ててスマートフォンを取り出し、地図アプリを起動させる。確認すると鴻ノ池の言う通り、天医会総合病院とこのカフェを結んだ線のちょうど中間地点あたりに久留米池公園があった。

「じゃあ、もしかして八千代さんは病院を抜け出して、このカフェに向かっていたってことですか？」

僕が声を押し殺して訊ねると、杠は「それは多分違う」と首を横に振った。

「病院を抜け出したとき、八千代さんはすごく体調が悪くて、このままじゃ殺されるって怯えていたんでしょ。だったら、自分の命を助けてくれそうな一番信頼できる人物に会いに行ったはず」

「その人物に心当たりがあるのか？」

鷹央の問いに、杠は「ええ、あるわよ」とあごをしゃくった。そちらの方向に視線を向けると、白衣をきた細身の中年男が写ったポスターが貼られていた。

「水鏡《みかがみ》クリニック？　なんだこの胡散臭《うさんくさ》いクリニックのポスターは？」

鷹央の眉間に深いしわが寄る。僕も全く同じ気持ちだった。

光沢を放つまでにワックスで固めたオールバックの髪と、やけに高級感のあるスーツの上に白衣をボタンを閉めないまま羽織るという、臨床医としてはありえないファッションスタイル。まるでこちらを抱きしめようとしているかのように伸ばした両手と、やけに整った顔に浮かべている微笑。そのすべてが胡散臭かった。

しかし、そこに写っている男よりもはるかに胡散臭いもの、それはポスターに大きく記された、『鏡面反響療法専門医』という文字だった。

「鏡面反響療法ってなんでしょう？　聞いたことがないんですけれど……」

鴻ノ池が訝《いぶか》しげにつぶやく。

「聞いたことなくて当たり前だ。そんな治療法、存在しないんだから。きっとこの男が勝手にやっている代替療法の一種だろうな」

「代替療法ってなんですか？」

「文字通り、通常の医療の代わりに行われる治療法のことだよ。鍼灸《しんきゅう》などの一定の効果が確認されたものもあるが、多くは怪しいサプリメントや気功、効くんじゃないかという想《おも》い付きで投与される薬品など、なんの根拠もないデタラメな治療だ」

鷹央は吐き捨てるように言う。

「デタラメな治療って、そんなことやっていいんですか？」

「前にも言っただろう。日本において医師の裁量権というのは極めて強く設定されている。医師が自分の責任の下で患者に説明し、同意を得て行うなら、大抵の医療行為は合法的に行われる」

鷹央がもうカレーの残っていない皿を、スプーンでカチカチと苛立たしげに叩いた。

「それで結果が悪かったらどうなるんですか？」

「契約次第だな。だが、ほとんどの患者は泣き寝入りせざるを得ない」

大きくため息をついた鷹央は、すっと目を細めて「そうだろ？」と杠に水を向ける。

「ちょっと。私をそんな詐欺師たちと一緒にしないで」

「なに言ってんだ。お前は正真正銘、純度百パーセントの詐欺師だろ」

鷹央にピシャリと言われた杠は肩をすくめる。

「確かに私はある意味、詐欺師かもしれない。けれどね、医師免許っていう権威を振りかざして患者さんを信用させて、その人から健康と金をむしり取るような悪人と一緒にしてほしくない。私はちゃんと自分が身につけた技術で患者さんの信頼を得て、そのうえでその人の苦痛を取るような処置をしている。あなたがさっき言った『一定の効果がある代替療法』ってやつよ」

「物は言いようだな」鷹央は呆《あき》れ顔になる。「まあ、お前は患者を破産させるほどの大金を取らないし、自分の手に負えないと思ったら、私たちのようなまともな医者に紹介してくる。その点からすれば、詐欺師の中ではマシな方と言えなくもない」

「まともな医者……？　あなたがまとも……？」

杠は物言いたげな眼差しを向けてくるが、鷹央はそれを無視して口を開く。

「そろそろ本題に入れ。お前が私たちをここに連れてきたのは、あのポスターを見せるため。そうだな？」

「ええ、そうよ」杠は低い声で言う。「私の『カウンセリング』を受けていた頃から、八千代さんがこの店の常連だったことは聞いていた。だから八千代さんが私から離れたとき、情報を得るために私も定期的にこの店に通うようになったの」

「ここで八千代さんと会ったってことですか？」

僕が訊ねると、杠は「そんなわけないじゃない」と手を振った。

「そんなストーカーみたいなことをしたら、八千代さんに警戒されて、また通ってもらうどころじゃなくなる。ちゃんと時間をずらしていたし、鉢合わせしても大丈夫なように変装までしていたわよ」

「いや、変装して相手の行きつけのお店に通うだけでも十分にストーカーっぽいと思うんですけれど……」

僕のツッコミを聞こえないふりを決め込んで、杠は言葉を続ける。

「それで店長から色々な情報を聞き出したの。その結果があの水鏡クリニック」

「つまり、お前のもとを去った八千代は、代わりにあの怪しさ満載のクリニックに受診していたってことか?」

「そうらしい。まさか私を捨ててあんなのに走るなんて、本当にがっかり」

「なんか、彼氏に浮気されて振られた女の人みたいですね」

無邪気な口調で放たれた鴻ノ池の言葉に、杠は恨めしげな表情になる。

「……あなた、可愛い顔して結構えげつないこと言うわね。さっきは私の腕を折りかけるし、本当に物騒な子」

「え、やっぱり私、可愛いですか? ありがとうございます」

都合のいいところだけ取り上げてはしゃぐ鴻ノ池に、杠が「なんなの、この子」と眉根を寄せたとき、足音が聞こえてきた。振り返ると、いつのまにか店長がそばまでやってきていた。

「お待たせしました」

さっき鷹央に自分の信念を思いっきり否定されたせいか、硬い声で言いながら、店長は乱暴にキャロットケーキが載った皿をテーブルに置く。

「ゆっくりお楽しみください」

全く感情がこもっていない声でつぶやいて身を翻した店長の腕を、「ちょっと待て」と鷹央が摑む。

「な、なんですか？　もうあなたの話は聞きたくありません」

「私がお前の話を聞きたいんだ。八千代和子はこの店の常連客だったな」

　鷹央がなんの前置きもなく八千代の名前を出すと、店長の体がびくりと震えた。

「その反応を見ると、久留米池公園で八千代が遺体で見つかったことを知っているようだな」

「当然じゃないですか。こんな近くで殺人事件が起きたんだから。近所ではその話題で持ちきりです。全くあの公園、どうなってるんですか。前も色々事件が起きているし……」

　そういえば今回の八千代の遺体発見だけでなく、久留米池公園といえばかっぱが目撃されたり、『吸血鬼の原罪』事件に至っては全身の血液が抜かれた遺体が見つかったりしている。地元の者としては気味悪く感じるのも当然だろう。

「知っているなら話が早い。私たちは八千代のことについて調べているんだ。ちょっと話を聞かせてくれ」

「嫌ですよ。お客様のプライバシーを漏らすなんてことできません。特に八千代さんは、うちをご贔屓《ひいき》にしてくれていた大切なお客様ですから」

　店長は鷹央の手を振り払うと、逃げるように去っていこうとする。

「舞、捕まえろ」

鷹央に鋭く指示された鴻ノ池は「はーい」と軽く返事をすると、鷹央がさっきやったのと同じように店長の手首を摑んだ。

「だからいい加減にしてください」

再び店長が手を振り払おうとした瞬間、鴻ノ池は「そう言わずに、ちょっと座ってくださいよ」と手首を軽くひねって、店長のバランスを崩した。

たたらを踏んだ店長は、鴻ノ池に向かって倒れ込む。鴻ノ池はすっと立ち上がり、店長の体を支えながら位置を入れ替わった。一瞬にして、鴻ノ池の席に座る形になった店長は狐につままれたような表情で瞬きを繰り返す。

「これならゆっくりお話しできますね」

鴻ノ池は明るく言いながら、後ろから店長の肩に両手を置く。軽く触れているだけに見えるが、明らかに店長が立ち上がれないように重心をコントロールしている。

「本当に怖い子……」

杠がボソリとつぶやくと、店長が顔を真っ赤にして声を荒らげた。

「なんなんですか、あなたたちは。いい加減にしないと、警察を呼びますよ」

「おお、いいぞ。ぜひ呼んでくれ。ただ、困るのはお前だろうがな」

「な、なにを言って……」

「八千代和子はうち、つまり天医会総合病院から抜け出し、数時間後に久留米池公園で遺体として発見された。うちと久留米池公園を結んだ直線の先に、この店はある。そして、この店は八千代和子の行きつけであり、店長であるお前は八千代と親しかった」

「だ、だったらなんだって言うんですか？」店長の声が上ずる。

「もしかしたら警察は、八千代はここに向かったのかもしれないと思うかもな」

「どうしてうちに来るって言うんですか！　八千代先生は入院していたんでしょう？」

「この店は健康にいい料理を出しているんだろう？　もしかしたら、ここの食事を取れば病状が改善するかもしれないと思ったのかもな」

鷹央が冗談めかして言う。

「そんなわけないじゃないですか。うちの料理は確かに健康にいいですけれど、病気を治すためのものじゃありません。質の良い食材を使って栄養を摂って、免疫力を高めてもらって病気になりにくい体を作るだけです」

「免疫力というのは正確な表現ではないぞ。免疫というのは白血球をはじめとする免疫細胞が極めて複雑に作用して病原体を排除する機能だ。それらをRPGゲームの戦闘力のように捉えるのは間違って……」

「鷹央先生、鷹央先生、話が脱線しています」

軌道修正を図る僕を、鷹央は不思議そうに見る。

「なんだお前、ドラクエよりファイナルファンタジー派か？」

「ゲームの話じゃなくて、八千代さんがここに来たかどうかの話でしょ」

頭痛を覚えながら僕が突っ込むと、鷹央は「八千代……？」と視線を彷徨わせたあと、「そうだった、そうだった」と胸の前で手を合わせ、唖然《あぜん》としている店長に再び視線を戻した。

「つまりお前は、病状が悪かった八千代がわざわざ病院を抜け出してこの店に来るわけがないと言うんだな」

「そうですよ。当然じゃないですか」

「では、病気の八千代が助けを求めるとしたら誰なんだろうな？」

思わせぶりに言いながら、鷹央はゆっくりと視線を店の入り口に貼られている大きなポスターに移す。つられるようにそちらを見た店長の顔が強張った。

「お前はあの水鏡とかいう胡散臭いドクターに、八千代を紹介したんじゃないか？」

「水鏡先生は胡散臭いドクターなんかじゃありません！」

唐突に激昂《げっこう》した店長は、両手をテーブルに叩きつけると勢いよく立ち上がる。

「まあまあ、店長さん、落ち着いて。ほら、お客さんたちが驚いてますよ。深呼吸、深呼吸」

鴻ノ池が店長の肩に両手を置いた。その瞬間、店長は膝から崩れるように再び椅子に腰掛ける。合気道の技術を使って、店長を膝砕けにさせたのだろう。相変わらずとんでもない腕前だ。

自分の身になにが起こったのか分からないのか、店長は不思議そうに口を半開きにしている。その隙を突くように、鷹央が声をかけた。

「どう見てもあのドクターは胡散臭いだろ。ただ、いまはそんなことを議論している場合じゃない。いいから教えろ。お前は八千代をあの医者に紹介したのか？」

険しい表情を浮かべながら十数秒黙り込んだあと、店長はゆっくりとあごを引いた。

「紹介しましたよ。八千代先生が困っていたので、水鏡先生に相談をしてみたらどうかと」

「困っていた？」鷹央が小首を傾げる。

「ええ、八千代先生は去年から体調が悪くて、どこかの怪しいインチキ霊能力者の治療を受けていたらしいんです」

店長に『インチキ霊能力者』と言われた杠の唇が歪む。

「けれどその霊能力者、治療代を取っておきながら、『自分には治せない』とか、『医者にかかれ』とか無責任なことを言ったらしくて、八千代先生も目が覚めたということでした。だから、その代わりに治療してくれる人がいないか探していたんです」

「それで、あのポスターのクリニックを紹介したのか。けれど、八千代は極度の医者嫌いだったはずだ。医者を紹介しても受診しようとはしなかったんじゃないか？」

鷹央の疑問に、「最初はそうでした」と店長は頷いた。

「けれど、私が説得したんです。水鏡先生は普通の医者とは全然違う。あの人は特別な力で病気を治してくれる神様みたいな人だって」

「神様みたい？」鷹央の眉がピクリと動いた。「医者は決して『神』なんかにはなれない。すべての医者は医療の限界を知っている。だからこそ真摯に学び続け、そして患者にとってより良い治療を行えるように努力をし続けるべきなんだ」

「普通の医者ならそうなんでしょうね」

店長は小馬鹿にしたように鼻を鳴らした。

「けれど水鏡先生は違うんです。あの人は特別です。先生の鏡面反響療法は、まさにどんな病気も治してくれる万能薬みたいなものなんです」

「万能薬……。錬金術でありとあらゆる疾患を治し、さらに飲んだものを不老不死にさせるというエリクサーのようなものか……。なぜお前はそこまで、あんな胡散臭い医者を信じるんだ」

「なぜ私が信じるか？　そんなの簡単ですよ」

店長は両手を広げた。

「私自身が水鏡先生の鏡面反響療法で命を救われたからです」

「命を救われた？」

鷹央が小首を傾げると、店長は自慢げにエプロンに包まれた胸を反らした。

「私は四年前に末期がんと診断を受けました。卵巣がんが全身に転移して、もう手の施しようがない状況だと」

「……治療はしたのか？」

鷹央の問いに、店長は弱々しい笑みを浮かべる。

「なんとか助かりたくて化学療法をしましたけれど、ほとんど効果がないうえ、副作用も強くてやめました。もう助からないんだと諦めて、麻薬で痛みを取る治療だけをやっていました。そのとき、知り合いの紹介で出会ったのが水鏡先生だったんです。聞いた話では、鏡に映った患者のオーラを見て、その人を苦しめている原因を突き止めて、鏡の力を込めた特別な水でそのオーラを整えて病気を治すということでした」

「それを聞いたとき、胡散臭いとは思わなかったのか？」

鷹央の指摘に、店長は「もちろん思いましたよ」と笑みを浮かべる。

「私だってバカじゃないんです。あれだけ色々な治療をしても良くならなかった病気を、鏡の力で治すなんてありえないと思いましたよ。ただ、なにもしなければ余命半年もない状態だった。藁《わら》をも摑む気持ちだったんです」

そう、詐欺師たちは、その『藁をも摑む気持ち』を利用する。そして仮初めの希望にすがった患者から、ヒルのようにすべてを吸い尽くし、干からびさせ、最後にはゴミのように捨てるのだ。

唇を噛む僕の前で、店長は言葉を続ける。

「水鏡先生は私の話をじっくりと聞いてくれて、『きっと治るから安心してください』と言ってくれました。その言葉を聞いた瞬間、私の心に巣くっていた不安と絶望が嘘のように消えていったんです」

「そしてお前は、鏡面反響療法とやらを受けたというわけか？」

「そうです」興奮気味に店長は答える。「水鏡先生は不思議な診察室で私を診てくれたあと、『大丈夫、あなたの病気は治りますよ』と優しくおっしゃって、鏡振水《きょうしんすい》を下さいました」

「鏡振水？　それはなんだ？」鷹央は訝しげに訊ねる。

「鏡振水は水鏡先生がつくる特別な治療水です。患者一人一人の症状に合わせて、水鏡先生が調合してくださるんです」

「……その水を飲んで、お前はがんが治ったというのか？」

「もちろんすぐに良くなったわけじゃありません。けれど水鏡先生の治療を受け、鏡振水を飲んでいくうちに、明らかに体調が良くなっていくのが分かりました」

「それって、適切な緩和治療を受けて苦しい症状が取れただけじゃないんですか？」

鴻ノ池が常識的な感想を口にすると、店長は「緩和治療？」と小馬鹿にするように言った。

「な、なんですか？」

鴻ノ池はわずかに身を引く。その隙を突いて立ち上がった店長は「ちょっと待っていてください」と言って離れていくと、出入り口近くの壁に備え付けられている棚から、一冊のアルバムを手にとって戻ってきた。

「これを見てください」

店長はテーブルの上に置いたアルバムを開く。そこにはCTの画像が何枚も貼られていた。

「これは……」

喉からうめき声が漏れてしまう。

肺、肝臓、腹膜、骨、それらのCT画像に写し出された様々な臓器に、腫瘍と思われる白い陰影が浮かび上がっていた。

「これが去年に撮った私のCTです。この白く写っている点々は全部、転移していたがんだったんですよ。そしてこれがその半年後」

嬉しそうに言いながら店長はページをめくった。次のページに貼られている写真を見て、僕は大きく息を呑む。全身の臓器に散らばっていたがんの転移巣が、明らかに小さくなっていた。

「これが半年後の画像なのか？」

アルバムの写真をじっと見つめながら鷹央がつぶやく。

「そうですよ。そしてこれがさらに半年後」店長は再びページをめくった。

「がんが……消えている」

白い陰影がほぼ見当たらなくなっているそのページのＣＴ画像を見て、僕の口は半開きになる。

「これが水鏡という医師の治療を受けた結果だというのか？」

「そうです。一年間治療を受けて、私のがんは完全になくなりました。もともと通っていた病院の主治医も、『医学的にありえない。奇跡だ』と驚いていましたよ」

「あの、本当にその治療でがんが治ったんですか？」

鴻ノ池がおずおずと訊ねる。僕も同じ疑念が頭に浮かんでいた。

化学療法が著効《ちょこう》したとしても、ここまで腫瘍が縮小するのは極めて稀《まれ》だ。ましてや一般的な治療を行わないで、がんがこのように消えていくなんて考えられない。

「私が嘘を言っているとでも？　なんでそんなことしなくちゃいけないんですか？」

「それは、なんと言うか……」

鴻ノ池が言葉を濁していると、カウンター席に座っていた若い女性が「そうよ！」

と突然声を上げた。突然のことに僕たちが呆然としていると、女性はカウンター席から降りてつかつかと近づいてきた。

「水鏡先生の治療は本物です。私も先生に助けてもらったんだから」

「お前も？」鷹央が訝しげに聞き返した。

「はい。去年、急に体調が悪くなって、ほとんどベッドから起き上がれなくなったんです。病院に行ってもはっきりした原因は不明で、もうどうしていいか分からなくなったとき、店長さんに水鏡先生を紹介されたんです」

「……それで治療を受けて、治ったのか？」

「ええ、そうですよ」女性は得意気に頷いた。「水鏡先生の治療を受けはじめて一ヶ月もしたら、症状は全部消えて、それどころか前より元気になりました」

「あの、私もです」

もう一人カウンター席に座っていた年配の女性が声を上げる。

「今年の春、本当に体調が悪くなって、病院で調べたら心不全を起こしているって言われました。もう長くないんだなと思ったけれど水鏡先生の治療を受けて、心臓の機能も元に戻ったんです」

「私も原因不明のひどい貧血と、白血球がすごく減って危険な状態になりました。どの病院でも原因が分からなかったけど、水鏡先生の鏡面反響療法を受けたら、それが完全に治ったんです」

今度はテーブル席に座っていた初老の男性がおずおずと手を挙げた。

一体なにが起きているというのだろう？　次々と声を上げはじめる客に僕が啞然としていると、鷹央が興奮気味に声を上げた。

「がんをはじめとする様々な病気を治療できる、神のような能力を持った医者か。これはなかなか興味深いな」

口角を上げた鷹央は自らの腹をさすりながら、横目で店長を見る。

「なあ、その水鏡とやらの治療を私も是非受けてみたい。実は最近、胃の調子がいまいちでな」

「なにを言っているんですか、水鏡先生のクリニックは完全紹介制です。そんな気軽には受診できません」

「だったらお前が私を紹介してくれ」

鷹央は店長の顔を覗き込む。

「まさか嫌だなんて言わないよな。断られたりしたら私はショックのあまり、間違って、この店が八千代の行きつけだったということを警察に通報してしまうかもしれないぞ」

4

「本当にあの水鏡とかいうドクターの診察を受けるつもりですか？」

車から降りた僕は、鼻歌まじりに前を進んでいる鷹央に声をかける。カフェをあとにした僕たちは天医会総合病院へと戻ってきていた。

「当然だろ。末期がんをはじめとする様々な疾患を治す怪しい治療法だぞ。そんなものが本当に存在するなら、医学を劇的に進歩させる大発見だ。是非体験してみたい」

「そんなすごい治療法が実際あるんですかね？」

後部座席から降りてきた鴻ノ池が疑わしげにつぶやくと、どこか楽しげだった鷹央の表情に暗い影が差した。

「いや、それは考えにくい。全身に転移した腫瘍を、あのように寛解《かんかい》に近い状態まで消し去るなんてまず考えられない。なにかのトリックがあるはずだ。そしてそれを使って、病気に苦しんでいる患者を騙し、金を吸い上げている。……私がそのトリックを解明し、詐欺師の正体を暴き出してやる」

鷹央の口調には明らかな怒りが滲んでいた。

天才的な頭脳の代償として、鷹央は生まれつき他人とのコミュニケーションを極めて苦手としている。にもかかわらず内科医という患者とのやり取りが必須の道を選んだのは、自らの持つ類まれなる知性を、病魔に苦しめられている人々を救うために使おうと決めたからだ。そんな彼女にとって、医師という権威を使って患者を騙し、金銭と健康を搾り取っている者たちは、まさに不倶戴天《ふぐたいてん》の敵に等しい。

「いずれにしても店長さんからの連絡待ちですかね。それまでどうします？」

僕が声をかけると鷹央は「そうだな……」と考え込む。

数十分前、店長にお願い、というか脅迫して水鏡に紹介してもらうという約束を取り付けた鷹央は、瞬く間にキャロットケーキを平らげると、「それじゃあ、そろそろ行こうか」と席を立った。

店長の説明によると、水鏡の診察は完全予約制で、新規の患者は一般的には数週間待ちという状態らしい。しかし鷹央は「警察にこの店をかき回して欲しくなければ、三日以内に受診できるように手配しろ」と無茶ぶりをすると、自分の連絡先を（いつものミミズが断末魔の叫びを上げてのたうち回っているような悪筆で）記したナプキンを店長に押し付けて、カフェをあとにしていた。

「水鏡とかいう医者のことは置いといて、他のところから情報を集めていくとするか」

「他のところというと、警察ですか？」

鴻ノ池が訊ねると、鷹央は「ああ。それと叔父貴だな」と表情を引き締めた。

「院長先生はともかく、警察から情報を得るのは難しいんじゃないですか？　五日前の桜井さんたちの様子を見ると、今回は警察の力で解決するつもりみたいですよ」

「確かに、聞き込みを行ったり、周囲の防犯カメラを徹底的に調べ上げたりするという従来の警察の方法を使えば、八千代の足取りや、犯行時間に久留米池公園に侵入した人物を割り出すことができるかもしれない」

「じゃあ、やっぱり警察に任せておけばいいんじゃないですか？」

つぶやいた僕を鷹央はギロリと睨む。

「その捜査方法には膨大なマンパワーと時間が必要だ。それを悠長に待っている暇はない」

「……マスコミですか？」

「そうだ。有力政治家が夜の公園で殺害されたという内容しかまだ発表されていないが、この事件はかなり注目されている。マスコミもスクープを狙って動きが活発化する。そうすると当然、記者たちは普段から懇意にしている刑事から捜査情報を少しずつ得ていくはずだ」

「八千代さんがうちの病院に入院していて、病状が悪化していたという情報ですか？」

不安そうに鴻ノ池が訊ねると、鷹央は「それだけじゃない」とかぶりを振る。

「おそらく近いうちに、八千代が叔父貴に殺されると主張して警察に助けを求めていたことも、すっぱ抜かれる可能性が高い」

「そうなったら病院にマスコミが押しかけてきますよね」

「ああ、間違いなくな。職員だけならまだしも、通院している患者たちにまで無遠慮にマイクを向けて、無理やりコメントを取ろうとしてくるだろう。そうなったらまともに診療ができなくなる」

足を止めた鷹央はその小さな拳を強く握り込んだ。

「天医会総合病院は、この周辺で最大規模の病床を抱える地域の基幹病院だ。ここが機能不全に陥れば、東久留米市全域の地域医療のレベルは一気に落ちる。多くの患者に不便を強いることになり、治療の遅れによって致命的になる患者も出てくるだろう」

「恐ろしいですね……」

「いや、恐ろしいのはその先に起こることだ」

鷹央はあごを引くと、どこまでも不吉な口調で言う。

「それって、一体なんですか？」

「もちろん私が院長になることだ」

「……え？　それが恐ろしいことですか？」

鴻ノ池がまばたきをすると、鷹央は大きくかぶりを振った。

「当たり前だろ。ほとんどお飾りの立場の副院長のいまでも、ちょこちょこ面倒くさい雑用を姉ちゃんから押し付けられるのに、院長なんかになってみろ。これまでと比較にならないほど書類仕事が増えるだろうし、地域の医師会や政治家のじいさんたちとの会合にまで出席しないといけなくなるんだぞ。そんなの拷問だ。私にできるわけがない」

「拷問って、そんな大げさな……」

窘《たしな》めるように言う僕を、鷹央はぎろりと横目で睨んできた。

「お前、本当にこの私に医師会や政治家との調整ができるとでも思っているのか？　私が院長なんかになったらどんなトラブルが起こるか、ちょっと想像してみろ」

「いや、そんな自慢げに言われても……」

突っ込みつつも、確かに無理だろうな……、と僕は胸の中でつぶやく。

地域の開業医や行政との連携をスムーズにするための会合なのに、病院の代表として鷹央が出て行ったりしたら関係が破綻しかねない。高齢の開業医に、「もっと知識のアップデートをしろ。昭和の知識で診療するんじゃない」とか、政治家たちに「お前らは市民に権力の行使を委託されている立場であり、自分たちが権力者などと勘違いするな。そもそも間接民主主義というものは、十八世紀ごろから啓蒙主義や自由主義の普及が始まって……」などと苦言（と長々としたトリビア）を口にして、険悪な空気になるのは火を見るより明らかだった。

「……トラブルだらけになりそうですね」

「そうだ。そうなったら、それこそ病院機能が落ちて、患者たちに迷惑をかけてしまう。だから絶対に叔父貴のことが報道される前に、この事件を解決する必要がある。なによりも私の院長就任を阻止するために」

　鷹央は高々と拳を突き上げた。

……この人、もしかして本音は雑用を押し付けられたくないだけなのでは？

呆れつつも、僕は事件解決のために次に取るべき行動を考える。

「いつものように、桜井さんとか成瀬さんから情報を得られないとなると、一番話を聞くべきは院長先生ですかね」

「その通りだ。叔父貴は八千代について肝心な情報を隠している。特に八千代が告発していた新規病院の開設を潰した件についてな。それについて意地でも聞き出してやる」

「話してくれますかね。院長先生ってすごく頑固そうだし……」

鴻ノ池が言うと、鷹央は「大丈夫さ」とにやりと笑みを浮かべた。

「あの男の行動原理は、なによりも周辺の地域医療を守ることだ。もし自分のスキャンダルでマスコミが押しかけたりしたら、そして何より私が院長なんかに就任したら、地域医療が崩壊する。それを突きつければ協力させることができるはずだ」

「自分が院長なんかに就任したらって……。それでいいんですか？」

僕が呆れ声を出すと、鷹央は「いいんだよ」と、虫でも払うように手を振る。

「適材適所ってやつだ。私は院長より、統括診断部の部長として患者たちに診断を下している方が役に立つはずだ」

「それはそうですね」

僕が頷いたとき、鴻ノ池が突然、「あっ！」と前方を指さす。そちらに視線を向けた僕と鷹央も同じように「あっ！」と声を上げた。

病院の正面出入り口から、見慣れた二人組が出てくるところだった。

しわの寄ったコートを羽織った猫背の中年男、警視庁捜査一課殺人班の刑事である桜井公康が、愛想よく片手を上げる。その半歩後ろでは、成瀬隆哉《りゅうや》がいつも通りの仏頂面を浮かべていた。

「おや、こんにちは」

「うちの病院になんの用だ、腹黒タヌキ？」

鷹央に腹黒タヌキと呼ばれた桜井は、なぜか嬉しそうにはにかむ。

「いやあ、ちょっと院長先生に八千代さんの生前の病状などについてお話を伺おうと思ったんですが、『何一つ話せない』と門前払いでした」

「まったく、自分が主治医をしていた患者が不可解な亡くなり方をしたっていうのに、捜査への協力を拒むなんてなにを考えているんだか」

成瀬が不機嫌そうに吐き捨てた。

「当然だろう。医者には刑法第百三十四条によって守秘義務が定められている。どうしても八千代の情報が欲しいなら、裁判所に申請して令状を持ってくるべきだ」

「同じことを院長先生にも言われましたよ。さすが叔父と姪《めい》っ子だけあって似ていますね」

天敵である大鷲と似ていると言われ、鷹央は苦虫を噛み潰したような表情になる。

「しかし、土曜日だっていうのに、統括診断部の皆さん勢ぞろいでどこかにお出かけしていたということは、どうやら八千代さんの事件について、独自に捜査をしているようですね」

桜井が図星を突いてくる。しかし鷹央は答えることなく、二人の刑事をじーっと見つめた。

「どうしました？　顔になにかついてますでしょうか？」

桜井がわずかに無精髭《ぶしょうひげ》が生えている顔に手を当てると、鷹央の口角がじわじわと上がっていった。

「お前ら、捜査が行き詰まって困っているだろう？」

「なんのことでしょう？」

心から不思議そうに桜井は目を大きくする。鷹央は忍び笑いを漏らした。

「さすがは腹黒タヌキ、役者だな。けれど、後ろの筋肉バカの顔まではコントロールできないぞ」

鷹央は、桜井の後ろで驚きの表情を浮かべている成瀬を指さす。

「成瀬君、いつも言っているじゃないか。もうちょっと表情に出ないようにしないと、一流の刑事にはなれないよ」

「……申し訳ありません」

悔しそうに声を絞り出す成瀬を、鷹央は「表情筋の筋トレもしておけば良かったな」と無駄に煽《あお》る。成瀬の口元からぎりりと歯ぎしりの音が聞こえてきた。

「それで、どうして捜査が行き詰まっていると思ったんですか？」

しらを切るのを諦めた桜井が訊ねてくる。

「そんなの簡単だ。お前らがわざわざ声をかけてきたからだ」

「声をかけてきたから？」桜井は首をひねる。

「五日前お前らは、私たちの協力はいらない、警察だけで事件を解決できると門前払いにした。にもかかわらず、今日は顔を合わせると、やけに愛想よく話しかけてくる。明らかにあわよくば私の知恵を借りようとしていた。つまり、この五日間で警察のマンパワーだけで解ける単純な事件から、私の知恵を借りなくてはならないような不可解な事件へと、八千代の件が変化したということだ。そうだろ？」

「ご名答。その通りです」

あっさりと降参するように桜井は軽く両手を上げると、含みのある笑みを浮かべた。

「それで、ご協力いただけますかな？」

「それは、お前らの誠意次第だな」

五日前、けんもほろろに追い返されたことを根に持っているのか、鷹央はいつものようにすぐには首を縦に振らなかった。

「誠意ですか。具体的にはどのような誠意をご希望ですか？」

「そうだな……」

鷹央は腕を組んで数秒考えると、満面に笑みを浮かべた。

「とりあえず、ちょっとお茶でも奢《おご》ってもらおうか」

「いやー、やっぱりここのケーキは最高だ」

両手に持ったフォークでケーキを崩しては口に運びながら、鷹央は幸せそうに声を上げる。

桜井たちに会ってから約三十分後、僕たちは病院から車で五分ほどの距離にある

『アフタヌーン』というカフェにいた。ここの手作りケーキは鷹央の大好物だ。鷹央がへそを曲げたときなど、機嫌を取るための最終手段として、時々僕もここのケーキを買って、鷹央に献上したりしていた。

隣の席に座っている鷹央の前には、八つある店の手作りケーキが全種類一つずつ置かれている。これこそが鷹央が桜井に求めた『誠意』だった。

「鷹央先生、さすがに八個は食べ過ぎですって。本当に糖尿病になりますよ」

僕の苦言に、鷹央は面倒くさそうにフォークを持っている手を振った。

「うるさいな。人の金で好きなだけケーキが食えるんだぞ。こんな機会逃してたまるかよ。いやあ、悪いな、桜井。こんなに奢ってもらって。ここのケーキを全て制覇するのが夢だったんだ」

「よ、喜んでいただいてなによりです」

桜井はかすれ声を絞り出す。

材料からこだわっているこの店のケーキは、一個千円近くする。この店に入って席に着いた際、桜井は愛想よく「なんでも頼んでください」と言ったが、まさかケーキを全種類注文されるとは思っていなかっただろう。

「それで、なにか事件に進展はあったんですか？　どうして私たちの協力が必要になったんでしょう？」

ちゃっかり自分も二個ケーキを頼んでいる鴻ノ池が、唇にクリームをつけながら訊ねる。

「勘弁してくださいよ、鴻ノ池先生。安月給をはたいて皆さんに奢っているんだから、最初の質問ぐらい、こちらに譲ってください」

口調こそ冗談めかしているが、桜井の全身からは悲愴《ひそう》感が滲み出していた。おそらく本当に痛い出費なのだろう。

僕が桜井に同情していると、口の中のケーキを呑み込んだ鷹央が声を上げた。

「こいつらが聞きたいことなんてちょっと考えればすぐ分かるさ。病院から失踪する前の八千代の病状を詳しく聞きたいんだろう」

「どうしてそう思うんですか？」桜井の表情が引き締まる。

「簡単だ。叔父貴が守秘義務を盾に証言を拒んだということは、当然お前たちは八千代について質問したということになる。それに……」

鷹央は左手に持ったフォークの先を、桜井の隣に座る成瀬に向けた。

「成瀬はさっき『主治医をしていた患者が不可解な亡くなり方をしたっていうのに』と口走った。なんかしっくりこない表現だとは思わないか？　首を切られて殺害されたなら、特に不可解というわけでもないし、『亡くなり方』と言うよりは『殺され方』と言うはずだ。違うか？」

鷹央に水を向けられた成瀬は露骨に視線を外した。

「え、どういうことですか？　八千代さんが首を切られて久留米池公園で亡くなっていたのは間違いないんですよね」

鴻ノ池が唇についたクリームを舐め取った。

「八千代が久留米池公園で死亡したのと、首を切られていたのは純然たる事実だ。そこに、『不可解な亡くなり方』というファクターを加えたとき、答えが見えてくる」

鷹央は左手に持ったフォークを振る。

「八千代の死因は首を切られたことではないということだ。そうだろ、桜井？」

鷹央はあごを引くと、上目遣いに桜井を見た。桜井は少し迷うようなそぶりを見せたあと、ふっと表情を緩めて拍手をする。

「さすがは鷹央先生。ご名答です」

「え？　死因じゃないってどういうことですか？　首の傷は致命傷にならないくらい浅かったということですか？」

混乱した僕が訊ねると、桜井は「いえいえ、そうではありません」と首を横に振った。

「八千代議員の首の傷は極めて深いものでした。大きな刃物、おそらくはナタのようなもので、のど元が大きく抉られて、気管や頸動脈《けいどうみゃく》は完全に切断され、その奥にある頸椎まで露出するほどでした」

「なら、完全に致命傷じゃないですか。なのに死因じゃないっていうのはどういうことなんですか？」

質問を重ねる僕に、鷹央が、「おい」と声をかけてくる。

「少しは自分で考えてみろよ。『受けたら即死するような深い傷を負っているにもかかわらず、それによって死亡したのではない』という状況。そこから導き出される答えなんて明確だろ」

「即死レベルの傷を負っているのに、死因じゃない……」

僕はつぶやきながら思考を巡らせる。十数秒考えたあと、僕ははっと息を吞んだ。

「まさか、首の傷を受けたとき、すでに八千代さんは亡くなっていた？」

「またまたご名答です。さすがは統括診断部の皆様、素晴らしい洞察力ですね。いやあ、感服です。我々警察も見習いたいものです」

桜井の歯の浮くようなお世辞に、鷹央は「まあ、指導医が素晴らしいからな」と薄い胸を反らした。

「え？　え？　どういうことですか？　首を切られたとき、もう死んでいたって」

鴻ノ池が目を白黒させると、成瀬がつまらなそうに説明を始める。

「そのままの意味ですよ。司法解剖の結果、首の傷は死後につけられた可能性が高いという報告が上がってきたんです」

「傷口に生体反応が見られなかったということだな」

鷹央の確認に、成瀬は厳《いか》つい肩をすくめた。

「専門的なことは分かりませんが、そんなことが書かれていましたね。遺体発見現場の状況からも、首を切られたとき、すでにガイシャは死亡していたと推測されます」

「なるほど、出血が少なかったんだな」

「ええ、その通りです」

桜井は重々しく頷く。

「生きている人間の頸動脈が切断されたら、噴水のように血液が吹き出して辺りにまき散らされるはずです。だが、実際は遺体の首元にだけ少量の血液が確認されたに過ぎなかった。だから、捜査本部は最初、ガイシャが別の場所で殺害され、現場に運ばれてきたと考えていました」

「けれど実際は、すでに亡くなっていた被害者の首を何者かがわざわざ抉り取ったということか。しかし、なんでそんなことをしたのか……」

あごを撫《な》でる鷹央を、桜井は「そこなんですよ」と指さす。

「遺体の首元をわざわざ抉る理由が分からない。なので我々も困惑しているんです」

「その理由を私に推理して欲しいというわけだな」

鷹央が鷹揚《おうよう》に頷くと、桜井は首を横に振った。

「いえいえ、そうではありません。もちろんその理由を推理していただければありがたいですが、いまなによりも私たちが知りたいのは、院長先生に守秘義務を盾に教えていただけなかった情報、つまりは、病院から失踪する前の八千代先生の病状です」

桜井はすっと目を細くすると、もともとの猫背をさらに前傾させた。

「八千代先生の状態は、いつ死亡してもおかしくないようなものだったんですか？」

「八千代が病死だったのか否か。それがいま、捜査本部がもっとも知りたい情報ってわけか」

低い口調で、桜井は「その通りです」と答えた。

鷹央は数秒黙り込んだあと、ゆっくりと口を開く。

「司法解剖では、死因は分からなかったのか？」

「はっきりとした死因を特定するのは困難という報告が上がってきました。解剖したところ心臓、肝臓、腎臓、肺……、全身の臓器に強い炎症によるダメージが確認されたということです」

「多臓器不全……」

鴻ノ池が小声でつぶやくのを聞いて、僕は唇を固く結ぶ。

術後、八千代に生じていた原因不明の炎症性疾患。きっとそれが彼女の命を奪ったのだ。病原体に感染していたわけでもないのに、なぜあれほど強烈な全身性の炎症が生じたのだろう？　救急要請を受け、そして助手として手術にも参加した身としては、気になって仕方がなかった。

「令状を取ってカルテを閲覧することも可能ですが、かなりの手間と時間がかかります。捜査を早めるためにも、鷹央先生から情報をいただけませんか？」

桜井の要請に、鷹央は「さてどうしたものかな」と思わせぶりに微笑んだ。

「鷹央先生、だめですよ」僕は釘《くぎ》を刺す。「さっき自分で言ったじゃないですか。医師には守秘義務があるって」

「しかし、刑法にはこう記されている。『正当な理由がないのに』と。病院から抜け出し、首元を抉り取られた遺体として発見された患者。彼女になにがあったのか調べている警察への情報提供が『正当な理由』に当たるか否かは微妙なところだな」

鷹央は目を細めて桜井を見る。

「なあ、桜井。診療情報の提供が『正当である』と私に納得させてくれよ」

「なるほどなるほど。八千代先生の診療情報を渡す代わりに、警察の情報を横流ししろというわけですね」

「いやいや、そんなことは言っていないぞ。ただ、それなりの誠意を見せてくれれば、私としても舌の滑りが良くなりそうな気がするな」

また始まったよ……。

鷹央と桜井が同時に怪しい忍び笑いを漏らしはじめるのを見て、僕は小さくため息をつく。この二人が顔を合わせるといつもこうやって、キツネとタヌキの化かし合いが始まるのだ。そしてなにより厄介なのは、二人がお互いの腹の探り合いを、明らかに楽しんでいることだ。

「ちょっと桜井さん。令状を取れば手に入る情報をもらうためだけに、捜査情報を横流しするのはあまりにも割に合いませんよ」

成瀬が苦言を呈すると、鷹央はフッと小馬鹿にするように鼻を鳴らした。

「……なにがおかしいんですか？」成瀬の眉間にしわが寄る。

「いやいや、お前も変わったなと思ってな。割に合わないということは、『いい条件なら情報を流しても問題ない』と考えているということだ。最初の頃のお前なら、『警察が素人に情報を流せるわけがないでしょ』とか言っていたのに。石頭もだいぶ柔らかくなってきたようだな」

鷹央の嫌味に成瀬の眉間のしわが深くなった。

「まあまあ。成瀬君、そう言わないで。令状を取るための申請書、書くの面倒くさいでしょ。私、ああいう書類仕事、大嫌いなんだよね。それに、急がないと私はこの事件から手を引かないといけなくなるしね」

「え、手を引くってどういうことですか？」

僕が驚くと、桜井の代わりに鷹央が口を開いた。

「警視庁捜査一課は、重大事件が起きたときのみ所轄署に捜査本部を立てて捜査に当たる。特にこの腹黒タヌキは殺人班の所属だ。今回の事件、首の傷が死後につけられたとなると、殺人ではなく死体損壊事件になる。そうなると、捜査本部は解散して、所轄署が中心になって捜査に当たることになるかもしれない」

「そうなんですよ」

桜井は鳥の巣のようにもじゃもじゃの頭を搔く。

「ガイシャが有力政治家ですし、十六ある警視庁捜査一課殺人班で稼働していない班が二つほどあるので、いまのところ捜査本部は維持されています。ただ、都内で他の殺人事件が起これればその余裕がなくなって、私たちの班も、そちらの捜査に動員される可能性は十分にあります」

「捜査本部が解散すれば、動員できる警察官の数は激減して捜査能力は大きく低下するな。そうなる前に事件を解決しなければ、迷宮入りになる可能性も低くないというわけか」

「そうなったら皆さんも困るんじゃないですか？　八千代先生は亡くなる寸前まで天医会総合病院に入院していた。早くなにが起こったか解明しないと、マスコミのいい餌食です。一方で、私も一度始めた捜査を途中でほっぽり出すのは本意ではありません。というわけで力を合わせませんか?」

桜井はテーブル越しに右手を差し出してくる。鷹央はポリポリと首筋を搔いたあと、その手を握り返した。

「迷宮入りしてもお前はちょっと心残りなだけだが、私たちは大きなダメージを受ける。こうなると立場はお前が上だな。いいだろう、協力しよう。取引成立だ」

「やはり、叔父上のことが心配なんですね」

「叔父貴なんてどうなろうが知ったこっちゃない」

握手した手を引いた鷹央は、大きくかぶりを振った。

「私が院長にされるかもしれないことが最大の問題なんだ。お前と一緒で、私は書類仕事が大嫌いだ。あんなことばっかりやっていたら頭がおかしくなる」

「それでは、さっそくお答えいただいてもいいですか? 病院から失踪する前の八千代先生の容体は、命を落としてもおかしくないほど重篤なものだったんですか?」

「ああ、十分に命を落とす可能性のある状態だった」鷹央は迷うことなく頷いた。

「なぜそのような状態になったんですか?」

「それは分からない。最初は手術の手技が不完全で縫合不全でも起こしたか、細菌に感染して敗血症を起こしたのかと思ったが、検査によってそれらは否定された」

「へえ、あなたでも分からないんですか」

小馬鹿にするような口調で成瀬が言う。鷹央の頬に赤みがさした。

「私が診察依頼を受けて病室に行ったら、八千代は脱走していたんだ。私がしっかり診れば、診断できていたはずだ」

「はいはい、そうなんでしょうね」

成瀬はいつもの仕返しとばかりに、手をひらひらと振った。鷹央の頬がさらに赤みを増していく。

「なんだよ、その態度は！　信じてないな？　いいか、私にかかれば世の中のどんな疾患だって瞬く間に診断を……」

椅子から腰を浮かし、いまにも成瀬に飛びかかりそうな鷹央を、僕は慌てて「鷹央先生、落ち着いて」と羽交い締めにする。

「鷹央先生、はい、ケーキですよ。あーんしてください。あーん」

鴻ノ池がフォークに刺したショートケーキの欠片《かけら》を鷹央の口に運ぶ。鷹央は険しい顔のままケーキをくわえると、椅子に腰を落とした。ケーキの甘みでなんとか怒りを希釈できたようだ。

「八千代議員の診療情報と、司法解剖の結果という情報交換が出来ましたので、次に鷹央先生にお願いしたいことがあります」

ケーキを咀嚼《そしゃく》している鷹央に、桜井が愛想よく微笑みかけた。

「天久《あめく》大鷲先生と八千代和子議員、そのお二人が病院の新規設立計画を妨害したという噂《うわさ》について調べていただけないでしょうか？」

5

「あの、鷹央先生。本当に正面から乗り込むんですか？」

廊下を大股で闊歩《かっぽ》する鷹央に、鴻ノ池がおずおずと声をかける。

『アフタヌーン』で（鷹央がたらふくケーキを食べ終えるのを待って）桜井たちと別れたあと天医会総合病院へと戻ってきた僕たちは、三階のスタッフフロアの一番奥にある院長室に向かっていた。

「当たり前だろ。叔父貴と八千代のことを知りたいなら、本人を問い詰めるのが一番早い」

「でも院長、話してくれますかね？」

僕が鼻の頭を掻くと、鷹央は「なんとしても口を割らせる」とまっすぐに正面を見据えた。

「えっと……。私は医局で待っていたりしてもいいですか？」

首をすくめる鴻ノ池を、鷹央は足を止めて訝しげに見つめた。

「なにを言ってんだ、舞？」

「だって私、初期研修医ですよ。研修責任者の院長先生とトラブルを起こして、研修修了の認定がもらえなくなったりしたらどうしようかなぁとか……」

「そんなことあるわけないって。個人的な感情で認定をしなかったりしたら、それこそ問題になる」

呆れ声を出す僕を、鴻ノ池はキッと睨みつける。

「そうかもしれませんけど、やっぱり怖いんですよ。だって私、この病院の医者の中で一番の下っ端ですよ。なのに院長の部屋に乗り込むなんて。上の先生とは波風立てずに、静かに研修を終えたいんです」

「静かにってお前……、いつもうるさいじゃないか」

「うるさいってなんですか。元気で潑剌《はつらつ》としているって言ってくださいよ」

「まあどっちでもいいけれど、そもそも僕も一応『上の先生』だぞ。でもお前、いつもからかってきてるだろ」

「えっと、小鳥先生はなんと言うか……、優しいから思わずなめちゃうというか。威厳があんまりないというか……」

僕の表情が険しくなっていくのを見てさすがにまずいと思ったのか、鴻ノ池は愛想笑いを浮かべる。

「小鳥先生をいじるのは親愛の情を示しているんですよ。これは敬意の表れです」

「そうかそうか、それじゃあぜひ院長にもその親愛の情とやらを示してやってくれ」

僕は鴻ノ池の後ろ襟を摑む。

「あっ、ちょっと、離してください。本当に怖いんですってば」

ギャーギャー騒ぐ鴻ノ池を僕は、（投げ飛ばされないように細心の注意を払いながら）強引に引きずるようにして連れていく。

廊下を突き当たりまで進み、院長室の前まで来たところでようやく諦めたのか、鴻ノ池がガクリとこうべを垂れた。

「あとで絶対投げ飛ばす……あとで絶対投げ飛ばす……」

ブツブツと物騒なことをつぶやいている鴻ノ池を無視して、僕は目の前にそびえる観音開きの扉を見つめた。

「それで鷹央先生、口を割らせるって、具体的にはどうするつもりなんですか？」

僕が訊ねると鷹央は「叔父貴の弱点を突くのさ」とシニカルに微笑んで扉に両手をかけた。

「頼もーう！」

道場破りのようなセリフを発しながら、鷹央は扉を押して開いていく。

「……鷹央か」

高級感が漂う木製のデスクで書類を眺めていた大鷲が、視線を上げた。

「部屋に入るときはノックぐらいしろ。なにか用か？」

「用がなきゃお前の部屋になんか来るわけないだろ。ノックして欲しければドアをもうちょっと安っぽいものに変えろよ。こんな成金っぽい、これ見よがしに高そうな扉じゃ、気が引けてノックする気にもなれないんだよ」

鷹央の嫌味に、大鷲の眉がピクリと動いた。

「うちの屋上に建てた、お前のメルヘンチックな〝家〟よりもだいぶマシだと思うがな」

今度は鷹央が眉を顰める。叔父と姪は、空中で激しく視線をぶつけ合った。

この人たち本当に仲悪いな……。同族嫌悪ってやつか？

僕が内心で呆れていると、鷹央はつかつかと部屋を進み、デスクに勢いよく叩きつけるように両手を置いた。

「八千代和子について、知ってることを全部教えろ」

「八千代議員の診断を依頼した時点で、お前には彼女のカルテにアクセスすることを許可している。彼女について知りたければ、それを読めば……」

「違う！」鷹央は大きく手を振る。

「私が知りたいのは八千代の診療記録じゃない。お前との関係だ！」

「……なぜそれを知りたがる？」

「事件解決のために必要だからに決まっているだろう」

鷹央の言葉に、大鷲の目つきが鋭くなる。

「何度も言っているが、お前は医者だ。探偵ごっこはやめろ。事件については警察に任せておけばいい」

「本当にそれでいいと思っているのか？」間髪入れずに鷹央は言葉をかぶせた。

「……なにが言いたい？」大鷲の眉間にしわが寄った。

「何度も、『探偵ごっこ』をしてきたおかげで警察の捜査方法というのを私はよく分かっている。今日、お前は刑事の事情聴取を断ったな」

「なぜそれを知っている？」

「『探偵ごっこ』で警察にコネがあるんだよ。お前が政治家や医師会のお偉いさんたちに顔が広いように、私は捜査関係者に顔が広いんだ」

鷹央は自慢げに胸を反らす。

「あいつらはしつこいぞ。何度も何度も話を聞きに来るだろうし、場合によっては令状を持ってくる。そして、こちらが非協力的だった場合は、マスコミに情報を流したりもする」

マスコミという単語が出た瞬間、大鷲の眉間のしわが深くなった。

「このまま警察に任せておいても、事件は解決するかもしれない。ただ、うちの病院にマスコミが殺到するのは間違いない。もしかしたら、お前が犯人かもしれないと匂わせるような記事が世間をにぎわせるかもな」

鷹央はシニカルに口角を上げた。数秒硬い表情で黙り込んだあと、大鷲はゆっくりと口を開く。

「それは仕方ない。私は主治医として彼女を救うことができなかった。一定の責任があるのは事実だ。批判は甘んじて受けよう」

「なに悲劇のヒロインみたいな、くさい覚悟を口にしているんだ。叔父貴のことなんてどうでもいいんだよ。問題はこの病院だ。院長が担当患者を殺したかもしれないなんて面白おかしく書き立てられてみろ。うちの患者たちはどう思う?」

初めて大鷲の顔に強い動揺が走った。

「お前のせいで患者たちが不安になり、受診を控えるかもしれない。もちろんそうなれば、病状が悪くなる患者が出るだろうし、病院の経営も傾くかもしれない。うちはこの地域の最大の医療施設だ。地域医療が崩壊するぞ!」

鷹央はデスクに両手をついたまま思い切り身を乗り出す。

「お前はいつも言っていたな。この病院の経営を安定させ、質の高い医療を提供することこそ自分の義務だと。このままではその『義務』が果たせなくなる」
深い苦悩をその顔に刻みながら、大鷲は唸《うな》るような声を絞り出す。鷹央は「そして
なにより」と、さらに体を前傾させた。
「私が迷惑を被るんだよ！　お前、私を院長にするなんてふざけたことを言っていた
が、本気で私が院長の仕事をこなせるとでも思っているのか？」
やっぱり、それが最大の理由なのか……。
「いや、思ってはいない。お前には無理だ。病院がめちゃくちゃになる」
弱々しく首を横にふる大鷲に、鷹央は「よく分かってるじゃないか」と、満足げに
頷いた。
「地域医療を守りたいなら、私に協力しろ。私が『探偵ごっこ』で、すぐに事件の真
相を解決してやる。そして、お前はこれからも院長として馬車馬のように働き、私は
統括診断部の勤務に集中させてもらう。いい取引だと思わないか？」
大鷲は唇を噛んで数十秒考え込んだあと、大きくため息をついた。
「一体なにが聞きたいんだ？　八千代議員とどうやって知り合ったかか？」
天敵である叔父を完全にやり込めた鷹央は満面に笑みを浮かべる。
「お前と八千代がどのように出会ったのか、それは秘書の藤田から聞いている。一番
知りたいのは病室でパニックになったときに八千代が口走った、病院の新規建設を妨

害したという件についてだ」

　そこで言葉を切った鷹央は、大鷲の目をまっすぐに覗き込む。

「お前と八千代は、いったい何をしたんだ？」

「……それを話したところで、八千代先生の身に起きた事件が解決するとは思えない。重要な情報ではないはずだ」

「重要じゃないかどうかは私が判断する。お前は外科手術や病院経営のプロかもしれないが、事件の捜査に関しては素人だろう。『探偵ごっこ』のプロである私の判断に口を出すな」

「鷹央先生、『探偵ごっこ』って馬鹿にされたこと根に持ってますね」

　隠れるように僕の後ろに立っている鴻ノ池が囁《ささや》いてくる。

「あの人、めっちゃ執念深いからな」

　僕がつぶやくと、鷹央は更に言葉を続けた。

「マスコミがこの病院に押しかける前に事件を解決するためには、大量の情報が必要だ。それらの情報のうち、なにが役に立ちなにが役に立たないかは私が判断する」

「……分かった、話そう」

　大鷲は観念したように大きく息をつくと、静かに語りはじめる。

「七年ほど前のことだ。ここから数百メートルほどしか離れていない場所に、新しい総合病院の建設計画が持ち上がった」

「数百メートル？　何十年も前からこの地域に根差しているうちの病院のそんな近くに建てようとするなんて、よほど患者を奪う自信があったのか？」

鷹央が首をひねると、大鷲は「その通りだ」と頷いた。

「大理石が敷かれた豪奢《ごうしゃ》なエントランス、全て個室の病室、レストランのようにメニューを選べる病院食、……まるで高級ホテルのような総合病院だった」

「ああ、そういうサービスを売りにしている病院って最近増えてきているよな。ただ、個室料とかが結構かかるから、普通は富裕層向けに都心に作るもんじゃないか？」

「個室料は、特別に広い個室以外は取らないという方針だった」

「そうなると、確かに患者が流れるかもな。うちの病院、なんだかんだ言って古臭いからな」

鷹央はコリコリとこめかみを掻く。

「ただ、普通の保険診療だけでそんなサービスをしたら、大赤字になるだろ？　私は病院経営に関しては素人だが、さすがに採算が取れないことぐらい分かるぞ」

「普通ならな。ただし、その病院にはカラクリがあった」

「カラクリ？」

「そうだ。その病院は二百床程度の中規模で、循環器内科、整形外科、皮膚科、透析などの診療科を開設する予定だった」

「……大きな利益を上げやすい診療科だな」

「その通りだ。一方で、小児科、救急、外科、産婦人科などの不採算部門となりやすい診療科は受け入れないとの方針だった」

「金になる患者だけ豪華なサービスで引き付けて、金にならない患者はうちに押し付けようってわけか」

「そうだ。もしその病院が実際に稼働されれば、うちの病院の収益は一気に悪化し、場合によっては潰れてもおかしくなかった。いや、潰して周辺の患者に選択肢をなくした上で、様々なサービス料を一気に値上げする。それがその病院の最終的な目的だったはずだ」

「えげつないな……。本当にそんなことを考えていたのか？」

鷹央は顔をしかめる。

「間違いない。実際に関西のベッドタウンで、その病院グループは同じことをして地域医療を崩壊させていた前科がある」

「病院の不採算部門は、患者の命に直結するものが多いからな。救急、小児科、産婦人科が地域から消えたら、いざというときに治療を受けることが難しくなり、そこに住む人々の健康リスクは一気に上がる。お前がどんな手を使ってもその病院の建設計画を潰したいと考えた理由はよく分かったよ」

鷹央は重々しく頷いた。

「でも、その病院は法に反しているわけじゃないんですよね？　それだと建設計画を止めるのは難しいんじゃないですか？」

僕が疑問を口にすると、大鷲は「そうだ」と険しい顔で頷いた。

「だから私は、八千代議員に接触をした。彼女ならなんとしてもその病院の建設計画を止めようとする。そう確信していたから」

「八千代さんの病院嫌いを利用しようとしたということですか？　けれど八千代さんが嫌っているのは、全ての病院ですよね。病院同士の争いにわざわざ関与しようとは思わないんじゃないですか？」

「八千代議員はこの地域から選出された都議会議員だ。病院が嫌いだと言っても、うちが潰れて地域医療が崩壊するのはまずいということは理解していた。それになにより、建設予定の新しい病院には八千代議員を動かすに足る看過できない計画があった」

「看過できない計画ってなんですか？」

僕の後ろに隠れている鴻ノ池が、オドオドと顔を出しながら訊ねる。

「とある医療法人と提携をして、高額の代替療法をその病院では行うことになっていたんだ。がんに対する怪しい免疫療法を」

抑揚のない声で大鷲は告げる。鷹央の表情が歪んだ。

「よりによって総合病院で、そんな詐欺まがいの医療をやろうとしていたっていうのか？」

「そうだ。あの手の免疫療法は極めて利益率が高い。個室料をはじめとするサービス料を安価に抑え込んでうちから患者を奪い、潰すまでの間、そのような詐欺医療を行い収入を確保すれば病院の経営を安定させることができる。ある意味合理的な経営方針だ」

そこで言葉を切った大鷲は、デスクの上の拳を震えるほどに強く握って続けた。

「医師としてのプライドと倫理観を捨てればな」

「……この地域は高齢化が進んでいる。がんに罹患《りかん》している、もしくはこれから罹患する患者がたくさんいるということだ。それに都心から離れているこの辺りは治安が良いこともあって、詐欺をはじめとする犯罪行為に対する住民の警戒が弱い。さらに、一軒家が多く、持ち家に住んでいる者が多い。すなわち一定の財産はあるというわけだ。よくよく考えると、高額なのに効果のない代替療法で大金を搾り取るには、悪くない立地だということか」

鷹央は淡々と分析していく。しかし、その口調からは隠しきれない怒りが滲み出していた。

「そうだ。がんの代替医療を行った患者は、その大部分が不幸になる。本来なら治療できるがんも、効果のない代替医療を行っているうちに進行してしまい、金と健康を失い絶望のうちに命を落とすことになる。だからこそ、どんな手を使ってもその病院の建設を止めなくてはならなかった」

「それで、かつて夫が代替医療の犠牲になり、そのような医療に対して強い怒りを持っている八千代に接触し、協力を仰いだということか」

「私の説明を聞いた八千代議員は激しく憤り、そして私と共にその病院の建設計画を阻止しようと立ち上がってくれた。彼女は同僚議員たちを巻き込み、都知事に陳情を行い、病院設立の許可を出さないように強く働きかけた。この件において、私と八千代議員は〝盟友〟だったんだ」

「しかし、病院の設立自体は合法だ。政治家たちの動きだけで止めるのはなかなか難しい。他にも何か手を打ったんだろ?」

「ああ、その通りだ」

大鷲はデスクに肘をつくと、両手を組んだ。

「探偵を雇い、代替療法ビジネスのノウハウをその病院に提供する予定だった『梅花《ばいか》会《かい》』という医療法人のスキャンダルをできる限り集めた。その代替療法で死亡した患者の遺族へのインタビューや、患者を騙した金で優雅に暮らす医療法人の代表たちの生活などの情報を集め、それを懇意にしているジャーナリストに金を摑ませて大々的に特集を組ませた」

「……かなり危ない橋を渡っているな。法に触れかねない行為だ」

鷹央の目つきが鋭くなる。

「私の使命はこの地域の医療レベルを維持すること、この病院を信頼して来る患者たちに最高の医療を提供することだ。そのためならどんなことでもする。お前に非難されても、私の信念が揺らぐことは決してない」

「非難なんてしないさ」鷹央は肩をすくめる。「患者のために全力を尽くすのは当然だ。それが仕事、そして私たち医師のアイデンティティだからな」

熱い想いを孕《はら》んだ鷹央のセリフを聞いて、大鷲の口元がわずかに緩んだように僕には見えた。

「それで、新しい病院の建設計画はどうなったんですか？」

再び、好奇心が抑えられなくなった鴻ノ池が、僕の後ろから少しだけ顔を出しながら訊ねた。

「取りやめになった。八千代議員の働きかけで建設許可が下りるかどうか不透明になったうえ、高額の代替療法ができなくなり、採算を取ることが難しくなったからな」

「代替療法ができなくなったのは、報道により危険性が周知されたからか」

鷹央の問いに、大鷲は首を横に振った。

「いや、新設予定だった病院に代替療法のノウハウを提供する予定だった梅花会が潰れたからだ。ジャーナリストに書かせた記事がかなりの反響を呼び、被害にあった遺族たちが訴訟を起こしはじめた。報道によって騙される患者が一気に減り、そして訴訟での莫大《ばくだい》な賠償金請求もあり、医療法人は一気に破綻した」

「そういえば何年か前、まったく効果のないがんの免疫療法を専門に行っていたクリニックのひどい内情が、大々的に報道されたことがあったな。あれの仕掛け人が叔父貴だったのかよ」

鷹央は苦笑を浮かべる。

「融通の利かない石頭だと思っていた叔父貴が、そんな搦《から》め手を使えるとはな。ちょっと見直したよ」

「お前に見直されても嬉しくはない。それより、いまの話が八千代議員の身になにが起きたのかを解き明かす手がかりになるのか?」

「さあ、どうだろうな?」

鷹央が軽い口調で言うと、大鷲の鼻の付け根にしわが寄った。

「そんな怖い顔するなって。さっき言っただろう。いまはまだ情報をできるだけ多く集める段階なんだ。それに安心しろ、叔父貴のことは大っ嫌いだが、医師としてこの病院に来る患者を救いたい、そのためにもこの病院を守りたい、という気持ちだけは同じだ。お前が七年前、手段を選ばず病院を守ったように、今回は私もどんな手を使ってでもこの事件を解決してやる」

今回はって、事件解決のためにはいつも手段を選んでないじゃないか……。

僕が内心で突っ込んでいると、鷹央は力強く左拳を突き上げた。

「見ておけよ。八千代になにが起きたのか私が全て暴いてやる。この病院のため、そしてなによりも私が院長なんていう面倒くさい仕事を押し付けられないために！」

6

「わあ、すごい、ソファーふかふか。シャンデリアも綺麗。なんかいい香りするし、ラグジュアリーホテルのスパの受付みたい」

隣に座っている鴻ノ池が甲高い声を上げる。

「小学生みたいにはしゃぐなよ」

僕が窘めると、鴻ノ池は「誰が小学生ですか」と、頬を膨らませる。

大鷲から過去の話を聞き出した三日後、僕たちは久留米池公園から数百メートルの距離にある商業ビルの最上階フロアにいた。そここそが、八千代が治療を受けていたという水鏡クリニックの所在地だった。

三日前、鷹央にお願い（というか脅迫）された自然派カフェの店長から昨日、「明日の夕方なら診察できると水鏡先生がおっしゃっています」と連絡が入った。そうして僕たちは診療が終わってすぐに病院を出て、午後六時にはこのクリニックへとやってきていた。

確かに鴻ノ池の言うとおり、クリニックとは思えない高級感だ。十畳のほどの天井の高いコンクリート打ちっぱなしの部屋には、本革張りのソファーと、ガラス製のローテーブルが置かれている。しかし、僕の意識をもっとも引いたのは、部屋に数面用意されている、大きな姿見だった。

車輪がついていて移動できるようになっているその姿見を、さっき受付スタッフが僕たちが座っているソファーの横と後方に配置していた。それに何の意味があるのか分からないが、おそらくはここのクリニックが行っている鏡面反響療法とかいう怪しい治療法のデモンストレーションなのだろう。

僕は少し離れた位置にある受付デスクに視線を送る。モデルのようにスラリとした長身の若い女性スタッフが椅子に腰かけていた。タイトでややスカートの短い制服が、そのスタイルの良さを際立たせていた。

「なに鼻の下伸ばしているんだよ」

鴻ノ池の向こうに腰掛け、パタパタとスリッパを履いた両足を振っていた鷹央が声をかけてくる。

「そんなもの伸ばしていません」

僕は慌てて口元を手で隠すと、受付スタッフから視線を引き剝がした。

「えっと……、鴻ノ池の言う通り、すごい高級感のある待合ですね。ホテルのスパって、こんな感じなんだ」

僕が必死に話題を変えると、鷹央は「ホテルのスパ行って、なにをするんだ？」と首をかしげた。

「もちろんエステを受けるんです」鴻ノ池は力強く答えた。

「エステ？　なんだそれは？」

好奇心を刺激されたのか、鷹央はわずかに身を乗り出す。

「えっとですね、基本的にはアロママッサージとかお肌のケアですね。すごく気持ちよくてリラックスできて筋肉の凝りも取れるし、肌もプルプルになるんです。あ、鷹央先生、今度一緒に行きませんか？」

「嫌だよ」鷹央は面倒くさそうに手を振った。「私はもともと肌はプルプルだし、凝りなんて全然ない」

「そうですよね。鷹央先生のお肌、見るからに綺麗で……」

そう言いながら、鷹央の頰に触れた鴻ノ池の頰が引きつる。

「あの、つかぬことを訊きますけれど、鷹央先生はスキンケアってなにをしています？」

「スキンケア？　朝、顔洗っているけど……」

「化粧水は？　あと保湿クリームとかを使ってないんですか？」

「なんでそんなもの使うんだ？」

「なんでじゃありません。お肌は生き物なんですよ！」鴻ノ池の声が大きくなる。

「も、もちろん肌は体の一部であるから、生き物ではあるけれど……」

鴻ノ池の気迫に圧倒されたのか、鷹央は軽くのけぞる。

「ちゃんとケアをしないと、お肌がどんどん劣化していくんです。特に保湿！　保湿をしっかりしてください！　鷹央先生のお肌、乾燥してカサカサじゃないですか！」

「な、失礼な！　どこがカサカサだって……」

「ここです、ここ。この真っ白なほっぺたですよ」

抗議の声を遮って、鴻ノ池は鷹央の頰を両手で挟み込む。

「鷹央先生、基本的に家に引きこもって全然日焼けしないから、お肌綺麗に見えますけど、触ってみたらもう劣化がはじまってますよ」

「れ、劣化……？」

「そうです。三十がお肌の曲がり角って言われていますけれど、鷹央先生、全然ケアしていないから、もうお肌がドリフトしながらコーナーを曲がりはじめていますよ」

よくわからない例《たと》えだが、鴻ノ池の気迫に完全に押されている鷹央は「ドリフト……」と声を震わせる。

「今度絶対に一緒にエステに行ってもらいますからね。鷹央先生は外見だけじゃなく、お肌も見た目通りの若さじゃなきゃいけないんです。ちゃんと肌にご馳走《ちそう》をあげて甦《よみがえ》らせないと。エステに行くまでは私がちゃんと鷹央先生のスキンケアをしますから。とりあえず保湿をしましょう、保湿を」

鴻ノ池はバッグから保湿クリームを取り出すと、鷹央にガシガシと塗りはじめる。

「うわあ、なんだよこれ。ベタベタして気持ち悪い」

「暴れないでください。お肌のドリフトを止めるためなんです」

なんか、風呂場で暴れてる猫みたいだな……。

バタバタと手足を動かして抵抗している鷹央を呆れて眺めつつ、僕は口を開く。

「それで鷹央先生、本当にこのクリニックで診察を受けるつもりなんですか？」

「ああ……、そうだぞ」

顔に保湿クリームを塗りたくられた鷹央は、どこか哀《かな》しげに答えた。

「けれどここって、他の病院で原因が不明だったり、治療ができない患者を専門的に見るって言っていませんでした？」

「問題ないだろ、こんなに若くて健康的な私が、最近、胃の調子が悪いんだから」

「それってどう考えても、暴飲暴食による胃炎ですよ。そもそも、鷹央先生が原因の分からない疾患なんてまずないでしょう？」

「私がいつ暴飲暴食したって言うんだよ」

「いつもです！　いつもカレーと甘いものをたらふく食べては、浴びるように酒を飲んで」

「そうですよ、そのうち糖尿病とか、アルコール性肝炎になりますよ」

僕と鴻ノ池は身を乗り出してツッコミを入れる。

「なんだよ、二人して私の体がボロボロみたいな言い方をして」

鷹央はクリームを塗られた頬を大きく膨らませるとそっぽを向く。

「鷹央先生、拗《す》ねちゃいましたかね？」鴻ノ池が耳打ちしてくる。

「いや、これは生活習慣を変えろって説教されるのが嫌で、逆ギレしたふりをしているだけだ」

一年数ヶ月の付き合いからはじき出した僕の分析に、鷹央の体が小さく震えた。

僕がさらに小言を口にしかけたとき、受付のスタッフが「お待たせしました」と声を上げた。

「水鏡先生の準備が整いましたので、どうぞ診察室へお入りください」

一礼すると、スタッフは受付の脇にある扉を開いた。その奥に広がっている光景を見て、僕は目を見張る。そこには、薄暗く長い廊下が伸びていた。

左右の壁と天井が全面鏡張りになっている廊下が。

「この廊下の先に水鏡先生はいらっしゃいます。どうぞお進みください」

受付スタッフは慇懃に頭を下げた。

「なかなか面白い作りだな」

興味を引かれたのか、それとも僕の小言から逃げるいい口実ができたからか、鷹央は勢いよくぴょんとソファーから立ち上がると、小走りに扉へと向かう。

「ああ、ちょっと待ってください」

僕と鴻ノ池は、鷹央のあとを追う。僕たちが扉をくぐろうとしたとき、「失礼します。少々お待ちください」と、受付スタッフが声をかけてきた。

「ここから先は、電子機器を持って入ることはできません。スマートフォンなどはこちらに入れてください」

受付スタッフはプラスチック製の小さな籠を差し出してくる。

「どうして電子機器がダメなんですか？」

僕の問いに、受付スタッフの女性はとろけるような笑みを浮かべた。

「それに関しましては、後ほど水鏡先生からご説明があります」

「そうですか。すいません、変な質問をして」

僕が笑みを返していると、隣にいる鷹央がすねを蹴ってきた。

「だから、さっきからなにをデレデレしてんだ」

「デレデレなんてしていませんよ。それよりどうするんですか。スマートフォンを預けるんですか？」

受付スタッフに聞こえないように僕が囁くと、鷹央は鼻の頭を掻いた。

「『郷に入《い》っては郷に従え』というか、この場合は『虎穴に入らずんば虎子を得ず』かな。なんにしろ、そうしなければ中に入れないなら従うしかないだろう」

鷹央はキュロットスカートのポケットからスマートフォンを取り出すと、受付嬢が手にしている籠に入れる。

「このスマートフォンには特殊なロックがかかっている。中の情報を覗くのは不可能だし、ロックを解除しようとすれば、その痕跡が残るようになっている。おかしなことをするなよ」

鷹央に釘を刺された受付スタッフは、笑顔を崩すことなく、「そんなことはいたしません」と首を横に振った。

僕と鴻ノ池も仕方なく鷹央にならう。

「あっ、その男のスマートフォンなら中を覗いてみてもいいぞ。なにかエロい動画とか入っているかもしれないから、もし中身を見たら報告してくれ」

「鷹央先生！」

僕が大きな声を出すと、鷹央は「冗談だよ。冗談」と、ぱたぱたと手を振りながら扉をくぐり鏡の廊下へと入る。

「それではごゆっくり。水鏡先生があなたの苦しみを流し去ってくれますように」

芝居じみたセリフを残してスタッフは扉を閉める。鏡の廊下に僕たち三人だけが残された。

左右の壁に沿って廊下に点々と置かれた小さなライトが、オレンジ色の淡い光を放っている。それらの明かりに照らされた無数の僕たちの姿が、左右の鏡に延々と奥まで映し出されていた。

「合わせ鏡か。こうやって鏡を向かい合わせに置くと反射しあって、果てしなく奥まで空間が広がっているように見える。なかなか幻想的な光景だな」

鷹央が鏡に手を触れると、鴻ノ池が興奮気味に声を上げた。

「なんかミラーハウスみたいですね。私、遊園地とかのミラーハウス大好きだったんですよ。テンション上がりすぎて走っちゃって、いつも思いっきり鏡に激突するんですよね」

「ああ、お前ならそういうバカなことやりそうだよな」

つぶやく僕を、鴻ノ池は「どういう意味ですか？」と睨みつけてくる。

「いや、そのままの意味だけど……」

「くだらない話してないで、さっさと水鏡とやらに会いに行くぞ」

鷹央は鏡の廊下を闊歩していく。

「しかしなんなんでしょうね、この廊下は」

僕が左右を見回していると、鷹央は小馬鹿にするように鼻を鳴らした。

「これも演出さ。こうやって幻想的な雰囲気を醸し出していき、判断能力を鈍くさせているんだよ。詐欺師によくありそうなパターンだ」

「けれど、ここのドクターに診てもらって疾患の改善した人が、この前のカフェで何人もいましたよ。特に店長さんなんて、末期がんがほぼ完治してます。一体どうやって水鏡というドクターは、あの人たちを治したんでしょう？」

「さあな。それを暴くためにも、こうやって診察を受けに来たんだ。絶対にからくりを見破ってやるからな。覚悟しておけよ」

怪しい忍び笑いを漏らす鷹央を見て、胸に不安が湧き上がる。

「鷹央先生、目的を忘れてませんよね。ここのドクターのやっていることを暴くんじゃなくて、八千代さんの事件の真相を探るために情報を集めに来ているんですよ」

「分かってるよ、そんなこと」

いや、絶対分かっていなかったね。さっきのテンションからすると、間違いなく好奇心が先走って本来の目的を忘れていたはずだ。

「いいから行くぞ」

鏡の廊下を数メートル進んだ突き当たりに、ガラスでできた象形文字のようなものが一面に記された、黒く光沢のある金属製の扉があった。

鷹央はノックをすることもなく、ガラス製のノブに手を伸ばし、扉を開いた。

「お待ちしてました」

低く柔らかい声が響く。

淡い間接照明に照らされた六角形の空間。おそらくはテニスコートの半面程度の広さなのだろうが、その壁は廊下と同じように鏡張りになっており、合わせ鏡の効果によってどこまでも空間が広がっているように見えた。ヒーリングミュージックの清らかな旋律が空気を揺らし、ラベンダーのような香りが微《かす》かに漂っている。

部屋の中心にはデスクと診察用のベッド、そして二脚の椅子が置かれていた。そのうちの革張りの椅子に、長髪をオールバックにし、白衣を改造したような白いスーツを着た細身の中年男性が座り、彼の後ろには受付スタッフと同じようにスリムな体型の若い女性看護師が立っていた。

「天久鷹央さんですね。初めまして、水鏡星夜《せいや》です」

水鏡と名乗った男は、ゆっくりと立ち上がって優雅な仕草で一礼をした。

鷹央は返事をすることなく、ぐるりと部屋を見渡す。

「なかなか洒落《しゃれ》た部屋だな」

「私の治療には、この部屋が必要なもので……」

水鏡はその整った顔に柔らかい微笑を浮かべた。鷹央は微笑みを返す。

「鏡面反響療法とかいうやつか。どのような治療か興味あるな」

「それではまず診察をさせていただきます。こちらにどうぞ」

水鏡は恭しく自分の目の前にある椅子を勧めた。鷹央は全く臆することなく進んでいくと、椅子に座る。それを見て水鏡も、デスクの椅子に再び腰掛けた。

「それでは聞かせてください。いま、あなたを苦しめている症状を」

「最近胃の調子が悪いんだ。原因が分からなくて困っている。これを治してほしい」

「なるほど、胃の調子が……」

水鏡はつぶやくと、万年筆を手に取り、デスクに置かれた紙カルテにサラサラと筆を走らせていく。

「紙カルテを使っているのか？」

鷹央が訝しげに訊ねる。

「ええ、そうです。この空間は患者が発している特殊なオーラを読み取れるように設計されています。しかし、電気機器があるとそこから生じる電磁波が干渉し、オーラを正確に感じ取ることができなくなります」

「なるほど、オーラね。私はてっきり、ここで行われる診察を映像などで記録されると困るからだと思っていたよ」

鷹央の挑発的なセリフに、水鏡の綺麗に整えられた眉がピクリと動いた。

「そんなことはありません。電子機器のノイズが入ると、私でも患者さんのオーラが読み取れなくなってしまうというだけです」

「そのオーラとやらを感じるために、このクリニックにはこれ見よがしに、あらゆるところに鏡が設置されているというわけか」

「オーラ自体は極めて微細なものですから、いくら私でも普通の診察室ではそれを読み取ることは困難です。しかし、オーラには鏡に映るという特性があります。この部屋のように部屋全体を合わせ鏡にすることによって、患者さんの微細なオーラを増幅し感じ取れるようにしているんです」

「なるほど、なるほど。一応理屈を考えているんだな。それでは、是非私の胃痛の原因もそのオーラとやらで診断してみてくれ」

だから、原因はどう考えても暴飲暴食だってば。

楽しそうに水鏡を挑発している鷹央に内心でツッコミながら、僕は黙って事態を見守る。水鏡はいまだに営業スマイルを浮かべたままだか、その表情にわずかな緊張が宿っているように僕には見えた。

「それでは、改めてお話を聞かせてください。その胃痛がはじまったのはいつ頃からですか？」

「そうだな、はっきりとは覚えていないが何ヶ月も前からだ。胃薬などを飲んだが、完全に良くはなっていない」

そりゃ定期的に強い酒を浴びるように飲んでるし、胃も荒れるよな……。

「そうですか。なにか原因で思い当たる節はないですか？」

「いや、全くない。なんでこんなに胃が重いのか分からなくてとても困っているんだ」

あなたが分からないわけないでしょ……。

鷹央の白々しい芝居に、内心でのツッコミが止まらなくなっていく。

「それでは診察をさせていただきます。こちらのベッドに横になっていただけますか」

「おお、とうとう鏡面反響療法とやらがはじまるのか。楽しみだ」

鷹央は満面に笑みを浮かべながらいそいそとベッドに横たわった。

やっぱり好奇心で暴走気味だ……。八千代の事件を解決するっていう目的を忘れているに違いない。

僕が呆れていると水鏡はゆっくりと立ち上がり、ベッドのそばに移動する。

「それでは失礼ですが、腹部を見せていただけますか？」

「ああ、いいぞ」

着ているシャツをまくり上げようとしたところで鷹央は動きを止め、なぜか僕をじっと見つめてきた。

「な、なんですか？」

視線の圧力に思わず、一歩後退《あとずさ》ってしまう。

「お前、なんで見てんだよ。スケベ」

「いや、スケべって、僕は別に鷹央先生の体なんかに興味は全く……」

「ああ？　私の体なんか？」

動揺して思わず口が滑ってしまった僕は慌てて両手で口元を押さえる。しかし、ときすでに遅しだった。

「私のこのダイナマイトボディを『なんか』だと？」

「ダ、ダイナマイトというより、線香花火……」

動揺して思わず、普段なら胸の中にとどめておけるツッコミが口をついてしまう。

「せ、線香花火⁉」

鷹央は一瞬ポカンとした表情を浮かべたあと、その猫を彷彿《ほうふつ》とさせる大きな瞳をキリキリと吊《つ》り上げていく。

「てめえ、言うに事欠いて線香花火だと！」

ガバッとベッドから起き、僕に飛びかかろうとしてくる鷹央を、鴻ノ池が慌てて後ろから羽交い締めにする。

「鷹央先生、線香花火いいじゃないですか。儚《はかな》くて綺麗で。私ああいう侘《わ》び寂《さ》び好きですよ」

「侘び寂びのある体ってなんだよ！　完全に悪口じゃないか！」

鷹央にしては珍しく至極もっともなツッコミに、鴻ノ池も「それは……」と引きつった笑みを浮かべる。

こめかみに青筋を浮かべながら、鷹央は僕に襲い掛かろうとし続けるが、合気道の達人である鴻ノ池に捕獲されているだけに、足をバタバタさせるだけでほとんど動けていなかった。

「申し訳ありませんが、診察室では静かにしていただけませんか。あまり騒がしいと水鏡先生のオーラを読み取る感覚が鈍ってしまいます」

それまで水鏡の後ろで黙って控えていた看護師が、ドスのきいた声で苦言を呈する。

「ほら鷹央先生、暴れていると診察してもらえませんよ。せっかくユーラスってカフェの店長さんに紹介してもらったんですから」

「けれど、小鳥のやつが……」

「小鳥先生の折檻《せっかん》は、診察が終わってからじっくりとやりましょう。女性の体を線香花火なんかに例えるなんて、しっかりとしたお仕置きが必要ですよね」

鴻ノ池が力強く言う。どうやら、自分の失言をごまかすために僕を生贄《いけにえ》にすると決めたようだ。

「まあ、じっくりやるならそっちの方がいいか……。どうやったら痛めつけられるか、時間をかけて考えられるし」

なにやら恐ろしいことをつぶやきながら、鷹央は再びベッドに横たわると、じろりと殺気すら籠っていそうな眼差しを僕に向けてくる。

「とりあえず、お前は後ろを向いてろ」

「小鳥先生にだけはお腹《なか》を見られたくないって、鷹央先生って結構乙女ですよね」

軽口を叩いた鴻ノ池に、鷹央は僕に向けていた鋭い視線を移動させる。

「舞、お前が『侘び寂び』って言ったこと、忘れてないからな」

「いやいや、なんのことでしょう」

愛想笑いを浮かべる鴻ノ池を尻目に、僕は仕方なく回れ右をして後ろを向いた。

しかし、部屋中の壁に鏡が張ってあるので、ベッドに横たわっている鷹央の姿は丸見えだった。

これは目を閉じといた方がいいのかな？　けれど、水鏡がなにをするのか、八千代の事件の真相を知るために大切な手がかりになるかもしれないし……。

葛藤した結果、僕は薄目を開けて前方の鏡を見る。そこにはベッドに横たわってシャツをたくし上げる鷹央の姿が映っていた。なぜか罪悪感を覚えながら、僕は鷹央のあばらの浮いた白く薄い腹部に、水鏡が手を当てる光景を眺める。

「ここに痛みは感じますか？」

鷹央の心窩部《しんかぶ》を両手で軽く押し込みながら水鏡が訊ねる。

「少し痛むな」鷹央はわずかに顔をしかめた。

「そうですか。最近なにか刺激物を取ったりしませんでしたか？」

水鏡の質問に、鷹央は「さあ覚えがないな」と白々しく答える。

「では、なにか食べ過ぎたり、または大量に飲酒したりとか、そういうことはないですか？」

「全く覚えがない。酒とか刺激物とか甘いものとか、全然食べないし。飲み会のたびに、浴びるように酒を飲んで酔っ払って、トイレの住人になるような誰かさんみたいな恥ずかしい真似《まね》はしたくないからな」

僕に対する嫌味で飽和したセリフに、思わずカチンとくる。

「僕が泥酔するのは、鷹央先生がいつも無理やりお酒を勧めてくるからでしょう!」

反射的に振り返って反論すると、鷹央は「こっち見るなって言ってるだろ!」と、たくし上げていたシャツの裾を戻して腹を隠した。

「あれくらいの酒でベロベロになるまで酔う方が悪いんだ」

「あれだけって、いつもとんでもない量飲まされてるじゃないですか。底の抜けたマスみたいにアルコールに強い鷹央先生と一緒にしないでください。そもそも、鷹央先生いつも飲み過ぎなんですよ。もう少し健康的な生活をしてくださいって、口を酸っぱくして言ってるじゃないですか!」

「私の生活のどこが不健康だって言うんだ⁉」

「全てですよ、全て。浴びるように飲む酒も、激辛カレーを三食食べたりすることも、夜中に隠れてクッキーを一缶全部平らげたりすることも」

「うっさいな。そんなの人の勝手だろう!」

「開き直らないでください。僕は鷹央先生のことを心配してですね……」

僕がそこまで言ったとき、パーンという風船が破裂するような音が上がり、鏡の壁に反響した。

「ここで喧嘩《けんか》をなさらないでください。ここは水鏡先生の神聖な診察室なんです」

柏手《かしわで》を打つように両手を合わせた看護師が、怒りで三角になった目で、僕と鷹央を交互に睨みつける。

「すみません、ちょっと興奮してしまい……」

我に返った僕はうなだれて謝罪する。

「大丈夫ですよ。私は特に気にしていませんので」

柔らかく水鏡が言うのを聞いて、さらに頭が下がってしまう。

「それで、このあとなにをするんだ？」

鷹央が気を取り直すように深呼吸をすると、水鏡は「もうおしまいです」と目を細めた。

「は？　おしまい？」

鷹央はポカンと口を半開きにする。

「はい、診断はつきましたので、これ以上診察する必要はありません。あなたは暴飲暴食による胃炎です。胃薬を処方しますので、どうぞお大事になさってください」

水鏡は椅子に腰掛けると、デスクに置かれている紙の処方箋にサラサラと万年筆で胃粘膜保護薬と制酸薬の処方を書いていく。

「待て待て待て！　鏡振水とやらはどうなるんだ？」

「必要ありません。あれは原因が分からなかったり、治療が困難な患者さんに処方するものです。あなたの場合は原因も治療法もはっきりしている。鏡振水は必要ありません」

「そんな⁉　それを見るためにわざわざやって来たのに」

「鏡振水を使わないで治療できるなら、それに越したことはないんですよ。あなたはまず、生活習慣を改めてください。薬を内服した上で、消化に良いものを食べ、お酒を控えればきっと胃の痛みは良くなります」

諭すような、しかし有無を言わせぬ強さを孕んだ口調でそう言うと、水鏡は「お大事になさってください」と慇懃に一礼したのだった。


「お前のせいだ。全部お前が悪いんだ」

「ごめんなさい。今回に関しては本当にごめんなさい」

ポカポカと背中を叩いてくる鷹央に平謝りしながら、僕は薄暗い〝家〟の奥に逃げ込む。

「こら、逃げるな。これからが本格的なお仕置きなんだから」

鷹央は普段のナマケモノのような鈍重な動きが嘘のように、素早く僕を追いかけてくる。

数十分前、水鏡クリニックの診察室を追い出された僕たちは、天医会総合病院へと戻ってきていた。

僕は水鏡の『診察』が終わってからの出来事を思い出す。

僕たちが鏡の廊下を通り待合へと戻ると、受付スタッフは「お薬です」と袋に入った胃薬を差し出してきた。

カフェで聞いた話では、鏡面反響療法とやらのため定期的に飲む鏡振水とやらは、数万円はかかるという話だったが、請求された費用はわずか三千円だった。

「普通のお薬で治る病気で良かったですね」

営業スマイルを浮かべるスタッフから、憤懣《ふんまん》やるかたないといった様子で薬を受け取ると、鷹央は大股にクリニックから出て行った。

あまりにも鷹央の機嫌が悪いので、鴻ノ池が空気を変えようと、水鏡クリニックの入っているビルのそばにあったカラオケを指さした。

「あ、カラオケありますよ。ちょうどいいから、あそこで今後のこと相談しませんか。カラオケの個室なら、ときどき歌って気分転換とかできるから、会議するのにいいんですよ」

「……嫌だ。そんな気分じゃない」

どこまでも冷めた鷹央の口調に、鴻ノ池の笑みがかすかに強張った。

「でも、私、鷹央先生の歌、聞きたいなぁ。すごく上手《うま》そう。あ、あそこのカラオケ、コスプレの貸し出しもしているみたいですよ。鷹央先生、一緒に着ません？　セーラー服にチャイナ服、ＣＡに警察官まである。わあ、ぜんぶ本格的。本物みたい！」

無理やりテンションを上げて鴻ノ池が食い下がると、鷹央は足を止めて僕を睨みつけた。

「その馬鹿に、囚人服でも着せてカラオケに放り込んでおけ」

さすがの鴻ノ池もこれは無理と悟ったのか、それ以上誘うことはできず、僕たちはそのままＣＸ－８に乗り込んだ。

普段なら病院に戻るまで騒いで怒りを発散させるはずの鷹央は、ずっと鬼の形相で黙り込んでいた。おそらく、あまりにも胸の中で怒りがぐつぐつと煮えたぎり、騒ぐ余裕すらもなかったのだろう。帰りの車内はずっと、鉛のように重い沈黙に満たされ、酸素が薄くなったかのように息苦しかった。

その空気のまま天医会総合病院に戻ってきて、屋上に着いたところで、とうとう煮えたぎっていた鷹央の怒りが爆発して炎を吹き上げ、僕を追いかけまわしはじめたのだった。

「で、これからどうしますか？　水鏡クリニックではなんの手がかりも得られませんでしたけど……」

ひとしきり僕が鷹央に追いかけられ、背中を叩かれたあと、鴻ノ池が声を上げた。

「本当ならいま頃、水鏡の鏡面反響療法というやつを実際に受けてみて、さらにあいつが治療に使っている鏡振水とやらを手に入れたはずだった。そうすればあいつが、がんやら何やらを特別な力で治療したように見せかけた手口を暴けたはずなのに！」

鷹央は足を止めると、その場で地団駄を踏む。

「あ、やっぱりダメだったのね」

唐突に部屋の奥から声が響いた。鷹央は目を見開くと、「誰だ！」と勢いよく振り返る。僕も目を凝らして声が聞こえてきた方に視線を向けた。

部屋に揺蕩《たゆた》っている薄い闇の向こうに、ソファーから起き上がる女性のシルエットが見えた。

「……なんだよ、詐欺女か」

夜目が利く鷹央の言葉を聞いて、僕はそれが杠阿麻音であることに気づく。

「なに人の家に侵入しているんだ？」

「仕方ないじゃない。あなたたちに会いに来たら誰もいないんだもん。あなた、ここに住んでるんでしょ？　だったら、待っていれば会えると思ってお邪魔していたの」

「勝手にお邪魔するんじゃない。それと、『やっぱりダメだった』っていうのはどういう意味だ？」

「そのままの意味よ。あなたたち、水鏡クリニックに乗り込んだみたいね。それで、水鏡が使っている鏡面反響療法とかいう治療法を見て、鏡振水とかいう治療薬まで手に入れられると思ったんでしょ」

杠は口元に手を当てると小さな笑い声を漏らした。

「……なにがおかしいんだ」鷹央は顔をしかめる。

「甘すぎると思ってね。水鏡があなたたちに手の内を見せるわけがないでしょ」

「どうしてだ？　私は患者として行ったんだぞ。自分の治療法を使おうとするのは当然じゃないのか？」

「あなたは自分が医者だから、自分の物差しで水鏡を測ろうとしている。それが間違いなのよ。あいつは確かに医師免許を持っているけれど、その本質は医者じゃなくて詐欺師なの」

「つまり、同じ詐欺師であるお前の物差しで測らなくてはいけないということか？」

杠がまた『私は詐欺師じゃない』と反応すると思ったが、予想に反して彼女は小さくあごを引いた。

「その通りよ。私がトリックで人を信用させ、騙してお客さんたちから金銭を得ているのは否定できない。そして、それは水鏡も一緒。水鏡と私は同じ穴の狢《むじな》なの。だからこそ、私はあなたたちよりずっと深く水鏡という男のことを理解している」

「水鏡は最初から、私に自分の治療法や治療薬を見せるつもりはなかったというわけだな?」

「当然じゃない」杠は芝居じみた仕草で肩をすくめる。「あなたはどう見ても本当に困っている患者じゃない。そもそも、ユーラスの店長さんだってあなたに脅されて仕方なく協力しているって水鏡に連絡をしたはず。そんな相手に詐欺師が、手の内を晒すような真似をするわけないでしょ」

「言われてみればそうか。さすがは詐欺師同士。人を騙して飯を食っている仲間だけあるな」

「仲間なんかじゃない。何度も言っているけど、私は詐欺師のテクニックを使って、苦しんでいる人を助けているだけよ。一緒にしないで」

杠が大きく手を振るのを見て、僕は診察時の違和感を思い出した。

「そういえば、家族でもない僕たちが鷹央先生に同行したのに、水鏡はなにも言いませんでしたね。あれって、適当に診察して最初から追い返すつもりだったからですかね」

「そうでしょうね」杠はあごを引く。「普通、詐欺師はターゲットと一対一になろうとする。それなのにあなたたちを追い出そうとしなかったのは、押し問答とかせずに、

「ということは、僕の失言がなくても、水鏡はどちらにしても鏡面反響療法も、鏡振水も隠すつもりだったんですね」

さっさと終わらせかったからよ」

「……だから自分には責任がないってか？」

鷹央が冷たい視線を浴びせかけてくる。

「作戦の失敗がお前のせいじゃなかったとしても、『線香花火』の罪が消えるわけじゃないぞ。覚悟しとけよ」

「そうですよ、覚悟しといてくださいよ」

自分の『侘び寂び発言』をごまかそうとしているのか、鴻ノ池が勢い込んで同意してくる。

いったい僕はなにをされるというんだろう……？

怯えていると、鷹央は「その前に……」と杠に向き直った。

「お前はなんの用なんだ？　私の計画が失敗したことをからかいに来たのか？」

「そんなに暇じゃないわよ。これを渡しに来たの」

杠はソファーの陰からエコバッグを取り出し、「差し入れよ」と差し出してきた。

「差し入れ？　なんだよ、気が利くな」

いそいそとエコバッグを受け取った鷹央は中を覗き込む。

「なんかペットボトルがいっぱい入っているな。ということは酒か？　透明だから日本酒か？　それとも焼酎か？　いや、ウォッカかも……」

「なに見当違いのこと言ってるのよ。あなた、そんな未成年みたいな外見してるのに、酒カスなの？」

心から呆れ果てたという口調で杠が言う。

「誰が未成年みたいな外見だ！」

酒カスはいいのか？　頬を紅潮させる鷹央に呆れていると、杠はエコバッグを指さした。

「それは、あなたにとってお酒なんかよりもずっと重要なものよ」

「私にとって酒より重要な液体なんて存在しない！」

「そこまでの酒カスなの、この子？」

困惑顔で杠がこちらを見てくる。僕と鴻ノ池は顔を見合わせたあと、同時に大きく頷いた。杠は頭痛を覚えたかのようにこめかみを押さえると、大きなため息をつく。

「それは、『鏡振水』よ。水鏡が治療に使っている、怪しい水」

「鏡振水⁉　これが？」

鷹央の目が大きく見開かれる。

「そうよ。もしいらないなら返してくれる？」

杠が手を伸ばすと、鷹央は「だめだ。これは私のだ」とエコバッグを抱きしめた。

「鏡振水っていうのは水鏡クリニックを受診しないと貰えないんじゃないですか？」

僕の質問に、杠は「そうよ」と赤い口紅の塗られた唇の端を上げた。

「だから受診した人から一本ずつ譲ってもらったの」

「一本ずつと言うことは、ここに五本あるから、五人の患者から受け取ったということか？　一体どうやったんだ？」

鷹央は抱きしめているエコバッグの中を覗き込む。

「この前言ったでしょ。八千代さんの情報を得るために、私は以前からあの自然派カフェに変装して潜入していたって」

「お前、まさかそこで新しい客を漁《あさ》っていたのか？」

「漁っていたとかそういう言い方やめてよ。単にお友達になっていただけよ。もしその人たちがなにか困ったとき、助けてあげられるようにね」

「なるほどな」鷹央はシニカルな笑みを浮かべる。「お前はあのカフェの常連客の何人かをコールドリーディングで信頼させ、『お友達』になっていた。そしてその中には五人ほど、水鏡クリニックに受診している患者がいた。そいつらから鏡振水を譲ってもらったということか」

「けれど確か鏡振水って、あの水鏡って人が患者さんごとにオーラを込めて、調整して作っているんですよね。いくら信頼していても、それを他人に渡したりするんですか？」

鴻ノ池が小首をかしげると、杠は得意げに鼻を鳴らした。

「それこそ腕の見せ所よ。最初はみんな渋ったけれど、こう言えばイチコロよ」

杠は胸を押さえると、唐突に表情を歪めた。

「あなたと全く同じ症状で苦しんでいるの。けれど、水鏡先生の診察を受けられるのはずっと先らしくて……。だからお願い。一本だけ譲ってくれない？　私を助けると思って」

目に涙まで浮かべる迫真の演技をしたあと、杠は「っていう感じね」とおどけてウインクをした。

「さすがは詐欺師、演技までお手のものか。しかし、よくやってくれた」

鷹央は満面に笑みを浮かべた。

「水鏡の治療を受けている人たちは、その鏡振水を毎日一本飲んでいる。聞いたところによると値段は二千円だって」

「二千円。一ヶ月で六万円。生活に余裕があれば払えないことはないな。絶妙な値段設定だ」

「そう。普通の詐欺クリニックと違って、水鏡は一人から一気に何百万円も取ったりはしていない。もっと安全なビジネスモデルを構築しているの」

杠は含みのある口調で言う。

「患者を多く確保して、安定収入を得るタイプの代替医療クリニックだな。がん患者への代替療法は、二、三年で大部分の患者が命を落とすので、長期間金を絞り取るのは難しい。しかし水鏡クリニックは、若い患者が多いので、延々と金を少しずつ搾り取ることができる」

鷹央の説明に、杠は「その通り」と頷いた。

「しかも、普通の詐欺クリニックと違って水鏡クリニックの場合は患者が本当に満足しているのよ。話を聞いた五人全員が鏡振水を一生飲み続けたいと言っていた。この水を飲むのをやめて、体調がまた悪くなることをすごく恐れていたんでしょうね」

「そのような患者を百人集めれば月六百万、二百人集めれば月千二百万か。あのクリニックはスタッフも少なく、主にかかる費用といえば賃料ぐらいだろう。それも都心から離れているこの場所なら、月五十万程度のはずだ。まさに濡れ手で粟だな。羨ましいんじゃないか？」

鷹央が皮肉っぽく口角を上げると、杠は「まあ否定はしないわよ」と肩をすくめた。

その姿を見て、疑問が僕の口をつく。

「あの、杠さんはどうしてこんなに積極的に、今回の件に協力してくれるんですか？」

「そんなの決まってるじゃないか。この女にとって、同業の水鏡クリニックは邪魔なんだよ。自分のライバルを、私の知能を使って廃業に追い込みたいのさ。そうすれば五人の『お友達』を自分の『カウンセリング』の客にできるかもしれないしな」

鷹央の説明に、杠は苦笑を浮かべる。

「それも否定はしない。けれど私は純粋に水鏡クリニックの患者さんたちが心配なの。確かにあそこを受診した人たちはみんな、病院に行っても治らなかった症状が良くなって喜んでいる」

「それっていいことじゃないんですか？」

鴻ノ池が小首を傾げると杠は、ゆっくりとかぶりを振った。

「いいえ、いいことなんかじゃない。普通詐欺クリニックは効果のない治療を高額で行う。患者は『絶対に効く』と言われて思い込みによるプラセボ効果で、ある程度症状が良くなることが多い。だからこそ患者は、そのクリニックに通い続ける」

「お前がやっていることと同じだな」

「ええ、そうよ。けれど、水鏡クリニックは全く違う。あそこは……患者が良くなりすぎている」

「良くなりすぎている？」

意味が分からず、僕は聞き返す。

「そう。プラセボだけでは説明できないほど、あそこの患者は症状が改善している」

「あのカフェの店長さんは末期がんが治ったって言ってましたもんね」

鴻ノ池が低い声でつぶやいた。

「きっとなにか特別なことをやっている。もちろんオーラなんていうふざけたものじゃなく、明らかに別のなにかを……」

「それがこの鏡振水だとお前は考えているのか？」

鷹央は手にしているエコバッグを掲げた。

「そう。きっとその中に、なにか強い薬でも入っているはず。それで患者たちは一時的に元気になっているの」

「一理あるな。副腎皮質ステロイドなどは投与すると、炎症を抑え込み、痛みや熱などの症状を改善させる。しかし、長期間内服していると免疫能力の低下、耐糖能異常、骨《こつ》粗鬆症《そしょうしょう》など様々な副作用が出てくる」

「それ！　きっとそれよ！　そういう薬が入っているのよ。それを確認して！」

勢い込んで言う杠を、鷹央は見つめた。杠は「な、なによ」と軽くのけぞる。

「やっぱり前のめりすぎる。この鏡振水にステロイドが入っていれば、確かに患者たちは結果的に健康を損なうだろう。ただ、世の中にはこれよりひどい医療詐欺が横行している。患者への損害が小さいとはいえ、お前だってその一人だ。なのにどうして、水鏡クリニックを告発することだけに、そこまで熱心なんだ？」

「それは……」

硬い表情で数秒黙り込んだあと、杠は口を開く。

「八千代さんのためよ」

「八千代のため？　けれど、お前は八千代を騙していたんだろ？」

「確かに体の健康面では騙していたことになるのかもしれない。けれど私は、あの人の心のケアに関しては真摯にやっていたつもり」

「コールドリーディングを使っているが、『カウンセリング』としては正当な行為だったと言いたいのか？」

「そうよ。八千代さんも政治家としての日々の悩みを私に話すことで少しずつ明るくなっていっていた。そのうちに、仕事のことだけじゃなくて、昔、旦那さんと死別したときのことも話すようになってくれた。そのときどれだけ辛《つら》かったのかも」

「つまりお前は八千代に同情し、本気で彼女を助けたいと思っていたと？」

疑わしげに鷹央が確認すると、杠は眉間に深いしわを刻んだ。

「分かっている。私みたいな詐欺師がそんなこと言ったって信じられないってね。けどね、八千代さんは本当に苦しんでたの。旦那さんをあんな形で亡くして、そんなことが許される世界を変えたいって政治家を一から目指して、少しずつ少しずつ成果を出していった。けれどそんな人が病気になって、また旦那さんを殺したのと同じようなクリニックに騙され、命を落とした。そんなの酷《ひど》すぎる」

杠は唇を固く噛み、両手を握りしめる。もしかしたらこれも演技なのかもしれない。しかし少なくとも僕の目には、杠が本当に八千代のことを想っているように映った。

「そうか……。安心しろ、私があのクリニックのカラクリを完璧に暴いてやるさ。かつて、お前の『カウンセリング』のトリックを暴いたようにな」

鷹央が微笑みかけると、杠は握っていた拳をふっと開いた。

「他に私にできることはある？　ここまでやったんだから、なんでも協力するわよ」

「そうだな。それじゃあ、この鏡振水を提供してくれた五人の、普通の病院で調べた検査のデータなどがあれば手に入れてくれ。この水を飲むことで体にどのような変化があったのか、それはプラセボ効果で説明できるものなのか、検査結果があればかなり詳細に分かるはずだ。お前がその情報を手に入れている間に、私はこの水を専門機関に送って、なにが混入しているのか調べてもらう」

「ＯＫ。すぐに手に入れる。じゃあね、お三方」

そう言い残して杠は玄関から出て行く。扉が閉まったのを見て、僕は胸の前で手を合わせた。

「いやあ、鷹央先生、良かったですね。目的のものが手に入りましたよ」

「ああ、良かった。だからと言って私を『線香花火』って言ったことが帳消しになるわけじゃないからな」

ごまかせなかったか……。当てが外れた僕は頬を引きつらせる。

「これで、水鏡クリニックの患者さんたちのデータもゲットできそうですね。それまでに、私たちにできることありますか？」

鴻ノ池が明るい声で言う。鷹央は「ああ、もちろんあるぞ」とパソコンが置かれているデスクに近づいていった。

「『侘び寂び』の件だけ、うまくごまかしたな」

鷹央のあとを追いながら囁くと、鴻ノ池は「なんのことでしょう？」としらを切る。

「よし、それじゃあ早速やるとするか」

椅子に腰掛けた鷹央はデスクに置いてある鉛筆を手に取り、A４のコピー用紙の上に走らせていく。みるみる用紙の上に、髪をオールバックにした中年男の整った顔が浮かび上がってくる。

「うわー、水鏡さんの似顔絵ですか。鷹央先生って相変わらず絵がめっちゃくちゃ上手いですね」

「そうだろうそうだろう」

得意げに鼻を鳴らしながら、鷹央は手を動かし続ける。ものの数分で、まるで写真のように精密な水鏡の似顔絵が出来上がった。

「よし、これで手配書は出来たな」

「手配書？」

鴻ノ池が聞き返すと、鷹央は「そうだ」と大きく頷いた。

「これで水鏡の正体を見つけ出すんだ」

「え、正体ってどういうことですか？」

「厚労省のデータベースを確認したが、水鏡星夜という名の医師は登録されていなかった。つまり、義務である医師登録届を出していないのか、もしくは偽名で活動しているかだ」

「偽名で医者なんてできるんですか？」

「もちろん、診療所の開設には本名の登録が必要だが、クリニック名は自由に決められる。医師も患者に本名を名乗るという義務は特にない。グレーゾーンではあるが、本名を名乗らずに医療行為をすることは可能だ」

「そういえば、あのクリニック、胃薬を院内処方で直接出していましたね。それってもしかして……」

気づいた僕を鷹央は指さす。

「そう、処方箋には医師の本名が記されるからだ。だから処方箋を渡すのではなく、院内で薬を直接渡しているんだろう」

「でも、診療所の開設届に本名が記されているなら、桜井さんに調べてもらえばいいんじゃないですか？」

「そんなことをすれば、あいつに貸しを作って、代わりになにか情報を提供することになる。逆にこいつが誰でどんなやつなのか私たちが調べれば、取引用のカードが手に入り、あいつらから情報を絞り出すことができる」

鷹央は似顔絵の水鏡を何度も指さす。

「本当なら今日、隠し撮りして、知り合いのハッカーに顔認証システムであの男の正体を探ってもらう予定だったが、まさかスマホが持ち込み禁止にされるとは思わなかった。というわけで、プランBに移行だ」

鷹央は似顔絵を僕に押し付けてきた。

「この男が誰か、お前と舞で突き止めろ」

「突き止めろって、僕たち警察じゃないんですから、似顔絵だけで捜索するのなんて無理ですよ」

「すぐに諦めるなよ。いいか、この男が医者であることは間違いないんだ。つまり日本人一億二千万人から、三十万人にまで絞れたんだ。そして、三十代後半から四十代半ばの男だということも分かる」

「かなり絞られますね」鴻ノ池はあごに手を当てた。

「そうだ。医者の世界は狭く、そして縦横のつながりが強い。私と違い、色々と顔の広いお前たちなら、知り合いの協力を得ればこの男までたどり着けるはずだ」

鷹央に力強く言われ、僕と鴻ノ池は顔を見合わせる。

僕は大学六年間、空手部に所属して、日本全国の医学部の空手部員とかなり交流がある。それに、母校の消化器内科にいる諏訪野良太《すわのりょうた》という親友はとんでもなく顔が広く、その気になれば日本中の医者のスキャンダルを調べられるとさえ言われていた。

そして、鴻ノ池も諏訪野に匹敵するコミュニケーション能力を持っている。

確かに、水鏡の正体を丸裸にすることが十分に可能かもしれない。

「ということで任せたぞ。私たち全員で鏡面反響療法とやらのカラクリを解き明かし、八千代の事件を解決するぞ」

鷹央の力強い宣言が、〝本の樹〟が立ち並ぶ薄暗い空間にこだました。

7

「鷹央先生！」

三日後、金曜日の夕方、救急部での勤務を終えた僕はすぐに屋上へと向かい、〝家〟

の玄関扉を開いた。

「なんだよ、小鳥、そんなに息を切らして」

鴻ノ池とソファーに並んで、缶に入ったクッキーを食べていた鷹央が声を上げる。

「またクッキー食べてたんですか。二人で一缶空けるなんて」

「お前の分はないからな。これは私たちのものだ」

鷹央はローテーブルに置かれたクッキー缶を守るように覆いかぶさる。

「別にいりませんよ。クッキーが欲しくて急いで救急部から上がってきたわけじゃありません」

僕はスクラブの上に羽織っている白衣のポケットから、四つ折りにしたコピー用紙を取り出す。

「水鏡の正体が分かったんです！　あの男の本名は……」

「三上誠吾《みかみせいご》だろ？」

勢い込んで報告しようとした僕は、話の腰を折られ、あんぐりと口を開く。

「なんで、知ってるんですか？」

「舞が調べてくれた。関西にある海甲《かいこう》医科大学卒業で、現在三十九歳。学生時代はテニス部に所属。卒業後は海甲医大附属病院で初期研修を行う」

「海甲医大で研修している友達がいたんで、その子が調べてくれたんです」

鴻ノ池は勝ち誇った表情でピースサインを作る。

「そんな……」

肩が落ちてしまう。せっかく諏訪野が、日本中の医療界に張り巡らした情報網を駆使して必死に水鏡の素性を洗い、詳細な情報をメールしてくれたのに、それが無駄だったなんて……。

「三上誠吾が、水鏡星夜として怪しいクリニックを立ち上げるまでになにがあったのか、次に調べるべきはそれだな」

鷹央は抱えている缶からクッキーを一つ摘まんで、口の中に放り込んだ。

「あれ？　初期研修後の水鏡の経歴は知らないんですか？」

「ん？　もしかして、知っているのか？」

クッキーを咀嚼しながら、鷹央は目をしばたたく。

「はい、それも調べがついています。大学病院での研修を終えた水鏡は、そのあと、大阪にある阪神総合医療センターで内科の後期研修、つまりはレジデントとして働きはじめます。ただ、三年のカリキュラムがある後期研修プログラムを一年ほど行ったところで、その病院を退職しています」

「レジデントの途中でドロップアウトしたというわけか」

「病院に住み込むぐらい忙しいから、『居住者』っていう意味のレジデントと呼ばれているほどですからね。僕も外科のレジデント時代は地獄でした」

馬車馬のように働いた記憶が頭をよぎり、汗腺から脂汗が湧き出してくる。

「私は来年からの後期研修、住み込みで働いても全然大丈夫ですよ。二十四時間三百六十五日、頑張って働きます！」

昭和のサラリーマンのようなことを言いながら、鴻ノ池は力こぶを作った。

「なんなら、私この〝家〟に住み込んじゃいましょうか。鷹央先生と同棲《どうせい》とか結構楽しそう」

「……いやだ。舞と一緒に住んだら、なんだか疲れそうだから」

「えー、なんでですか。絶対楽しいですって」

一人で盛り上がっている鴻ノ池を無視して、鷹央は僕に視線を戻した。

「それで、レジデントプログラムからドロップアウトしたあとのことは分かっているのか？」

「もちろんですよ。そこが一番重要なんです」

「重要？　どういうことだ」鷹央の体が前のめりになる。

「後期研修を切り上げたあと、水鏡はとある医療施設の院長に就任しています」

「院長？　後期研修も終えていないのに、いきなり開業したっていうのか？」

「開業したというより、雇われ院長という感じみたいですね。同じようなクリニックが日本中にいくつもあったらしいですから」

「日本中にいくつも？　それってもしかして……」

「そうです。プラム免疫療法クリニック尼崎院《あまがさき》、それが水鏡が院長に就任した医療施設の名前です」

「それってやっぱり怪しい代替療法のクリニックなんですか？　水鏡は昔から代替療法に関わっていたってことですか？」

訊ねてくる鴻ノ池に、僕は「それだけじゃない」と視線を向ける。

「そのプラム免疫療法クリニックというのは、とある医療法人が関西を中心にいくつも展開していた医療施設だ。けれど、それは五年前に全て潰れた」

「五年前って、もしかして……」

鴻ノ池が息を呑む。僕は大きく頷いた。

「そう、この近くに開設予定だった総合病院で、がんに対する高額の代替療法を請け負う予定だった梅花会という医療法人だ。うちの院長がジャーナリストに頼んで書かせた告発記事でプラム免疫療法クリニックは新規の患者を獲得できなくなり、過去に被害を受けた患者たちから大量の訴訟を起こされて梅花会は潰れたんだ」

「院長先生のせいで、水鏡は自分のクリニックが潰されたってことですね」

鴻ノ池が低い声でつぶやくと、腕を組んだまま黙って話を聞いていた鷹央がゆっくりと口を開いた。

「水鏡は叔父貴を、そして八千代を恨んでいる可能性が高いということだな」

「はい、そうです」

僕が頷くと、鴻ノ池がこめかみを押さえる。

「ということは、八千代さんが水鏡の患者になっていたのは、偶然じゃないってことですか？　やっぱり、八千代さんの事件に水鏡は関わっているんですか？」

「まだはっきりとは分からない。ただ、あの水鏡と名乗っている男が今回の事件に大きく関与しているのは、これで確実になった。あとは鏡面反響療法とやらのカラクリをあばけば、今回の事件の真相に一気に近づけるはずだ」

鷹央は意気揚々と言うと、白衣のポケットから封筒を取り出した。

「これがさっき、杠から届いた水鏡クリニックに通っている患者たちのデータだ」

鷹央は封筒から取り出した紙を次々とテーブルの上に並べていく。僕は身を乗り出し、それらの用紙に記された検査データをひとつひとつ見ていく。

「この患者さんは治療前にあった肝障害と高コレステロール血症が正常化していますね。次の人は心不全だったのに、水鏡クリニックに通いはじめてから明らかに心機能が改善している。こっちの患者さんは、原因不明の汎血球減少症ですか。赤血球、白血球、血小板が、全て低下しているのに、鏡面反響療法を受けてからほとんど正常値まで回復してきてます」

　僕がつぶやくと、鴻ノ池は小首をかしげた。

「高コレステロール血症なら高脂血症薬を、心不全なら鏡振水に利尿薬とか強心薬を混ぜれば治ると思うんですけれど、この汎血球減少症は薬で治せるんですか？」

「汎血球減少症の原因は様々だ。それを特定しなければ、治療法も分からない。この患者に関しては色々な病院で診察を受けたが、汎血球減少症の原因は不明だったらしい」

　鷹央は検査データが記された紙をつまむとひらひらと左右に振った。

「鷹央先生、もし鏡振水に薬を混ぜて治療しているんだとしたら、水鏡はこの汎血球減少症の原因を診断して、その上で適切な治療薬を投与したっていうことですよね。けれど、内科の研修も終えていない水鏡に、他の医者が原因不明と匙《さじ》を投げるような疾患を診断する能力があるとは思えないんですが」

　僕が口にした疑問に、「どうだろうな」と鷹央はこめかみを掻く。

「別に研修を受けなくても診断学を学び、経験を積めば、一流の診断医になることは十分可能だ。ただ、代替医療クリニックの院長をやって、がん患者を騙してきた医者がしっかりと学んだり、十分な経験を積んでいるとは考えにくい。それに……」

　鷹央は封筒の中に残っていた二枚の紙をテーブルに広げる。それはカフェで見せてもらった店長のCT写真のコピーだった。

「これが分からない。一体どうやって、これだけ進行したがんを治療できたのか……」

「鏡振水の中に抗がん剤を入れたとか？」

鴻ノ池が声を上げるが、鷹央は首を横に振った。

「ここまで全身に転移したがんの根治を目指すとしたら、ほとんどの場合、点滴で投与する抗がん剤を使用する。副作用もかなり強烈なはずだ。水に抗がん剤を溶かして内服させるというのは極めて困難だ」

「じゃあどうやって……」

戸惑い顔で鴻ノ池がつぶやくと、鷹央は「さあな」と肩をすくめた。

「ただ、そこさえ解き明かせればこの事件は解決できる。そんな気がする。明日には検査に出した鏡振水の成分のレポートが返ってくるはずだ」

「ということは、今日はこれで解散ですかね」

「そうだな……」

腕を組んでなにやら考え込んでいた鷹央の顔に、みるみると不敵な笑みが広がっていく。

「せっかくだから、ちょっと仕掛けてみるか」

8

「よう、三日ぶりだな」

ビルのエントランスから出てきた水鏡に、鷹央は軽い口調で声をかける。

水鏡の正体を知った僕たちは、再び水鏡クリニックがあるこのビルまでやってきていた。

まだ、鏡面反響療法のカラクリも分からないのに水鏡に接触するのは時期尚早ではないかと思ったが、モタモタしているうちに、八千代の件を聞きつけたマスコミが病院に殺到しては元も子もない。

八千代が首を切られたのが死後であったということで、警察の捜査が滞っているようだ。しかし入院中に八千代が警察に助けを求めていた件が、いつマスコミに漏れないとも限らない。そう考えると、水鏡に接触して反応を見てみるのも悪くないかもしれない。

そう考えて、僕は水鏡に会いに行くことに同意し、鷹央と鴻ノ池と共に水鏡クリニックが入っているビルに向かい、近くにあるコインパーキングに愛車を停《と》めたのだった。

三十分ほど車内で待っていると、ビルのエントランスに高級感を醸し出すスーツを着た水鏡が姿を現した。それを見た鷹央は車を降り、水鏡へと駆け寄ったのだった。

「……あなたは、確か天久さんでしたね。どうですか胃の調子は?」

「ああ、好調だよ。お前から処方してもらった胃薬を飲んで、食事にも気をつけているからな」

「さっきクッキー缶ひとつ空けていたくせに……」

隣に近づいた僕がボソッとつぶやくと、鷹央はこちらを見ることもせず脇腹に肘を打ち込んできた。とがった肘の先で肝臓をえぐられ、一瞬息が詰まる。

「私の胃炎を治すとはなかなかの名医だな、水鏡星夜。いや、三上誠吾だったかな」

本名を呼ばれた瞬間、これまでずっと柔らかい人工的な笑みを浮かべていた水鏡の顔が強張った。

「なんで、私の名前を……」

「おお、ようやくその嘘くさい笑顔の仮面をひっぺがすことができた。そうやって動揺している方が、人間くさくて魅力的かもしれないぞ」

「そんなことどうでもいい。答えてください、天久さん」

「お前のことは全部調べがついているんだよ。本名だけじゃなく、後期研修をドロップアウトしたこと、怪しい免疫療法クリニックの院長だったこと、そしてそのクリニックがうちの叔父貴と八千代のせいで潰されたこともな」

水鏡の表情が、炎に炙《あぶ》られた飴《あめ》細工のようにぐにゃりと歪んだ。

「なあ、八千代が首を抉られた遺体で見つかった件に、お前はどう関わっているんだ？」

「なにを言っているのかわけが分からない。失礼する」

水鏡は身を翻す。

「安心しろ。まずは私がお前の鏡面反響療法のカラクリを暴いて、その上で八千代の事件の真相を解明してやる。そうすれば全て『わけが分かる』ようになるさ。だから、首を洗って待っていろ」

逃げるように去っていく水鏡の背中に、鷹央は高らかに告げたのだった。

9

「なんでだよ！　わけが分からない！」

鷹央の大声が部屋に響き渡る。

翌日、土曜日の午後七時過ぎ、僕たちは鷹央の〝家〟でカレー味の宅配ピザを食べていた。

今日は救急部の日直業務に当たっていたので、それが終わった午後六時過ぎ、なんとなしに〝家〟に顔を出すと、鷹央は上機嫌で「おう、お疲れさん」と手を振ってきた。

なにやら遠足前の小学生のようにうきうきした様子だったので、なにがあったのか訊ねると、鷹央は「鏡振水の分析が終わったらしい。一時間ぐらいで結果がメールされてくるってよ」と両手を大きく広げた。

検査結果には僕も興味があったので、鴻ノ池も呼び出した上で夕食を取りながら待つことにした。最初は近くのコンビニでサンドイッチでも買ってこようかと思っていたが、呼び出されてやってきた鴻ノ池が「うわ、なんか週末の夜にみんなでいるって、パーティーみたいですね。せっかくだからピザ頼みましょうよ、ピザ」と言い出したため、カレー味の宅配ピザを頼み、それを食べながら結果を待っていた。

そして三分ほど前、検査結果が出たという連絡が入ったので、鷹央はいそいそとパソコンが置かれているデスクへと向かい、嬉しそうにそれを確認しはじめた。しかし、ディスプレイを眺める鷹央の顔は次第に強張っていき、そして両手で頭を抱えて「なんでだよ！」と叫びだしたのだった。

「どうしたんですか、鷹央先生？」

ただならぬ様子に、僕はソファーから腰を浮かす。

「なにも出ないんだ！」

「……え？」

「だから、検査に出した鏡振水すべてで、薬物などは一切検出されなかったんだ」

「ええ⁉　そんな。じゃあどうしてあれを飲んだ患者さんは病気が治ったんですか？」

「分からない。これで振り出しだ！　くそっ！　どうなっているんだ！」

鷹央は軽くウェーブのかかった髪をガシガシとかき乱しはじめる。

「鷹央先生、落ち着いて。パニックになったら考えもまとまりませんよ。ほらちょっと甘いものでも食べて……」

ピザと一緒に注文していたキャラメル味のポップコーンが載った小皿を手に僕は慌てて鷹央に近づいた。

髪をぐしゃぐしゃにしている鷹央の口にポップコーンを押し込むと、彼女は手を止め咀嚼をはじめる。パニックになった鷹央にはとりあえず甘味を与えて落ち着かせる。それがこの一年数ヶ月で培った僕のテクニックだった。

「小鳥先生、猛獣使いとしての腕、だんだん上がってきてますよね。さすが統括診断部でずっと学んでいるだけありますね」

近づいてきた鴻ノ池が、耳元で囁いてくる。

鷹央先生の飼育員としてじゃなく、内科医として学ぶためにここに来てるんだけどな……。

僕が胸の中でつぶやいていると、口の中にあるポップコーンを飲み込んだ鷹央が声を上げた。

「本当にわけが分からない。まさかなにも検出されないなんて」

鷹央は僕の手にしている小皿に手を伸ばして、十粒以上のポップコーンを鷲摑《わしづか》みにすると、それを口に押し込んだ。

「一気に食べ過ぎですよ」

呆れながら、僕はディスプレイを眺める。そこに、鏡振水の検査結果が表示されていた。

「ナトリウムとカリウムがそれなりに含まれていますね。けれど、他に溶け込んでいる成分はなし。ということは単なるミネラルウォーターだったってわけですか」

「ひょうひわ、ひゃはらわひぇひゃわひゃら……」

「口の中のもの、飲み込んでから喋ってください」

僕が突っ込むと、鷹央は両手を頰に当てて、もぐもぐとせわしなく咀嚼しはじめたあと、「うっ」と突然呻《うめ》いて薄い胸をこぶしでバンバンと叩きはじめる。

「鷹央先生、お茶、お茶を飲んで」

鴻ノ池が慌ててローテーブルからウーロン茶のペットボトルを持ってくると、溺れているかのように空を掻いている鷹央の手に渡す。

ウーロン茶を勢いよく飲んだ鷹央は、ペットボトルから口を離し、「死ぬかと思った」と大きく息を吐いた。

「だから一気に食べ過ぎだって言ったんです。けれど、鏡振水になにも含まれていなかったって、どういうことなんでしょう？　杠さんが偽物を渡されたとか？」

僕のつぶやきに、鷹央は「いや、それは考えにくい」と首を横に振った。

「杠は極めて優秀な詐欺師だ。あいつにかかれば、水鏡クリニックの患者になるような者たちは簡単に心を開いてしまうだろう。しかも五人全員が、杠に偽物を渡すという可能性はほぼない」

「だとすると、杠さんがミネラルウォーターを鏡振水だと偽って僕たちに渡したんじゃないですか？」

「それもおそらく違う。杠が水鏡を守る理由がない」

「もしかしたら、もともと杠さんと水鏡は協力関係だったのかも」

「そうだとしたら、そもそも杠があのカフェに私たちを連れて行く必要はなかったはずだ。杠の情報がなければ、私たちは水鏡クリニックに辿《たど》り着けなかったんだからな」

鷹央はあごに手を当てながら話し続ける。

「それに、今回の事件を早く解決したいのはあいつも同じだ。警察は八千代の甥の藤田から、杠の情報も聞いているだろう。殺人ではなく死体損壊事件となったため、いまは警察の動きも鈍いが、本格的に捜査がはじまればいつかは自分も調べられることぐらい分かってるはずだ」

「あの人のやってること、かなりグレーですから、調べられたら困りますね」

「そう、八千代を助けられなかった後悔があるのは本当かもしれないが、あいつは保身のためにも私たちに協力している。だから偽物を摑ませてくる可能性は極めて低い」

「ということは、どうなるんでしょう？　なんでこの水を飲んで患者さんたちは病気が治ったんですか？　末期がんとか汎血球減少症まで治っているのに……」

鴻ノ池の問いに鷹央は「分からない……」と悔しそうに答えた。

「状況からすると、この鏡振水というものは、鏡面反響療法の本当のカラクリを隠すためのスケープゴートだった可能性が高い。実際はなにか別の方法で治療を行っているんだ」

「別の方法ってなんですか？」

反射的に質問した僕を、鷹央はじろりと睨みつけてきた。

「そんなの、すぐに分かるわけないだろ。いまから考えるんだよ」

これは、もう一個キャラメルポップコーンを与えるべきだろうか。僕がそんなことを考えていると、玄関扉が勢いよく開いた。

「鷹央、大変なの！　大変なことが起きたの！」

家に飛び込んできた真鶴が息を切らせ、両膝に手をつけながら声を張り上げる。そのただならぬ様子に、鷹央が不安げに椅子から腰を浮かした。

「どうしたんだ、姉ちゃん？　そんなに焦って」

「いま……警察から、連絡が、あったの。なんだか、あちらも、混乱しているみたいで、詳しくは、分からないけど……」

荒い息の隙間を縫うように、真鶴はかすれ声をしぼりだす。

「院長が……、叔父様が、殺人事件に巻き込まれたって……」

10

コインパーキングにCX－8を停めると同時に、助手席に座っていた鷹央が外へと飛び出す。

「あ、鷹央先生、待ってください！」

僕は慌ててエンジンを切ると、車を降りて鴻ノ池と共に鷹央のあとを追った。

短い足をちょこまかと動かし、鷹央は歩道を駆けていく。僕と鴻ノ池もすぐその後ろに追いついた。

目の前に大きな交差点が見えてくる。あそこを曲がればすぐに、目的地である水鏡クリニックが入っているビルがある。

交差点にたどり着いた僕たちは、そこで足を止め立ち尽くした。

十数台のパトカーがビルを取り囲むように停車し、制服、私服を合わせ数十人の警察官が険しい顔で動き回っていた。

夜の暗さに慣れた目には眩《まぶ》しすぎるほどの赤色灯の明かりに圧倒されていると、隣にいた鷹央が再び走り出した。完全に不意を突かれた僕と鴻ノ池の反応が遅れているうちに、鷹央は停まっているパトカーの間をすり抜け、ビルの周りに張られている黄色い規制線へと駆け寄ると、それをくぐり抜けようとした。

「あ⁉　ここは立ち入り禁止ですよ！」

規制線の中にいた制服警官が気づいて、鷹央の前に仁王立ちになる。

「邪魔だ。どけ！　私はこの中に入らないといけないんだ！」

「だからダメですって。関係者以外、中には入れません」

「私は関係者だ！　叔父貴はどうなっている？　まさか殺されたのか？」

「なにを言って……」

警官の顔に困惑が浮かぶ。

「ダメですよ、鷹央先生。事件現場には入れません」

慌てて駆け寄った僕が、背後から鷹央を捕まえる。

「放せ！　邪魔するな！」

鷹央は四肢をじたばたと動かしはじめた。いつもより明らかに暴れる力が強い。騒ぎを聞きつけて、スーツ姿の明らかに刑事らしき男たちも近づいてきた。

やばい……。大鷲に何が起きたのか分からず、いまの鷹央は完全に暴走している。下手をすれば警官を突き飛ばしたりしかねない。鷹央の力で突き飛ばされても、普段から鍛えている警察官が怪我《けが》をすることはないだろうが、公務執行妨害で現行犯逮捕されるかもしれない。

ひときわ体格のいい中年の刑事が、のしのしと近づいてきた。

そばにいた鴻ノ池がわずかに重心を落とすのが視線の端に映る。

おい、刑事を投げ飛ばしたりするなよ。そんなことになったら三人まとめて逮捕されるぞ。

基本的には常識人の鴻ノ池がそこまですることはないと思うが、わけの分からない状況に、僕たち三人とも浮き足立っていた。突発的に不測の事態が生じてもおかしくなかった。

どうやったらこの場を落ち着かせることができるのだろう？　鷹央を捕まえながら

僕が必死に頭を働かせていると、刑事がゆっくりと口を開いた。

「もしかしてあんたたち、タカタカペアってやつじゃないか？」

「はぁ……？」

予想外の言葉に、思わず口から呆けた声が漏れてしまう。

「間違いない。やっぱりタカタカペアだ。いやあ、噂には聞いていたけれど、本当に事件現場に出没するんだな。前から一度拝んでみたいと思っていたんだよ。これは運がいい」

なに……？　そのツチノコみたいな扱い……。

これまで散々、鷹央が事件に首を突っ込んできたせいで、田無署刑事課の中で僕たちがちょっとした有名人になっていることは知っていた。しかし、まさかそんな扱いをされているとは……。

僕が啞然としていると、「ちょっと待ってください！」と、鴻ノ池が怒声を上げた。緩んでいた周囲の空気が再び緊張を孕む。

「統括診断部のメンバーは鷹央先生と小鳥先生だけじゃないんです。私ももう統括診断部の一員です。二人だけタカタカペアとか呼ばれるのはずるいです！」

「いや、統括診断部の一員って、お前まだ初期研修医じゃ……」

思わず突っ込んだ僕を、鴻ノ池はギロリと睨んできた。

「もうこれからの研修、全部統括診断部で受けますし、それが終わったら入局する予定です。もう統括診断部の一員みたいなもんじゃないですか」

僕から視線を外した鴻ノ池は、再び刑事に向き直ってビシリと、人差し指を突きつける。

「ですから、タカタカペアではなく、タカノイケトリオです！　タカノイケトリオ！　忘れないでください！」

まだ、その四股名《しこな》のような名称にこだわっているのか……。

さっきまで周囲に漂っていた緊張感は完全に弛緩《しかん》している。頬を紅潮させて暴れていた鷹央も、いつの間にか戸惑い顔で大人しくなっていた。

鴻ノ池に指差された刑事は、そのいかつい顔に一瞬きょとんとした表情を浮かべたあと、笑い声をあげた。

「噂通り面白い人たちだな。中に入れることはできないけれど、あんたたちの担当者を呼んでくるからちょっと待っていてくれ」

刑事は規制線をくぐってビルの中に入っていく。数分して、彼は二人の男を連れて戻ってきた。

「あなたたち、また現場に押しかけてきたんですか。いい加減にしてくださいよ」

僕たちの『担当者』こと、成瀬が額に手を当てて夜空を仰ぐ。その後ろでは、桜井が苦笑を浮かべていた。

「いい加減になんかできるわけないだろ。叔父貴はどうなったんだ？　まさか、水鏡に殺されたのか？」

「殺された？」

桜井が目を剝《む》いたあと、小さな笑い声を上げた。

「どうやら情報が錯綜《さくそう》していたようですね。ご安心ください。院長先生は亡くなったりしていませんよ」

「ということは、叔父貴は無事なんだな」

鷹央は胸に手を当てて安堵の息を吐いた。

「いけすかないやつだが、一応身内なんだ。それにあいつが死んだりしたら、本当に私が院長を押し付けられかねないから……」

照れ隠しなのか、それとも本当に自らの院長就任阻止が至上目的なのか分からないが、鷹央も落ち着いたようだった。

「いやあ、完全に無事かと言われると微妙なところなんですが……」

桜井は鳥の巣のような頭をボリボリと搔く。

「無事じゃない？　負傷でもしているのか？」

「いえいえ、院長先生はお怪我などはないですよ。ただ、ちょっと困ったことになっていましてね」

「困ったこと？」

鷹央がつぶやいたとき、ビルから数人の男が姿を現した。

その中心にいる男を見て、鷹央は猫を彷彿とさせる大きな目を見開く。

「叔父貴⁉」

大鷲はちらりとこちらを見たあと、唇を嚙んで目を伏せた、そのまま周りの刑事らしき男たちに促されてパトカーへと近づいていく。手錠こそかけられていないが、刑事たちに押し込まれるようにパトカーに乗る大鷲の姿は、まさに拘束された犯罪者そのものだった。

大鷲を乗せたパトカーは、僕たちが呆然と見つめる中、走り去っていく。

「おい、あれはどういうことなんだ？」

小さくなっていくパトカーのテールライトを見つめながら、鷹央は口を半開きにする。

桜井は頭を掻いていた手を止めると、押し殺した声で告げた。

「実は、院長先生は最重要参考人、というか第一容疑者になっているんですよ。水鏡星夜と名乗っていた人物が、喉を切り裂かれて殺害された事件のね」

幕間

ポーンという軽い音がして、目の前のドアが開いていく。

天久大鷲《あめくおおわし》はエレベーターから降りると、慎重に左右を見回した。短い廊下の向こう側に、黒い革張りに無数の細かいガラス片を埋め込んだやけに豪奢《ごうしゃ》な扉が見えた。

「ここか……」

小声でつぶやいた大鷲は、ゆっくりと廊下を進んでいく。革靴が床を叩《たた》く音がやけに大きく反響した。

「失礼する」

扉を開いた大鷲は、常夜灯だけが灯《とも》っている薄暗い部屋に入った。

八畳ほどの空間に、受付のカウンターと高級感を醸し出すソファー、そしていくつもの姿見が置かれた部屋。

必要以上に配置されている巨大な鏡に眉根が寄ってしまう。ただ、それ以上に大鷲の意識を惹《ひ》きつけたのは、部屋の奥の、開いた扉の向こう側に伸びるガラスの廊下だった。

大鷲は再び「失礼する」と声を張る。

「天久大鷲だ。約束通り一人でやってきた」

やはり、返事はなかった。

こんなところに呼び出して、私に危害を加えるつもりだろうか？

大鷲は胸の中でつぶやくと、慎重に部屋の中を歩き回りはじめる。受付カウンターや姿見の後ろを確認するが、そこに人影はなかった。

部屋に誰もいないことを確認した大鷲は、ゆっくりと扉をくぐって廊下へと入った。

「……ここは、本当にクリニックなのか」

思わず口から漏れた言葉が、鏡の廊下にやけに大きく反響する。

廊下の突き当たりにある、鏡で複雑な装飾を施された扉をノックする。しかし、中から返事が聞こえてくることはなかった。

ここは危険だ。引き返すべきだ。

頭蓋骨の中で警告音が鳴るが、大鷲は口を固く結び、それを無視する。

逃げるという選択肢はない。これは降りかかった火の粉を払うために必要な行動なのだから。

自分がその火の粉によって、焼き尽くされる覚悟はできている。だが、自分を包み

込んだ紅蓮《ぐれん》の炎が、これまで心血を注いで守ってきた天医会《てんいかい》総合病院に引火すること
だけは避けなければならない。

あの男は私を恨んでいるだろう。自らのクリニックが潰れたのは私のせいだと、五年が経《た》ったいまも、胸の奥で私に対する怒りが迸《ほとばし》っているのだろう。

もしかしたら、この扉を入った瞬間襲いかかられるかもしれない。もしかしたら、私は殺害されてしまうかもしれない。

それでも構わなかった。

三上誠吾《みかみせいご》に襲われ命を落とせば、私は容疑者から被害者になる。

三上は八千代《やちよ》にも強い恨みを抱いていたはずだ。八千代が首を抉られた事件も三上が起こしたものと警察は考えるだろう。少なくとも病院にマスコミが殺到し、そして非難記事が世間を賑《にぎ》わすことはなくなる。そうなれば天医会総合病院を、そして治療を必要としている地域住民を守ることができる。

命をベットする価値は十分にある。

「私が死んだら、鷹央《たかお》が院長か……」

無意識につぶやいたあと、思わず小さな笑いが漏れてしまう。

本当に院長に就任したら鷹央は絶望するだろう。ただ、鷹央自身が言うように、院長が絶対できないとは思っていなかった。

確かに去年までの、周囲に壁を作り、誰も寄せ付けず屋上の〝家〟に引きこもっていた鷹央では、院長という重責を担うことは不可能だっただろう。三年ほど前に院長に就任する際、兄であり、鷹央の父親でもある前院長から、「鷹央のことをよろしく頼む。あの子の能力をうまく発揮させてやってくれ」と、無責任極まりない依頼をされていた。しかし、どうやればそんなことが可能なのか分からず、鷹央を持て余していた。

だが、この一年で鷹央は驚くほどに大きく変わった。積極的に他の医者と、そして外の世界と関わるようになった。

いまの鷹央なら、真鶴《まづる》をはじめとする人々のサポートさえあれば、院長業務もなんとかこなせるのではないかと思ってしまう。まあ、なにやら怪しい事件にまで首を突っ込んでいるのは問題だが、鷹央の類まれなる頭脳が、患者を救うために有効利用されはじめたのは喜ぶべきことだ。

きっかけは間違いなく小鳥遊優《たかなしゆう》だろう。誠実でお人好《ひとよ》しの彼に、鷹央は心を開いている。まるで親友、もしくは兄のように。

そこまで考えたところで、大鷲は短く刈り込んだひげに包まれているあごを撫《な》でた。

あの二人をくっつけ、小鳥遊をうまく天久家に迎え入れることはできないものだろうか？　彼がそばにいれば、鷹央の能力を十分に引き出すことができる。

一見して鷹央自身は小鳥遊に好意は持っているものの、それは異性に対するものではなく、友人に対するもののようだ。ただ人生経験の足りない鷹央は、友情と恋愛感情の区別がよくついておらず、恋心を自覚できていないだけなのかもしれない。だとしたら、是が非でも小鳥遊を鷹央の夫にしよう。彼は医者としても人としてもかなり優秀だ。さらに鷹央の能力を引き上げるという、他の人間にはできない特殊な力を持っている。

彼が身内になってくれれば、天医会総合病院はさらに安泰だ。しかし、彼の外科の技術を腐らせておくのはもったいない。できることなら統括診断部から外科に引き抜いて……。

そこまで考えたところで、大鷲は口元に手を当て、忍び笑いを漏らす。

こんな状況で、私はなにを考えているのだろう。もしかしたら数分後には命を落とすかもしれないのに……。

先週、八千代の手術で第一助手を務めてくれた小鳥遊の姿を思い出す。

「もしものときは、鷹央を頼むよ。小鳥遊先生」

小声でつぶやくと、大鷲は両手で観音開きの扉に手を当て、力いっぱい押していく。抗議するような軋《きし》みを上げながら開いていく扉の向こうには、六角形のガラスの部屋が広がっていた。

大鷲は大きく息を呑《の》む。

いま見ているものが、自分の網膜に映し出されているものがなんなのか、すぐには理解できなかった。

ガラスの部屋の中心に置かれた診察用のベッドに、男が横たわっていた。

首元が大きく切り裂かれた男が……。

荒い息をつきながら、大鷲は部屋を見回す。しかし、廊下と同じくほとんど物のない空間に、人影を見つけることはできなかった。

なにが起きているのか分からないまま、大鷲は誘蛾灯《ゆうがとう》に誘われる羽虫のようにフラフラと、ベッドへと近づいていく。

途中床に溜《た》まっている大量の血液に足を取られ、バランスを崩しながら、おぼつかない足取りでベッドサイドまで近づいた大鷲は、血まみれで横たわっている男を観察する。

首は大きく切り開かれ、切断された気管の断面すら見えている。周囲に大量の血液が撒《ま》き散らされているところを見ると、頸動脈《けいどうみゃく》を切り裂かれ、噴水のように血が吹き出して出血死したのだろう。ほとんど即死だったはずだ。

血液は完全には固まっていない。死亡してから長く経ってはいないはずだ。

細く長く息を吐いて、パニックになりかけている心を落ち着かせながら、大鷲はさらに観察を続ける。

いまにも断末魔の絶叫を上げそうなほど口を大きく開き、瞳孔が開ききった目を剝《む》き、恐怖と絶望に歪《ゆが》んだ顔。それはここに来る前にネットで確認した三上誠吾で間違いなかった。

「一体誰がこんなことを……」

口からこぼれた声は、自分のものとは思えないほど弱々しくかすれていた。

大鷲は激しい頭痛がわだかまるこめかみに手を当て、必死に状況を理解しようとする。

私は三上に呼び出された。だがその三上は何者かに殺害されていた。受付にも、鏡の廊下にも、そしてこの部屋にも人影は見つからない。そうなると……。

大鷲は深呼吸を繰り返すと、ゆっくりと顔を上げ、再度部屋を見回す。しかし、やはり人影は見つからなかった。血まみれの遺体のそばに立つ自分の姿が無数に、合わせ鏡の効果で延々と映し出されている。

「罠《わな》……か？」

口からこぼれた声が、やけに大きく鏡に反響した。

第三章　容疑者、天久大鷲

1

ノックの音が響き、玄関扉が開いていく。

「どうもどうも、お邪魔しますよ」

桜井《さくらい》が成瀬《なるせ》と連れだって姿を現した。

大鷲《おおわし》が警察に連行された翌日の午後六時過ぎ、僕たちは鷹央《たかお》の〝家〟で、桜井たちが来るのを待っていた。

昨日、大鷲が水鏡《みかがみ》殺害の第一容疑者になっていると聞いた鷹央は「どういうことだ？　なにが起きているのかしっかりと説明しろ！」と桜井に詰め寄った。

「いまはだめです。私たちもまだはっきり分かりません。それに、容疑者の身内であるあなたに情報を漏らすのは、警察の中で裏切り行為とみられる可能性があります」

桜井は声を殺して答えた。

「協力関係を破棄するつもりか？」

「そうじゃありません。明日の夕方、病院に伺います。そこで情報の交換といきましょう」

桜井はなだめるような、それでいて有無を言わせぬような口調で鷹央に告げたのだった。

これまでに分かっている情報としては、院長は逮捕されたわけではないらしい。昨日の深夜、自宅に戻り、そして今日、病院に現れず、そのまま田無《たなし》署へと出向いたということだった。

今朝早く、大鷲から『留守を任せる』という伝言を受けた真鶴《まづる》が、それを僕たちに報告しに来た際、彼女はなにが起きているのか分からず混乱している様子だった。

こちらからは動くことができず、ただ桜井が情報を持ってくることを待たなければならない状況に、骨付き肉を前にした犬並みに忍耐力のない鷹央は、一日中イライラしていた。

そして落ち着かないのは、僕と鴻ノ池《こうのいけ》も同じだった。

今日のニュースで、水鏡星夜《せいや》こと三上誠吾《みかみせいご》の死亡は大きく取り上げられ、その事件の概要も公表された。

いわく、水鏡は診察室に置かれたベッドの上で、首を掻《か》き切られた遺体として発見され、周囲には大量の血が飛び散っていたらしい。

死後に首を切られた八千代《やちよ》と違い、今回は完全な殺人事件だ。そして、昨日の連行の仕方を見るに、大鷲に対する容疑は極めて濃厚なものだ。

現行犯での逮捕こそされなかったものの、あの様子では近い将来、大鷲が逮捕される可能性は高い。大病院の院長が、凄惨な殺人事件の容疑者として逮捕されたとなれば、全国的な大ニュースになってしまう。想定していたよりもはるかに大きな悪影響がこの病院に降りかかるだろう。

まだ院長が容疑者だとは報道されていないことが不幸中の幸いだ。しかし、それも時間の問題だろう。デッドラインが近づいている。

この二、三時間、ただ待つことしかできないストレスでいまにも暴れだしそうな鷹央を、なんとかクッキーなど甘味を与えて落ち着かせていたが、それもそろそろ限界に達しつつあった頃に、ようやく桜井たちが姿を現した。

「一体なにがどうなっているんだ！　詳しいことをすべて教えろ！」

いまにも襲いかからんばかりの勢いで迫ってきた鷹央を、「まあまあ、落ち着いて」と桜井は掌《てのひら》を突き出してなだめる。

「もちろん、この一日で色々と分かったことはありますよ。ただ、それをあなた方に伝えるかどうかはまだ決まっていません」

「なに言っているんだ！　容疑者になってんのはこの病院の院長、そして私の身内なんだぞ！」

「だからこそですよ」

桜井の声が低くなる。

「あなたは、第一容疑者の身内なんですよ。その人に捜査情報を漏らすということがどれほど危険なことか、分からないわけじゃないでしょ」

正論に鷹央はぐっと言葉に詰まる。

「情報を漏らさないなら、どうしてここに来たんですか？　そんな必要ないじゃないですか？」

僕が硬い声で訊《たず》ねると、桜井は表情を緩めて肩をすくめた。

「絶対に漏らさないと決めているわけではありません。取引次第ですよ。ただ、いつもよりちょっと取引条件がシビアですがね」

「こっちから先に情報を出せということだな。それで、なにが知りたい？」

鷹央の問いに桜井は「全部ですよ」と両手を広げる。

「水鏡星夜、そして水鏡クリニック。それらについて、あなた方が知っている情報をすべて渡してください。洗いざらいすべてね」

「……どうして私たちが水鏡クリニックの情報を持っていると分かった？」

「鷹央先生自身が昨日言ったじゃないですか。『叔父貴はどうなったんだ？　まさか、水鏡に殺されたのか？』ってね」

あまりにも分かりやすい指摘に、鷹央は顔をしかめる。

「あなたらしくないミスでしたね。よっぽど焦っていたんでしょう。あれを聞いた瞬間、気づいたんですよ。我々の捜査線上に全く上がってきていなかった水鏡星夜と名乗っている怪しい医者を、あなた方が調べていたということにね」

桜井は目をすっと細める。

「それでは教えていただきましょうか。水鏡星夜は八千代議員の事件にどのように関係しているんですか？　一体あなた方はなにを私たちに隠していたんですか？」

「……分かった」

鷹央は観念したように暗い天井を仰ぐと、ソファーを見てあごをしゃくった。

「知っていることは全部話す。とりあえずソファーに座れ」

「……というわけなんだ」

説明をし終えた鷹央は大きく息を吐くと、ローテーブルに置かれているコーラが入ったコップに手を伸ばし、乾いた口の中を潤すように一口飲んだ。

三十分ほどかけて、僕たちは、八千代が霊能力者を名乗る詐欺師に心酔していたこと、そこから離れたあとは水鏡の怪しい治療を受けていたこと、実際にその治療を受けた患者たちが次々と病気が治っていること、そして水鏡がかつて大鷲が潰したクリニックの院長を務めており、大鷲を恨んでいたと思われることを（協力関係にある杠《ゆずりは》の身元を除いて）説明した。

すべての情報を聞き終えた桜井は、「なるほど」と腕を組んだ。

「しかし、そんな情報を持っていたのに、協力関係を結んだ私たちになにも教えてくれなかったというのは、少々不義理ではないですか？」

「あのときは、これほど詳しい情報は分かっていなかったんだ。だからもっと詳細まで分かってから教えようと思っていた」

「とか言って、一番重要な情報は隠しておいて、必要ならうまく私たちと取引なさるつもりだったんでしょう？」

「さあ、なんのことか分からないな？」

鷹央は露骨に目を逸《そ》らす。

「まあいいでしょう。なんにしろ、とても参考になりました。八千代議員とあのクリニックにそんな関係があるとは、我々は摑《つか》んでなかったのでとても役に立ちます」

「八千代は、甥《おい》で秘書の藤田《ふじた》にもクリニックのことは伝えていなかったらしいからな」

「そんな怪しいクリニックでわけの分からない治療を受けているとしたら、普通なら止めますもんね。しかし、水鏡が大鷲先生を恨んでいたんですか。となると、大鷲先生の証言にも、ある程度のリアリティが出てきますね」

「叔父貴の証言？　一体、叔父貴はなんて言っているんだ？」

　鷹央が勢い込んで訊ねる。しかし、桜井は答えなかった。

「おい！　なに黙ってるんだよ。ちゃんと知っていること全部教えたんだ。そっちも情報を寄越すのが筋というもんだろ」

「鷹央先生、ここで『筋』という言葉を口にするのは得策とは言えませんよ」

　桜井はこれまでになく低い声でつぶやく。

「警察としての筋を通すなら、最有力容疑者の身内に捜査情報を流すことは絶対にできません。それは、懸命にこの事件の捜査にあたっている仲間を裏切ることになりかねませんから」

「なんだよお前、一方的にこっちから情報を吸い取って逃げるつもりか！」

　鷹央の声に怒りと焦りが滲《にじ》む。

「そうカッカしないでください。最初に言ったでしょ。取引条件はシビアだって」

「そのシビアな取引条件に見合うだけの十分な情報を提供したはずだ」

　鷹央の指摘に、桜井は人差し指を左右に振った。

「申し訳ないですけれど、今回の取引条件は情報が重要か否かではないんですよ」

「なにを言っているんだ、お前は。あとそのキザな仕草やめろ。おっさんがやっているとなんか腹立つ」

桜井のもったいぶった態度に苛立《いらだ》っているのか、鷹央は声を荒らげた。

「すいません、すいません。この前、鷹央先生がやっていたのを見て、かっこいいなと思ったもので」

桜井は後頭部を掻く。鷹央は苦虫を嚙《か》み潰したような表情になった。

「それより、情報の重要性より必要な取引条件ってなんなんだ。さっさと教えろ」

「それはですね……」

気を取り直すように咳払《せきばら》いをすると、桜井は表情を引き締める。

「警察全体にとって利益になるかです」

「警察全体にとって……」

鴻ノ池がその言葉を繰り返すと、桜井は「そうです」と大きく頷《うなず》いた。

「これまで私は規則を破って鷹央先生には色々な情報を提供してきましたが、それらはあくまで先生に情報を提供することで、事件の真相に近づくことができ、警察の利益になると判断したからです」

「……今回は違うというわけか」

鷹央のつぶやきに、桜井は「はい」とあごを引いた。

「私は基本的にあなた方を信頼しています。我々が流した情報を、警察の捜査を妨げるような使い方はしないと。けれど、今回はそれを保証できるかと言われると、かなり難しいです」

「私が身内である叔父貴を救うため、お前らから得た情報を使って真実を歪《ゆが》めると言うのか！」

間接照明しか灯《とも》っていないこの薄暗い部屋でも、鷹央の頬が怒りで赤らんだのが分かった。

鷹央はその生まれつきの性質のため、場の空気を読んでそれに合わせた行動をとることが極めて困難だ。だからこそ鷹央は、ただひたすらに真実を求めてきた。それを暴くことで、不幸になる者が出たとしても、わき目も振らず唯一の真相を求め続けてきた。

それこそが彼女にとっての正義だから。

身内を守るためにその正義を歪めるのではないかと疑われることは、鷹央にとって決して看過できない侮辱だった。

怒りで拳を震わせる鷹央を、桜井は無言でじっと見つめる。代わりに、桜井の隣でずっと黙っていた成瀬が口を開いた。

「自分は身内をかばったりしないと断言できるんですか？」

「当然だ！」

鷹央は即答する。

「どんな状況でも真実を求め続けることこそ、私のアイデンティティの基礎だ。そこを歪めれば、私は私でなくなってしまう」

気迫のこもった鷹央の答えに、気圧《けお》されたかのように成瀬は口を噤《つぐ》んだ。

鷹央は身を乗り出すと、硬い表情で考え込んでいる桜井の目をまっすぐに覗《のぞ》き込む。

「捜査本部は叔父貴が水鏡殺しの犯人だと考えているが、お前はそれに疑問をおぼえている。そうだろ？」

「……どうしてそう思うんですか？」

警戒心が飽和した口調で、桜井が質問を返してくる。

「簡単なことだ。私が叔父貴を庇《かば》うことを警戒しているということは、捜査本部は既にあいつが犯人だとほぼ確信しているということだ。一方で、もしお前がそれで間違いないと確信しているなら、わざわざ今日、見つかったら問題になるリスクを冒してまで、私に会いに来る必要はない。完全に蚊帳《かや》の外に置かれたら、私は十分な情報を得ることができずに手出しできないんだからな」

「つまりそれって……」

僕は状況を頭の中で整理しながらつぶやく。鷹央は「そうだ」と、皮肉っぽく口角を上げた。

「こいつは捜査本部が間違った方向に進んでいるのではないかと不安を抱えているんだ。だから、私に知恵を借りた方がいいのか、迷っている。そうだろ？」

鷹央に水を向けられた桜井は口を開かなかった。その沈黙は、鷹央の想像が正しいことを如実に物語っていた。

「大丈夫だ。私を信頼しろ」

唐突に立ち上がると、鷹央は胸に拳を当てて力強く言う。

「私は決して真実を歪めはしない。これまで私が事件を解決する姿を何度も見てきたお前なら、それが嘘《うそ》じゃないと分かるはずだ。もし叔父貴が本当に犯人だとするなら、それを暴いてやる。だから私に情報をよこせ。私がこの頭脳で真実を導き出すための材料を渡すんだ」

高らかに宣言した鷹央を見上げた桜井は、数秒唖然《あぜん》とした表情を晒《さら》したあと、ふっと相好を崩した。

「鷹央先生にはかないませんねぇ。ご明察です。確かに捜査本部は院長先生が犯人と決めつけており、そして私はその判断に疑問を抱いています。そういうわけで、いつも通り先生の頭脳をちょっとお借りできますでしょうか？」

「桜井さん。本当にいいんですか⁉　ばれたら大きな問題になりますよ」

成瀬が焦りが滲む声で言うが、桜井は「大丈夫だよ」と微笑《ほほえ》んだ。

「たとえ問題になっても、全部僕が勝手にやったことだから、成瀬君に迷惑がかかるようなことはないよ」

「いえ、俺は別に自分の責任問題になるのが不安だというわけじゃ……」

ごにょごにょと言い訳じみたセリフを口にする成瀬を尻目に、桜井は覚悟を決めたように右手を差し出した。

「では鷹央先生、改めて協力関係を結びましょう。今回の事件の真相を解き明かすために」

鷹央は「おう！」と笑みを浮かべると、差し出された手を力強く握りしめる。

「それで先生はどのような情報がご所望ですか？」

「もちろん昨日起きた事件の全容だ。一体なにが起きたのか報道ではなにも分からない」

『昨夜午後七時頃、一一〇番に通報が入りました。『東久留米《ひがしくるめ》市のビルで男性が死亡しているのを発見した』と」

「一体誰からの通報だったんだ？」

「大鷲先生です。天久《あめく》大鷲先生がクリニックから通報してきたんです」

「なぜ叔父貴は、水鏡クリニックに行ったんだ？」

「大鷲先生の証言では、昨日の夕方、水鏡星夜という人物から突然、『八千代の事件で知っていることがあるから話がしたい』と電話で連絡が入り、水鏡クリニックに来るように指示されたそうです。調べたところ証言通り、水鏡のスマートフォンから天医会《てんいかい》総合病院の総合受付への通話が確認されました。また、受付のスタッフが電話を院長室に繋《つな》げたことも確認されています」

「叔父貴は水鏡のことを最初から知っていたのか？」

「いいえ、最初は誰だか分からなかったそうです。ただ、水鏡が自ら、『お前と八千代に俺のクリニックを潰された。八千代はそのせいで命を落とした』と言ったということです」

「だとすると叔父貴は、自分が強く水鏡に恨まれていることを自覚したはずだ。にもかかわらず一人で、相手のクリニックに行ったって言うのか？　危険だと思わなかったのか？」

「一人で来なければ話はしないと言われたそうです。襲われる可能性は分かっていたが、そうなれば八千代議員の事件での自分の容疑は晴れる。病院を守ることができる。そう考えて指示通り一人で向かったと院長先生はおっしゃってます」

「馬鹿叔父貴、なにやってんだよ。いつもならそんな先走ったことしないだろう」

苛立たしげに髪を掻き上げる鷹央を見ながら、僕は八千代の事件が起きてからの大鷲の態度を思い出す。いつも険しい顔をしているので気づかなかったが、普段は冷静沈着な大鷲もかなり焦っていたのだろう。

大鷲は病院の機能を安定させ、地域医療を守ることを自らに使命として課している。そんな彼が、顔見知りの患者が命を落とし、あまつさえ自らが容疑者になってマスコミが病院に押しかけるかもしれない状況に極めて強いストレスを受けて、正常な判断が出来なくなっていたとしても不思議ではない。

だからこそ彼は、水鏡に単身で会いに行くという、あまりにもリスクの高い行動をとった。

「それで、水鏡クリニックでなにがあったんだ？ なんで水鏡が死んでいるんだ？」

「それは、大鷲先生自身にも分からないようです。無人のクリニックに入って、鏡の廊下を抜け、奥にある鏡の診察室に入ったところ、ベッドで水鏡が喉を切り裂かれて死んでいるのを発見したとのことです」

「喉を切り裂かれて……」

鴻ノ池が口元に両手を当てる。

「それって、八千代さんのときと同じように、なにかの原因で亡くなったあと、首を掻き切られたということですか？」

僕の問いに、桜井はゆっくりと首を左右に振った。

「八千代議員の事件とはまるで状況が違います。鏡の診察室には四方八方に大量の血液が飛び散り、床には大きな血だまりができていました。天井にも血飛沫《ちしぶき》のあとが見られました」

「生きている状態で頸動脈《けいどうみゃく》を切り裂かれ、動脈圧で血液が噴水のように吹き出した。そういうことだな？」

鷹央が確認すると、桜井は重々しく頷いた。

「その通りです。今回の事件は紛れもない殺人事件です。そのため、八千代議員の事件が殺人ではなかったということで、捜査本部は近々解散の予定でしたが、そのまま今回の事件を捜査することになりました」

「そして、第一発見者である叔父貴が有力な容疑者となったというわけか。まあ、警察のセオリー通りだな」

「セオリーだけじゃありません。院長先生以外にこの事件の犯行は不可能なんですよ」

不貞腐《ふてくさ》れたように、黙っていた成瀬がボソリとつぶやく。

「どういうことだ？」鷹央の眉間にしわが寄った。

「実は、防犯カメラの映像が残っていたんです」

桜井は声をひそめる。

「映像が？　まさか、叔父貴が水鏡を殺す映像があるとでも言うのか？」

「いえいえ、違います。そもそも水鏡クリニックは院内には防犯カメラはありません。カメラがあるのは廊下です」

「廊下？　クリニックに出入りする人間を確認できるということか」

「え？　だったら、犯人は分かるじゃないですか。院長と水鏡の他に、昨日クリニックに入った人が犯人ですよ」

僕が早口で言うと、桜井は「それがいないんですよ」とこめかみを掻いた。

「いない？」鷹央の眉間のしわが深くなる。

「はい、そうです。防犯カメラの映像を確認したところ、事件の前に水鏡クリニックに入ったのは被害者である水鏡星夜、本名三上誠吾と、院長先生の二人だけです」

「待て、待て、待て。それは間違いないのか？　本当にその二人以外にクリニックには入っていないのか？」

「ええ、少なくとも事件が起こる四時間前までは」

「四時間前？」

鷹央が訝《いぶか》しげに聞き返す。

「そうです。水鏡クリニックが入っているビルに設置されている防犯カメラシステムは、六時間分だけ録画され、それを超えると上書きされるようなシステムになっています。そして、通報から二時間ほどして警察官の一人が映像データを保存するように指示を出しました」

「通報が行われたのが午後七時だから、午後三時から九時までの計六時間の映像が残っていたというわけか。そして三時から叔父貴が通報した七時までの間にクリニックに出入りしたのは、水鏡と叔父貴だけだった」

鷹央の確認に、桜井は「はい、その通りです」とあごを引く。

「でも、それで院長にしか犯行ができないっていうのはおかしいんじゃないですか？　だって、映像が映りはじめている午後三時の時点で、もう犯人はクリニック内に潜んでいたかもしれないのに……」

僕の指摘に、鴻ノ池も「そうですよ」と同調する。

「きっと、前もってクリニックに潜んでいた犯人が水鏡さんを殺して、そのあとに院長先生がクリニックに入ったんですよ」

「ええ、私も最初はそうではないかと考えていました。けれど、院長先生ご自身がそれは違うと証言しているんです」

「叔父貴自身が？」

鷹央の眉がピクリと動いた。

「はい。院長先生の証言では、水鏡クリニックに入ったとき、誰か潜んでいないか警戒しながら受付、廊下、診察室と順番に進んだそうです。しかし、誰もいなかったと」

「誰もいなかった……」

鷹央はあごに手を当てて数秒考え込むと、唐突にローテーブルの上に置かれていたペンを手に取り、身を乗り出して紙になにかを書き出した。

「あのクリニックはこのような単純な構造をしていて、ほとんど隠れるところがない。化粧室なども廊下にある」

見取り図を書き終えた鷹央は、桜井を見る。

「警察はこのクリニックを徹底的に調べたんだろ？　出入り口以外に出入りできるような通路は見つからなかったのか？」

「推理小説とかによく出てくる隠し通路ですね。いいえ、しっかりと調べましたが見つかりませんでした」

「隠れる場所もない。正面出入り口以外に、出入りできる場所もない、か……」

うつむいて数秒考え込んだあと、鷹央は顔を上げる。

「その防犯カメラの映像、私に確認させてくれないか？」

「そう言うと思っていましたよ」

桜井は目尻にしわを寄せる。

「じゃあ……」

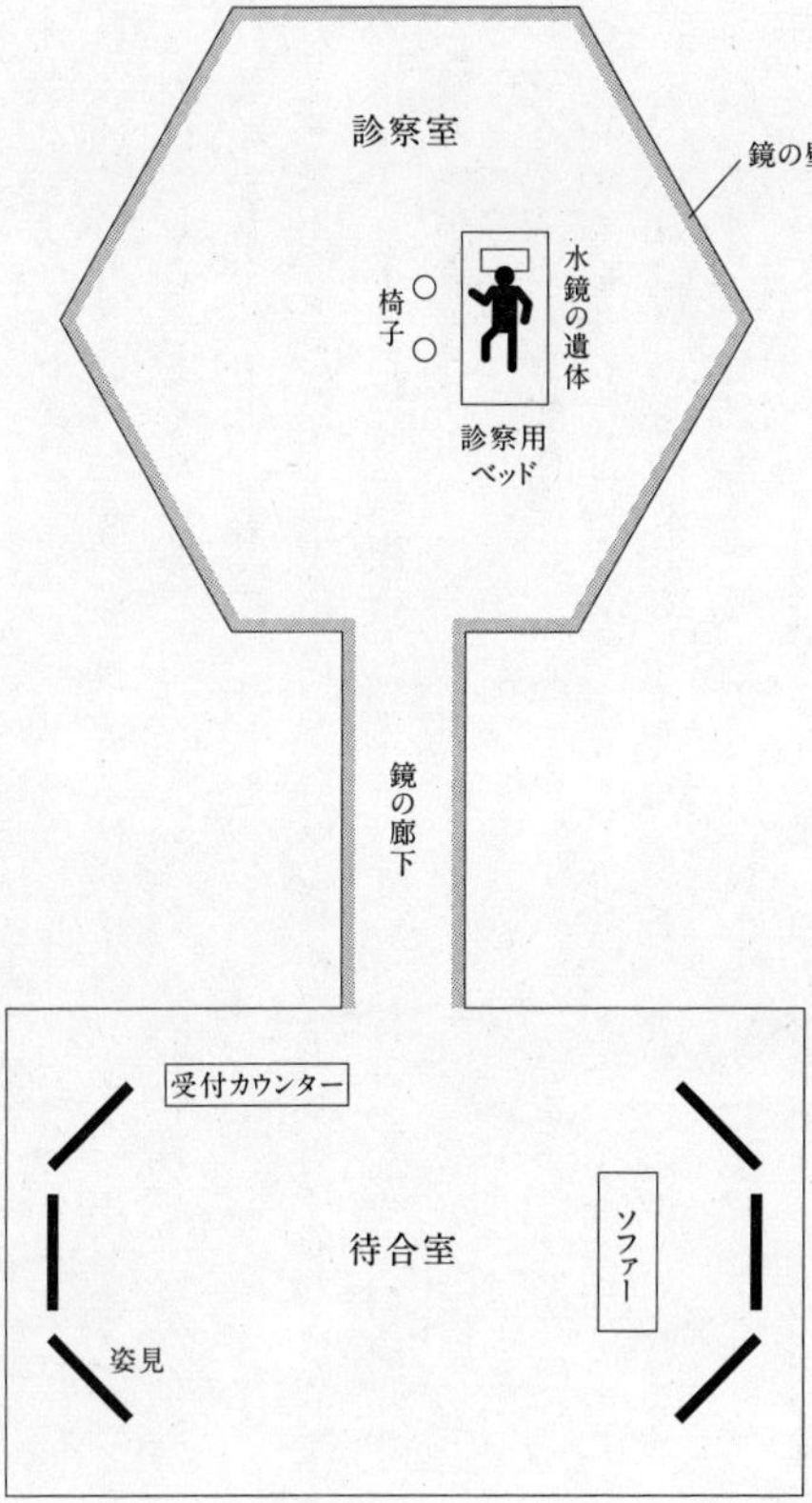
診察室
鏡の壁
水鏡の遺体
椅子
診察用ベッド
鏡の廊下
受付カウンター
待合室
ソファー
姿見

目を輝かして身を乗り出してくる鷹央の顔の前に、桜井は掌を突き出した。

「誤解しないでください。さすがに重要な証拠である動画を渡すわけにはいきません」

「なんだよ。それじゃあ、本当に叔父貴以外に犯行可能な人物がいないのかを検証できないじゃないか」

「それは諦めてください。私がお渡しできる情報はもうすべて出しました。どうか、それで真相に辿《たど》り着いてください」

桜井は突然立ち上がると、慇懃《いんぎん》に一礼した。

「なんだよそれ！　こんな中途半端な情報だけで真相に辿り着けるわけがないだろ！」

鷹央が声を張り上げたとき、深々と頭を下げている桜井のシャツの胸ポケットから小さな金属の塊が落ちた。

「ん？　なにか落としたぞ」

床に落ちた塊を鷹央はつまみ上げる。それは小型のUSBメモリーだった。

「いえいえ、それは私のものではありません。ええ、決して私があなたに見せようと持ってきたデータなどではありませんので、誤解なきようにお願いします」

「なにを言っているんだ？　間違いなく、いまお前の胸ポケットから落ちたものだ。ちゃんと持って帰……むぐっ⁉」

USBメモリーを返そうとする鷹央の背後に近づいた僕が、すかさず彼女の口を背後から両手で塞ぐ。同時に鴻ノ池が、鷹央が持っていたUSBメモリーを素早く奪い取った。

「そうですよね。桜井さんの落とし物なんかじゃないですよね。怪しいUSBメモリーなんで、中身を確認しておきます」

僕が早口で言うと、桜井は「そうしてください」と目を細め、玄関に向かって歩きはじめる。

「鷹央先生、これ防犯カメラの映像が入ってるんですよ」

僕が耳元で囁《ささや》くと、暴れていた鷹央の四肢が動きを止める。しかし、掌の中ではなにかうーうーとうなり続けていた。

多分僕に対する罵声だろう。ここで鷹央に騒がれたらまた面倒くさいことになりそうなので、桜井たちが出て行くまでこのままにしておくか。

僕がそんなことを考えていると、成瀬が青い顔をして桜井に声をかけた。

「桜井さん、本気ですか！　下手したら懲戒免職ですよ」

「大丈夫だって、成瀬君。僕が大切な証拠映像をUSBメモリーに無許可でコピーして、あろうことか、それをどこかで紛失してしまっただけの話だから、すべて僕のミスさ。君が責任を取ることはないよ」

「だから、そういう話ではありません。なんでここまでのリスクを負う必要があるんですか？」

「そんなの、私が警視庁捜査一課殺人班の刑事だからに決まっているじゃないか」

なんの気負いもない桜井の答えに、成瀬の喉から、物を詰まらせたような音が漏れる。

「私たちは殺人犯を追っているんだ。だからこそ真実を追い求めないといけない。間違った人を犯人として告発し、そして、真犯人が野放しになるようなことは絶対に避けなくてはいけないんだよ」

桜井は淡々と説明を続ける。しかし、その言葉の端々に、自らの仕事に対する熱い思いが見え隠れしていた。

「そして、僕はどうにも、院長先生が殺人犯だとは思えない」

「なんでそう言えるんですか？」

成瀬が訊ねると、桜井はキザにウインクした。

「長年の経験で培った刑事の勘ってやつかな」

……だからさびれた中年男にそれは似合わないって。

僕が内心で突っ込んだ瞬間、手から脳天まで激痛が走った。声にならない悲鳴を上げて、僕は鷹央の口を塞いでいた手を反射的に引っ込める。見ると親指の付け根にはっきりと歯型が付いていた。

「そんなに思いっきり噛まなくてもいいでしょう！」

僕が文句を言うと、鷹央はぐるりと首だけ回して真後ろに立つ僕を見る。その、どこかホラー映画じみた動きに後ずさってしまう。

「それがいきなり背後からレディの口を塞いだ不届き者のセリフか？」

地の底から響いてくるような声に、僕はさらにもう一歩後ろに下がる。

怯《おび》える僕の姿と、手にはっきりと刻まれた歯型を見て溜飲《りゅういん》が下がったのか、鷹央がふんと鼻を鳴らす。

「まあ、私のような女性としての魅力にあふれたレディが近くにいれば、お前のようなモテない男は衝動的な行動に出ることもあるよな」

「じ、女性としての魅力⁉」

反射的に大声を出してしまった僕は、鷹央の目尻がキリキリと吊《つ》り上がっていくのを見て失言に気づき、さらに一歩後ずさる。

「なんだ、その反応は？　私に魅力がないというのか？」

「いえ、決してそういうわけでは……。なんと言いますか、多分マニアックな層にドンピシャにはまりそうとか……」

焦って完全に余計なことを言い、どんどんと泥沼にハマっていってしまう。

「おい桜井」

鷹央はどすの利いた声で、玄関まで移動している桜井に声をかける。

「小鳥《ことり》を強制わいせつの現行犯で逮捕してくれ」

「ちょっとぉ！」

悲鳴じみた声を上げる僕に、鷹央は横目で氷のような冷たい視線を投げかけてきた。

「後ろからいきなり女に襲いかかって口を塞いだんだぞ。どう考えても強制わいせつが成り立つだろう」

「いえ……、わいせつとかそういう意図は、鷹央先生に対して抱くことは決してないので安心して欲しいと言いますか……」

「そういう意図を決して抱くことはないって、それも失礼だろうが！」

確かにその通りだ。さっきからどんどんと墓穴を掘っている。もはやなんと言っていいのか分からず、僕は頭を抱えることしかできなかった。

そんな僕たちを見て、桜井は苦笑いを浮かべる。

「まあ強制わいせつ云々《うんぬん》は置いといてですね……」

「置いとくなよ！」

鷹央が突っ込むが、桜井は気にすることなく喋《しゃべ》り続ける。

「さっき言ったように、私は今回の件で大きなリスクを取りながらも、皆さんに情報を提供しました。これは私が、鷹央先生たちの能力と倫理観を信用してのことです」

そこで言葉を切った桜井は、真剣な表情で僕たちを見つめる。

「ですから、どうかこの事件の真相を暴いてください。なぜ、そして誰が、八千代議員の遺体の首を切り裂き、さらには水鏡星夜を惨殺したのか。それを突き止めてください」

桜井は大きく息を吸うと、「よろしくお願いします」と、鳥の巣のような頭のつむじが見えるほどに深々と頭を下げた。

「ああ、任せておけ」

鷹央は胸を張ると、高らかと宣言した。

「一連の事件を私がすべて明らかにしてやろう」

2

「うーん、何度見ても事件前にクリニックに入ったのは、水鏡さんと院長先生だけですね」

鷹央の肩越しに画面を眺めながら、鴻ノ池がつぶやく。

「そうだな。少なくともこの映像に映っている範囲では二人だけだ」

ディスプレイの前に置かれた椅子に腰掛け、僕が（背後から口を塞いだことの示談用として）近くのコンビニで買ってきたプリンをスプーンですくいながら鷹央がつぶやく。

桜井と成瀬が帰ったあと、僕たちはUSBメモリーに保存されていたカメラ映像を眺めていた。

映像は水鏡クリニックが入っているフロアを斜め上方から撮影したもので、クリニックの出入り口の扉もしっかりと映っていた。桜井たちが言うように、その扉が唯一の通路だとしたら、クリニックへの人の出入りは、この防犯カメラの映像にすべて映し出されていることになる。

僕たちは六時間分ある映像を早送りしながら、人の出入りがあるシーンだけを止めてじっくりと観察するということを二時間ほど行っている。ずっとディスプレイを見続けているので、目の奥に鈍痛がわだかまっていた。

「さて、何度か見て映像に映っている範囲の人の出入りは、ほぼ確認できたな。映像は午後三時七分から九時七分までの六時間を映したものだ」

鷹央がマウスを操作して、ディスプレイの映像を最初まで戻すと、そこから高速で流していく。

最初の二時間は人の出入りは全くなく、その後、ようやく水鏡がクリニックへやってくる。

　鷹央は早送りをしていた映像を停止させる。右上に小さく『17：11』と時刻が表示されている画面には、水鏡が自らのクリニックに入る姿が映し出されていた。水鏡の顔からは、最初に僕たちがクリニックを訪れたときに見せた威厳や自信が完全に剝ぎ取られており、捕食者に追い詰められた小動物のような怯えた表情が浮かび上がっていた。

　そして次に人の出入りがあるのが一時間半以上経《た》ってからだ。

　鷹央は再び映像を流していくと、十八時五十四分で止める。ディスプレイには険しい表情で、クリニックの扉に手をかける大鷲の姿があった。

「午後六時五十四分に叔父貴がクリニックへとやってくる。そして七時三分……」

　鷹央は時刻表示が『19：03』になるまで映像を進めた。クリニックの扉が開き、大鷲が再び姿を現す。

「珍しく青い顔をした叔父貴がクリニックから出てくると、スマートフォンを取り出して、どこかに電話をかけはじめた」

「桜井さんは、午後七時すぎに院長から警察へ通報があったと言っていました。クリニックに入ってから慎重に奥まで移動して、水鏡の遺体を発見して、警察に通報した。時系列的には合っていますね」

　僕が身を乗り出してディスプレイを見つめながらつぶやくと、鷹央は唇についたプリンのカラメルを舐《な》めとりながら、じっとりとした視線を向けてくる。

「な、なんですか？」

頬を引きつらせる僕に、「別に……」とつぶやくと、鷹央が再び映像を流しはじめた。

どうやら、さっき口を塞いだことに対する慰謝料としては、コンビニのプリンでは不十分だったようだ。

明日の朝、早朝の開店と同時に『アフタヌーン』に行って、ケーキをいくつか買ってこようか？　けど、あまり食べさせ過ぎると、鷹央先生の健康が本格的に心配だし……。

葛藤する僕を尻目に、鷹央はカチカチとクリックしながらマウスを操作し、映像を流したり、止めたりを繰り返していった。

午後七時十六分、制服警官が二人やってきて、一人は大鷲から話を聞いて、もう一人がクリニックの中に入っていく。中に入っていった若い警官は、すぐに真っ青な顔で廊下に戻ると、慌てふためきながら無線で連絡を取りはじめた。

そして午後七時三十一分、刑事らしき男が二名、クリニックに到着し、そこからは制服、私服、そして鑑識の警察官たちがせわしなく出入りを繰り返していく。

映像を『21：07』と右上に時刻が表示されている最後まで進めた鷹央は、デスクの

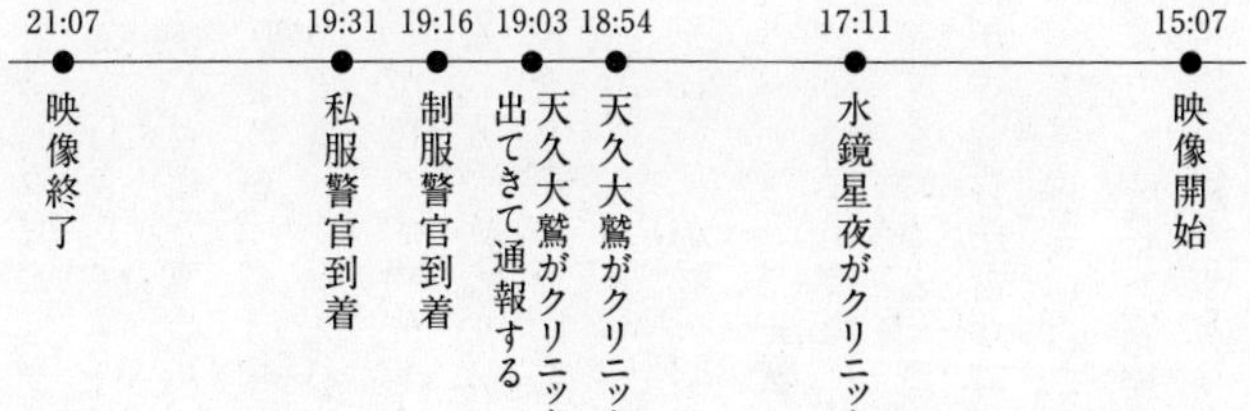

上にあった万年筆を取ると、用紙にサラサラとペン先を走らせていく。

「被害者である水鏡がクリニックに入ってから、通報により警察官が駆けつけるまでの間、このクリニックに入っていったのは叔父貴だけだ。叔父貴が水鏡を殺したのではないとするならば、この画像のはじめの時刻である午後三時七分以前に真犯人はクリニックに潜んでおり、そしてやってきた水鏡を殺害したということになる」

「けれど院長先生が……」

ためらいがちに鴻ノ池がつぶやくと、鷹央は「そうだ」と大きく頷いた。

「クリニックに入ったとき水鏡の遺体以外、誰もいなかったと叔父貴本人が証言している。それが正しければ、水鏡が殺害されたとき、クリニック内にいたのは叔父貴だけだということになる」

「これってもしかして……」

僕がつぶやくと、鷹央は「そうだ」とシニカルに口角を上げた。

「これは広義の密室殺人事件ということになる。叔父貴が水鏡を殺していないなら、なんらかの密室トリックが使用されたということだ」

「それにしては、鷹央先生、あまり興奮していませんね？」

「ん？ なにが言いたいんだ？」

鷹央は僕をじろりと睨む。

「いえ、普段ならハイテンションに、『これは密室殺人事件だ！ 本格ミステリーの花だ！ それを私が解き明かしてやる！』とかなんとか興奮しそうなものなのにと思いまして……。すみません。身内である院長先生が容疑者になっているのに、はしゃげるわけがないですよね」

僕が首をすくめると、鷹央は「そんなことはないぞ」と不思議そうに言った。

「叔父貴が容疑者か否かは、謎の魅力には全く関係ない。私のテンションが上がらないのは、実際に現場に行かないで、監視カメラの映像だけ見ても楽しくないからだ。そして何より、純粋に密室トリックの質が高くないからだ」

「もしかして、犯人がどうやって水鏡を殺して、密室のはずのクリニックから脱出したのか分かっているんですか⁉」

　僕は目を見開く。隣にいる鴻ノ池も驚きの表情を浮かべた。

「完全に分かっているわけじゃない。ただ、ある程度見当がついている」

「じゃあ、それを警察に伝えて……」

　勢い込んで言う僕のセリフを、鷹央は「だめだろうな」と遮った。

「あくまで、叔父貴以外でも犯行が可能な方法を思いついただけだ。それが実際に行われたという証拠はなにもないし、普通に考えたらそんな危ない橋を渡るわけがない。頭の硬い警察が、私の頭の中にあるトリッキーな方法を信じるとは思えない。叔父貴が犯人だっていう単純な結論からは、そう簡単には逃れられないさ」

「そんな……。じゃあどうすればいいんですか？」

　鴻ノ池が不安げに眉根を寄せる。

「犯人だ。水鏡を殺害し、そして叔父貴を罠《わな》にはめた犯人。それが誰なのかをあばくんだ」

　そこで言葉を切った鷹央は、口元に手を当てた。

「そのためには、密室トリックなんかよりもはるかに難しい謎を解く必要がある」

「密室トリックよりも難しい謎ってなんですか？」

　鴻ノ池の問いに、鷹央はピースサインをするように左手の人差し指と中指を立てた。

「一つは八千代はなぜ死後、首を抉られていたのか。そしてもう一つ、これこそがこの事件の最大の謎だ」

鷹央は中指をゆっくりと曲げ、人差し指を立てた左手を顔の横に置いた。

「水鏡はどうやって、患者たちの病気を治療していたのかだ」

「鏡面反響療法のカラクリが分かれば、犯人が分かるんですか？」

僕が首を傾ける。鷹央は「その可能性は高い」とあごを引いた。

「水鏡はもともと効果のない免疫療法を高額で行う、詐欺療法クリニックの院長だった。しかし、七年前に叔父貴は八千代と共に、近くに立つ予定だった病院の建設を阻止するため、その免疫療法の問題点をジャーナリストに報道させ、余波で二年後にそのクリニックは潰れた。そして去年、水鏡は偽名を使って水鏡クリニックを開設し、八千代はその患者になっていた」

乾燥したのか、鷹央は唇を舐めて湿らせる。

「つまり、この事件の根底には怪しい代替療法が横たわっているんだ。そして、今回殺された水鏡は鏡面反響療法という正体不明の治療法で、まるで魔法のように多くの患者を治している。そのカラクリさえ判明すれば、いまはもやがかかって見えないこの事件の全容が一気に暴かれる可能性が高い」

「けれど、末期がんをはじめとする、色々な種類の病気をほとんど副作用なく治す治療法の正体なんて分かるんですか？」

「分からなければ、叔父貴は逮捕され、この病院はマスコミの標的となって機能を失い、そして周辺の地域医療は崩壊する」

鷹央の口にした恐ろしい未来予想図に、僕と鴻ノ池が黙り込む。鉛のように重い沈黙が部屋に降りた。

次の瞬間、やけに陽気なアニメソングが沈黙を破った。

「お、きたか」

嬉《うれ》しそうに言うと、鷹央は着信音を奏でるスマートフォンを手に取り、誰かと会話をはじめる。

数秒言葉を交わして通話を終えた鷹央は「よし、行くか」と立ち上がる。

「え、行くってどこにですか？」

僕が訊ねると鷹央は軽くあごをしゃくった。

「院長室だ。いま、夜間出入り口で夜勤をしている警備員から連絡があった。叔父貴が病院に来たってな」

「え、院長先生って警察署から出られるんですか」

鴻ノ池は首を傾ける。

「当たり前だろう。叔父貴は最有力容疑者だが、まだ逮捕されたわけじゃない。いまはあくまで任意の取り調べに協力している立場だ。取り調べが終われば帰宅できる。まあ、逃亡を防ぐためにしっかりと監視が付いてるだろうがな」

「でも、なんで家に帰らなくて、病院に来たんでしょう?」

「仕事があるからに決まっているだろ」

「仕事?」

鴻ノ池の首の角度がさらに深くなった。

「そうだ、叔父貴はいま仕事をしようとしている。それを止める必要があるんだ。それに、叔父貴から水鏡の遺体を発見したときの状況を詳しく聞きたいしな。一石二鳥ってやつさ。とりあえず行くぞ」

鷹央はポールハンガーにかかっている白衣を取ると、勢いよく羽織った。

3

「頼もーう!」

先日、この部屋を訪れたときと同じように、決闘でも挑みそうな掛け声を上げながら、鷹央は院長室の扉を勢いよく開く。部屋には大鷲と、初老の男の姿があった。男の顔には見覚えがある。確かこの天医会総合病院の顧問弁護士である磯崎《いそざき》だ。

「……なにか用か、鷹央？」

デスクのそばにある革張りの椅子に腰掛けている大鷲が訊ねてくる。その声にはいつもの張りがなく、目の下にはクマが浮かび、表情には疲労が色濃くにじんでいた。

この大規模総合病院の院長として精力的に活動する大鷲も、殺人の容疑をかけられたうえ、一日中尋問を受け、心身ともに消耗しているのだろう。

「用がなけりゃ、お前なんかの顔を見に来るわけないだろう。しかし、ここまで叔父貴が疲れ果てているのを見るのは初めてだ。警察にこってり絞られたようだな。まさか、尋問に耐えきれなくなって殺人の自白などをしてないだろうな？」

鷹央が腰の後ろで両手を組むと、ゆっくりと部屋の奥へと進んでいく。

「するわけがない。私は誰も殺してなんていないんだからな」

「けれど、警察から聞いているんだろう。状況からして、お前以外に水鏡星夜を殺せる人物はいなかったと」

大鷲は唇を固く結んで黙り込む。

「警察はどんな感じだ？　やはりお前を疑っているか？」

「疑っているなんていうものじゃない。あの態度は、私を犯人だと確信している」

「まあ、状況から見れば当然だな」

デスクのそばまで近づいた鷹央は、大鷲の目をまっすぐに覗き込んだ。

「それで、お前は水鏡を殺していないんだな」

あまりにもストレートな問いに、部屋の空気が一気に張り詰める。しかし、大鷲は激昂《げっこう》することもなく、静かに首を横に振った。

「ああ、私は殺してはいない」

「そうか。だとするとやはり密室トリックが使われたということで間違いないな」

「私の言うことを信じるのか？　警察は状況から私が犯人で間違いないと確信しているんだぞ」

大鷲は眉根を寄せた。

「そりゃ警察は叔父貴のことをよく知らないからな」

「私のことを？」

「そうだ。お前は徹底的な合理主義者だ。感情を排し、常に合理的な判断を行ってきた。そしてその合理性はすべて、この病院の経営状態を良好なものにし、地域医療に貢献できるようにするということに注がれてきた」

淡々と鷹央は説明を続けていく。

「そのお前が、自らが犯人としか思えない状況で水鏡を殺害するというのは、あまりにも行動原理に反している。院長であるお前が殺人容疑で逮捕されたりすれば、大スキャンダルとなり、この病院が傾く可能性が高いからな」

大鷲は口を硬く結んだまま、鷹央の言葉に耳を傾け続ける。

「お前は水鏡を殺害してはいない。しかし、自分が犯人としか思えない状況に混乱している。そうだな？」

水を向けられた大鷲は、数秒躊躇《ちゅうちょ》するような素振りをしたあと、小さく頷いた。

「その通りだ。今度はお前が私の質問に答える番だ。なんの用でここに来た？」

「お前を止めるためにに決まっているだろ」

「私を止める？」

大鷲は訝しげにその言葉を繰り返す。

「そうだ。自らが逮捕される可能性があると判断したとき、合理性をなによりも重んじるお前がどういう行動に出るか、それを予想することは難しくない。お前、院長を辞めるつもりだろ」

「院長を辞める⁉」

僕が驚きの声を上げると、鷹央は振り返って湿った視線を投げかけてくる。

「なにをすっとんきょうな声出してるんだよ。論理的に考えれば当然だろ」

鷹央は左手の人差し指を立てると、説明をはじめる。

「叔父貴は自分が罠にかけられ、水鏡殺人のスケープゴートにされたことに気づいた。このままでは自分が逮捕される。その場合、なによりもこの病院を守ることを優先する叔父貴がなにをしようとするか、そんなの簡単だ」

シニカルに微笑むと、鷹央は大鷲に流し目をくれた。

「自分が逮捕された際の、病院へのダメージを最低限にしようとする」

「あ、だから院長を辞任しようとしているわけですか？」

鴻ノ池が胸の前で手を合わせる。

「そうだ」鷹央はあごを引く。「逮捕前に正式に辞任をしておけば、ニュースになっても『元院長逮捕』と報道される。現役の院長が逮捕されるよりはいくらかマシだと判断したんだろう。だからこそ、この病院の法務の担当者である磯崎を呼び出したんだ。正式な辞任手続きを進めるためにな」

「……その通りだ」

デスクに両肘をつき手を組んでうなだれた大鷲は、絞り出すように答えた。

「そんな姑息《こそく》な手段にどんな意味がある？　逮捕される奴《やつ》の肩書きが院長から元院長になったところで、焼け石に水だ。大病院のトップが鏡だらけの診察室で、怪しい代替療法を行っている医者の首を切り裂いて惨殺した。そんな美味《おい》しいネタの報道をマスコミが手加減してくれると思うか？　一報が出た次の日には、受診者よりマスコミ関係者の方が多く病院に殺到するぞ」

「それでも、私はやれることをやるしかない」

苦悩に満ちた声を大鷲は絞り出す。

「そうだ。やれることをやるしかない。そしてお前は一番やるべきことをやっていない」

大鷲は顔を上げると、「なんのことだ？」と鷹央を見る。

「合理的に判断してみろ。お前の周りには、これまで不可解な事件を鮮やかに解き明かしてきた天才がいるだろう」

鷹央は胸と首を思いっきり反らす。

「まさか、お前が真犯人を見つけるとでも言うのか？」

「その通りだ」鷹央は力強く言う。「お前がいつも小馬鹿にしてきた『探偵ごっこ』で、私がこの病院を、そしてお前を救ってやろう」

そこで言葉を切った鷹央は、「もちろん、ただではないがな」といやらしい笑みを浮かべる。

「なにが望みだ？」

「そうだな。とりあえず来年の統括診断部の予算を三倍にしてもらおうか？　あと、うちの入院病床も三床ほど増やしてもらおう」

「病床については問題ない。ただ、予算の三倍増は不可能だ。一・二倍なら受け入れよう。もちろん成功報酬だ」

「この期に及んで交渉とは、メスよりも算盤《そろばん》の方が得意な商人としての調子が出てきたじゃないか。ただ、合理的に考えてみろ。叔父貴、いま交渉できる立場だと思っているのか？」

天敵である大鷲に対し、完全に有利な立場になっている鷹央は調子に乗りはじめる。

「……一・五倍だ」

大鷲が苦々しげに言うと、鷹央はちっちっと舌を鳴らしながら、左手の人差し指を左右に振る。

「おいおい、私が本気で捜査をしないと、叔父貴自身とお前がなによりも大切にしているこの病院はおしまいなんだぞ。大人しく私の条件を受け入れな」

ここぞとばかりに鷹央は、思いっきり反り返りながら高飛車に言う。

完全に悪役のセリフなんだけど……。僕が呆《あき》れていると、大鷲は「……分かった」と苦々しく言う。

「そうそう、分かればいいんだ。それじゃあ交渉は成立……」

「あとで真鶴に、統括診断部の来年度予算を三倍にすることを伝えておこう。病院の予算判断については、事務長である真鶴に伝えておく必要があるからな」

「ね、姉ちゃんに⁉」

鷹央の顔に浮かんでいた勝ち誇った表情がみるみると歪んでいく。

「一・五倍ならともかく、いきなり三倍など、病院経営としては本来ありえない判断だが、そうしないと私や病院を救ってくれないというので仕方がないと、私がちゃんと説得しよう。真鶴もきっと分かってくれるはず……」

「一・五倍！　一・五倍で十分だ！　だから姉ちゃんには言わないで！　頼むから！」

姉に叱られる（と言うか折檻《せっかん》される）ことをなによりも恐れている鷹央は、悲鳴じみた声を上げる。

「一・五倍でいいのか。うちの病院の経営状態を鑑みてくれたようで嬉しいよ」

大鷲は目を細めた。

何年間もこの大病院のトップに立ち、海千山千の政治家ともやり合ってきた大鷲が相手では、さすがの鷹央も交渉では敵《かな》わないらしい。鷹央は唇を尖《とが》らせながら、「姉ちゃんにチクるなんて卑怯《ひきょう》だ。そんなの反則だろ」などとぶつぶつとつぶやいた。

大きく息を吐いた大鷲は、表情を引き締めると唐突に立ち上がる。

「お前の『探偵ごっこ』に命運を託すのは情けないが、私にはそれ以外の道が残っていない。どうかこの病院だけでも救ってほしい。この通りだ」

大鷲は頭頂部が見えるほど深々と頭を下げた。唇を尖らしていた鷹央は、真剣な表情になり頷く。

「任せておけ。私がこの事件を解き明かし、真犯人を見つけて、この病院、そしてお前を助けてやるよ」

鷹央はフッと相好を崩すと、おどけるように肩をすくめた。

「なんと言っても今回の契約は成功報酬だからな」

そのとき、ずっと所在なさげに黙っていた磯崎が口を開く。

「あの……、辞任はなさらないということですね。ということは、弁護士の私がやることはないということでよろしいでしょうか？」

磯崎に視線をむけた鷹央は、少し考え込むような素振りを見せたあと、「ちょっと法律について訊いてもいいか？」と声をかける。

「もちろん、なんなりと聞いてください」

こんな夜中に呼び出され、なにをすることもなく帰るのは避けたかったのか、磯崎がわずかに前のめりになると、鷹央はゆっくりと口を開いた。

「セクハラの慰謝料が、コンビニのプリンだけというのはさすがに安すぎると思うが、弁護士の見解はどうだ？」

「……分からん」

4

薄暗い部屋の中、パソコンデスクの前に置かれた椅子に腰掛けながら、鷹央は軽くウェーブのかかった髪をガリガリと掻き乱す。

大鷲と交渉を行った翌日の午後六時半過ぎ、通常業務を終えた僕たちは、鷹央の〝家〟にいた。

今日鷹央は、事件解決の鍵である鏡面反響療法のカラクリを一日中考えていたようだが、まだその答えにはたどり着けていなかった。

鷹央の知能なら、すぐにでも鏡面反響療法の正体を解明できるのではないかと思っていた。しかし、それがあまりにも楽観的な見通しだったと、苦悩する鷹央の姿を見て思い知らされる。

よく考えれば当然だ。心不全やうつ病、汎血球減少症、そして、挙句の果てには末期がんまで、ありとあらゆる疾患を治す奇跡の治療法。しかも患者たちに与えている水には、薬効成分がなにも含まれていない。どうすればそんなことが可能なのか、想像だにできなかった。

「なにかトリックがあるはずだ。水鏡は叔父貴に自分のクリニックを潰されるまでずっと、詐欺医療で患者たちを食い物にしてきた。きっと五年前に院長を務めていた施設が潰れてから水鏡クリニックを開業するまでの間に、トリックを思いついたんだ。ありとあらゆる病気を治せるように見せかけるトリックを」

両手で頭を抱えながら、鷹央が低い声で言う。

「見せかけると言っても、実際に鏡面反響療法を受けた患者さんたちは、病気が治って満足していますよ」

言葉を挟んだ僕を、鷹央は「それだ！」と指さす。

「もともと、水鏡が所属していた医療法人は、効果のない高額の免疫療法をがん患者に提供していた。その結果、叔父貴の告発を契機に、無意味な治療を受け命を落とした患者の家族たちから集団訴訟を起こされた。そこからきっと水鏡は学んだんだ。効果のない治療で騙《だま》して患者から大金を巻き上げるのは危険だと」

「だから、実際に病気を治して患者を満足させる鏡面反響療法を作り出したってことですね」

僕のセリフに、鷹央は「そうだ」と頷いた。

「けれど、実際に患者さんが治って満足しているなら、詐欺とかじゃないんじゃないですか？」

鴻ノ池がつぶやくと、鷹央は「いや、そんなことはない」と首を横に振った。

「薬というものは、常に副作用のリスクがある。その薬から得られるベネフィット、つまり利益がリスクを上回る場合のみ、私たちはそれを患者に投与する。それが医療だ。だからこそ……」

鷹央は大きくかぶりを振る。

「あらゆる病気を副作用もなく魔法のように治す薬、そんな、まるで伝説の万能薬であるエリクサーのような薬が存在するわけがない。鏡面反響療法には必ず患者に対する大きなリスクが潜んでいるはずだ」

鷹央の言葉に耳を傾けていると、腰あたりに振動が伝わってきた。僕はポケットからバイブモードになっているスマートフォンを取り出す。液晶画面に表示されている名前を見て僕は口を固く結ぶ。

「誰からだ？」

鷹央が振り返って僕を見た。

「桜井さんからです」

「……スピーカーモードにして電話を取ってくれ」

僕は小さく頷くと、鷹央の指示通りにした。

『小鳥遊《たかなし》先生、桜井です。いま大丈夫ですか？』

「はい、大丈夫です。鷹央先生もここにいます」

『それは都合がいい。ちょっとお伝えしたいことがあるんです。本来は絶対に皆さんに漏らしていい情報ではありません。ただ、協力関係を結んでいる皆さんにこれを黙っているのは不誠実だと思い、どうしようか迷いましたが、こうして連絡を差し上げました』

一体なにが言いたいのだろう？　やけにまどろっこしい桜井のセリフに僕が首を捻《ひね》っていると、鷹央が静かに言った。

「叔父貴の逮捕状が出たか？」

大鷲の逮捕状が？　だとしたら最悪だ。明日には大鷲は殺人容疑で逮捕され、そのニュースは全国を駆け巡る。

『いえ、そんなことはありませんよ。……まだね』

桜井はやけに含みのある口調で言う。

「なるほど。まだ発行はされていないが、発行される予定があるということだな。明日あたり裁判所に逮捕状を請求し、明後日に逮捕といったところか」

鷹央が口にした恐ろしい未来予想図に僕が戦慄していると、『さすがは鷹央先生。けれど、詳しい日程を口にするわけにはいかないんですよ』という桜井の声が聞こえてくる。その答えは、もはや肯定に等しいものだった。

明後日には大鷲が逮捕され、全国に『大病院の院長、殺人容疑で逮捕！』という速報が流れる。大鷲を、そしてなによりこの病院を救うために残された時間は一日半程度しかない。鏡面反響療法のカラクリを暴き、そして不可解な一連の事件の真相を解き明かすにはあまりにも時間が足りなすぎる。

『皆さんの健闘を祈ります。それでは、失礼します』

その言葉を最後に回線が切断される。ピーピーという軽い電子音が薄暗い部屋の空気を揺らす。僕がスマートフォンの音を止めると、代わりに鉛のような重い沈黙が部屋を満たした。

「……明後日か」

どこまでも硬い声で鷹央がつぶやく。

「逮捕を止めるには、少なくともその時点で真犯人と思われる人物を指摘、可能なら逮捕しておく必要がある。となると現実的には明日中に犯人を捕まえなければならない。そこから逆算される、この事件の謎を解くタイムリミットは今夜ってところか」

今夜⁉　僕は慌てて腕時計に視線を落とす。時刻はすでに午後八時に差し掛かった。あまりにも時間がない。いくら鷹央といえども、今夜中にあの奇跡としか思えない鏡面反響療法の謎を解くなどということが可能なのだろうか？

もしできなかったらこの病院は……。

僕が息を乱していると、「小鳥！」と鋭く名を呼ばれる。

「秘密兵器を持ってこい！」

「え、この時間でもう使うんですか？」

「いま使わないでいつ使うって言うんだ。残されてる時間は少ないんだ。急げ！」

「は、はい！」

僕は部屋に立ち並んでいる〝本の樹《き》〟の間をすり抜けながら、急いでキッチンへと向かうと、冷蔵庫を開いた。

「秘密兵器ってなんですか？　なにかすごい隠し玉があるんですか？」

ついてきた鴻ノ池が、期待に満ちた声で訊ねる。

「これだよ」

僕は冷蔵庫から取り出した箱を開いて見せた。

「……ケーキ？」

鴻ノ池は箱の中に入っている四ピースのケーキを眺めて目をしばたたく。

「単なるケーキじゃない。鷹央先生の大好物、『アフタヌーン』の自家製ケーキだ」

昨日、院長室で弁護士の磯崎に、セクハラの慰謝料としてコンビニのプリンでは不十分ではないかと訊ねた鷹央は、家に戻ってきたあと、「許して欲しければ『アフタヌーン』のケーキを最低四つ献上しろ」と言い出した。

「この前、桜井さんに八つも奢《おご》らせたばかりじゃないですか。さすがに最近、甘いものを食べ過ぎですよ。本気で鷹央先生の体が心配です」

僕が断ろうとすると、鷹央は真剣な表情を浮かべた。

「いま心配すべきは、何十年も先に私が糖尿病になることよりも、何日か後にこの病院が機能を失うことだ」

「まあ、病院の機能を失うことは心配ですけれど、それと、ケーキを買ってくることがどう関係するんですか？」

「いいか、私はこれから事件を解くためにこの頭脳を使う」

鷹央は自分のこめかみをコツコツと指で叩《たた》いた。

「脳という臓器は、ブドウ糖のみをエネルギーとして使用できる。そして私はこれから、常人とは比べ物にならない高性能の頭脳を常にフル回転させなくてはならない。高性能のエンジンが大量のガソリンを使うように、この脳も大量のブドウ糖を必要とするんだ」

「えっと……。つまり頭使うから甘いものが欲しいって話ですよね」

「端的に言うとそうだな。ただでさえ超人的な私の頭脳をさらに加速させるという意味では、『アフタヌーン』のケーキはまさに秘密兵器と言えるだろう」

鷹央は両手を大きく広げた。

「とはいえ、四個は多すぎますって」

「……慰謝料」

じっとりとした視線を向けられ、僕は「うっ」とうめき声を漏らした。

「お前のセクハラを、たった四つのケーキで許してやろうと言っているんだ。それとも、法廷で会うか？」

そのような脅迫を受け、僕は仕方なく今日、勤務が終わってすぐに『アフタヌーン』へと向かって、鷹央に指定されたケーキを買ってきて冷蔵庫に入れておいたのだった。

僕はため息をつくと、皿とフォークをキッチンの引き出しから取り出し、箱とともに鷹央の元へと持っていく。

「おお、秘密兵器が来た」

ずっと険しかった鷹央の表情が緩む。謎を解くために糖分が必要かどうかははっきりしないが、少なくとも気分転換にはなっているようだ。ずっと根を詰めていると煮詰まってくるので、確かに意味はあるのかもしれない。

あとは、あれに気づかれなければいいんだけど……。

「小鳥先生、どうしたんですか？　なんか心配そうですけど」

金魚のフンのようについてきている鴻ノ池が、僕の顔色を見て目ざとく指摘する。

「なんでもない。気にするなって」

僕は首を横に振りながら、心臓の鼓動が加速していくのを感じていた。

鷹央は、いそいそと箱からチョコレートケーキを取り出すとそれを皿に置く。よりによっていきなりか……。僕は深呼吸をしながら、鷹央がフォークでケーキを崩し、口に運ぶのを眺めていた。

次の瞬間、鷹央の動きが止まった。フォークを皿に戻した鷹央は、ゆっくりと首だけ回して振り向き、僕を見る。

「これはなんだ?」

「な、なんだって。ケーキですけれど……」

かすれ声を絞り出すと、鷹央はすっと目を細める。

「そんなことは聞いていない。『アフタヌーン』のチョコレートは、食べると口の中でふわりとチョコが溶け、上品な甘みと、深みのある苦みが舌を包み込むんだ。こんなべったりとした甘みじゃない。……これは『アフタヌーン』のケーキじゃないな」

ばれた……。

「いえ、あのですね。『アフタヌーン』に着いたとき、もう閉店間近でチョコレートケーキは売り切れになってたんですよ。けれど、鷹央先生はチョコレートケーキが好物で、どうしても食べたいということだったんで、他のところで買ったもので代用しようと思いまして……」

氷のように冷たい鷹央の視線に恐怖を覚えながら、僕は必死に釈明をする。

「一つだけ、偽物を混ぜていたってことですね。けどそのチョコケーキ、どこで買ったんですか?」

人の気も知らないで鴻ノ池が無邪気に訊ねてきた。

「昨日の夜、コンビニでプリンを買ってきたとき、念のためケーキも買って冷蔵庫に入れておいたんだ」

万が一、鷹央の機嫌がプリンだけでは戻らなかったときの予備として……。僕が胸の中で付け足すと、鴻ノ池は胸の前で両手を合わせた。

「なるほど。前もって準備していた古いケーキを使ったんですね」

古いケーキとか言うな。顔を引きつらせながらおずおずと鷹央に視線を戻した僕は、目をしばたたく。

ほんの数秒前まで不機嫌そうにしかめられていた鷹央の顔には、呆然《ぼうぜん》とした表情が浮かんでいた。

「偽物を混ぜていた……。前もって準備していた……」

半開きの口からそんなつぶやきを漏らしながら、鷹央は天井あたりに視線を彷徨《さまよ》わせる。

僕は知っていた。鷹央がこのような状態になるのは、なにかに気づいたときであることを。

なにか重要なことに……。

鷹央の思考を邪魔しないように、僕と鴻ノ池が数十秒口をつぐんでいると、唐突に鷹央が「分かったぞ！」と声を張り上げた。

「分かったって、もしかして鏡面反響療法のカラクリがですか？」

僕が驚いて訊ねると、鷹央は「なにを言っているんだ」と両手を大きく広げた。

「全部だ！　全部分かったんだ！　鏡面反響療法の正体、八千代がどうして死後に首を抉られたのか、そして誰が水鏡星夜を殺害したのか。そのすべてがな」

「本当ですか⁉　それならすぐに桜井さんに連絡して、捜査本部に逮捕状の請求を止めてもらわないと」

ポケットから僕がスマートフォンを取り出しかけると、鷹央は「まだだ」と首を横に振る。

「まだ、鏡面反響療法も、水鏡殺しの真犯人の正体も、それを警察に納得させるだけの証拠が手に入っていない。明日、逮捕状を請求すると決めているということは、捜査本部は叔父貴が犯人で間違いないと確信しているということだ。それを覆すためには、確実な証拠を手に入れる必要がある」

「確実な証拠をって、どうやってですか？」

鴻ノ池が訊ねると、鷹央はにやりと唇の端を上げた。

「犯人を、とある場所で罠にかけるのさ」

「とある場所？　それってどこですか？」

僕が訊ねると、鷹央は下手くそなウインクをしてきた。

「そんなの決まっているだろ。事件現場だ」

5

「なんで現場に入れないんだよ⁉」

憤懣《ふんまん》やるかたないといった口調で文句を言いながら、鷹央は乱暴にドアを開ける。扉に取り付けられている鈴がチリンチリンと音を立てた。

翌日の午後七時前、僕たちは水鏡クリニックの近くにある、先日、杠と共に話を聞きにきた『オーガニックカフェ　ユーラス』にやってきていた。

「まさか、容疑者の身内であるあなたが本気で事件現場に入れると思っていたんですか？」

僕たちに続いて、店内に入った成瀬が苛立たしげに言った。

昨日、すべての謎が解けたと宣言した翌日、鷹央は桜井に「今日の夕方、すべての謎を解いて犯人を捕まえてやるから一緒に来い」と連絡を入れ、八千代和子《かずこ》の遺体が見つかった久留米池公園の正面出入り口で午後六時半に待ち合わせすることにした。

昨夜から僕と鴻ノ池は何度も、どこでなにをするつもりなのか鷹央に訊ねていたが、例のごとく彼女は「内緒だ」と言うだけで、今日の詳細をまったく教えてもらっていない。なので三十分ほど前に桜井たちが合流したとき、僕はてっきり久留米池公園に入って、八千代の遺体発見現場に向かうのだと思っていた。

しかし、鷹央は公園内に入ることなく、「よし行くぞ」と胸を張って、僕、鴻ノ池、桜井、成瀬の四人を引き連れて大股に歩き出した。そして十分ほど歩いてたどり着いたのが、大量の報道陣が詰めかけ、警官が何人も配置されている、水鏡クリニックが入っているビルだった。

「まさかあのビルに入るつもりじゃないでしょうね？」

成瀬が訊ねると鷹央は「そのつもりだけど、なにか問題あるのか？」と不思議そうに小首を傾《かし》げた。

「入れるわけがないでしょう。事件現場はまだ封鎖中です」

「なんでだよ。事件が起きてからかなり経っているだろう？」

「現場が血まみれで、責任者である院長が殺害されてるんですから、権利の関係もあって、未《いま》だに清掃が入っていないんですよ。それくらい普通分かるでしょう」

「事件を解決するためには、あそこに入る必要があるんだ。少しだけでいいからなんとかしてくれよ。桜井、お前なら現場を封鎖している警官をうまく言いくるめられるだろう」

鷹央が言うと、桜井は苦笑いを浮かべた。

「鷹央先生、さすがにそれは無理ですって。こうしてあなたと行動を共にしているだけでも、見つかったらかなりの問題なんですよ。現場に入るのは諦めて、いま分かっていることだけでも教えてください」

言葉を切った桜井は、声をひそめた。

「このままでは、明日には逮捕状が出て、院長先生は逮捕されるんですから」

それを聞いた鷹央はしぶしぶといった様子で「分かったよ。じゃあ近くの落ち着ける場所でゆっくり話してやる」と言って、このカフェへとやってきたのだった。

前回、昼に来たときはかなり客が入っていたが、さすがに遅い時間だけに、カウンター席に女性客が一人座っているだけだった。

「今日は空《す》いてるし、あっちの席にしようか」

鷹央はカウンター席を見ながらあごをしゃくった。

「え、話をするならテーブル席の方がいいんじゃないですか？」

僕の提案に鷹央は大きくかぶりを振る。

「この店のテーブルはほとんど四人掛けだ。五人で座ったら窮屈だろ。それにテーブル越しに刑事たちのむさい顔を見ながら、ダラダラと説明したくない」

鷹央は一人でてくてくとカウンターに向かい、飛び乗るように席に腰掛けた。

カウンター席の正面に横長に開いたキッチンに繋がる窓から、客の女性と話をしていた中年女性が戸惑い顔になる。確かこのカフェの店長だ。

「あの、もうすぐ閉店なんですけれど……」

店長はおずおずと声をかけてきた。どうやら午後七時で閉店のようだ。だから客が少なかったのか。

「固いこと言うなよ。まだギリギリ営業時間内だろ。そんなに長居しないさ。話が終わったらすぐ出て行く。というわけでキャロットケーキと紅茶を五人分頼む」

鷹央が勝手に注文をすると、店長はハッとした表情を浮かべる。おそらく鷹央が、十日ほど前に、無農薬や有機肥料による農業を『理に合わない宗教』と切り捨てた人物だと気づいたのだろう。

「……分かりました。ただし七時半には完全に閉めますので、そのつもりで」

鷹央との議論で労力を消費するのは無意味だと思ったのか、店長はキッチンの奥へと引っ込んだ。賢明な判断だ。

「ほれ、お前ら早く来いよ。ここのキャロットケーキはなかなかの品なんだ。もう一度食べたいと思っていたんだよな」

鷹央に手招きされた僕たちはカウンターに近づき、鷹央の右側に鴻ノ池と僕、左側に桜井と成瀬という順番で腰掛けた。

「さっさと教えてくださいよ。一体なにが分かったって言うんですか？」

成瀬が急《せ》かすように言う。

「そう焦るなって。キャロットケーキと紅茶がきてからゆっくりと話してやる。私はちょっとトイレに行ってくるから待っててくれ」

鷹央はカウンター席から降りると、店の奥にある女性用化粧室へと向かっていった。

「なんなんですか、あの人は。桜井さん、こんなの無駄ですよ。もう帰りませんか？」

「まあまあ、成瀬君。せっかく来たんだから、話ぐらい聞いていこうよ」

苛立つ成瀬を桜井が宥《なだ》めるのを聞きながら、僕はなんとなしに視線を右に向ける。僕の三つ右隣には、さっきまで店長と話していた女性客が、ハーブティーを飲んでいた。年齢は三十代半ばといったところだろうか。太い黒縁のメガネと、あまりケアされていない様子のショートの黒髪が野暮ったい印象を与えている。

この人ももしかしたら、水鏡クリニックに通っている患者だったのだろうか？　だとしたら水鏡が命を落としたことに絶望しているかもしれない。

僕は小さく息を吐く。

これから、水鏡クリニックに通っていた者たちはどうなるのだろうか。どのようなカラクリか分からないが、患者たちは水鏡の『治療』により苦しんでいた症状から解放されていた。水鏡が死亡し、彼しか作れないという鏡振水の供給が止まれば、患者たちは再び苦しむことになるのかもしれない。

「鷹央先生、遅いですね」

物思いにふけっていた僕は、鴻ノ池の声で我に返る。言われてみればなかなか鷹央が戻ってこない。

「どうしたんでしょう。私、ちょっと化粧室を見てきますね」

席を立って女性化粧室へと向かった鴻ノ池が、扉を開く。

「あれ？」

開いた扉のノブを摑んだまま、鴻ノ池が声を上げる。

「どうした？　鷹央先生は？」

鴻ノ池は狐《きつね》につままれたような表情でこちらを見る。

「鷹央先生、いないんですけど……」

「は？　いない？　なに言ってるんだよ」

「いえ、本当にいないんです。あれ、間違ってこっちに入っているのかな？」

鴻ノ池は隣にある男性の化粧室の扉も開くが、「やっぱりいない……」と呆然とつぶやく。

「いなくなったって、そんなバカな」

僕は慌てて席を立つと店内を見回す。それなりに広いが、ほとんど隠れるような場所はない。しゃがんでテーブルの下も確認するが、鷹央の姿は見えなかった。

「店の外に出たんじゃないですか？」

成瀬がつぶやくが、桜井が「いや、それは違うよ」とかぶりを振る。

「出入り口の扉にはベルが付いている。もし鷹央先生が出て行ったなら、あれが鳴って気づくはずだ」

「じゃあ鷹央先生はどこに行ったんですか？」

声が震えてしまう。

まさか鷹央先生の身になにかあったのか？　僕たちが気づかぬうちに、誰かに誘拐されてしまったとでもいうのだろうか？

心臓が締め付けられるような心地を覚えていると、かすかに笑い声が聞こえてきた。聞き慣れた年下上司の押し殺した笑い声。

「鷹央先生⁉　どこですか？」

僕が声を張り上げると、「こっちだよ」という声が聞こえてくる。反射的にそちらに視線を向けるが、鷹央の姿は見えなかった。

「なんだよ。気づかないのか？　こっちだって」

鷹央の声は、店の隅に置かれた観葉植物の陰あたりから聞こえてくる。しかしいくら目を凝らしても、観葉植物の後ろには壁が見えるだけだった。

「鷹央先生、一体どこに?」

困惑しながらふらふらと観葉植物に近づいていった瞬間、唐突に鷹央の首が空中に現れた。

「うわあ!」

僕は悲鳴を上げると思わずその場に尻餅をつく。

「ははは、なにやってんだよ、小鳥」

首だけが空中に浮いている鷹央が楽しそうに笑い声を上げるのを、僕は腰を抜かしたまま呆然と見上げる。

「な、なんで生首が浮いているんですか⁉」

「そうだな、十分に楽しんだし、種明かしといくか」

鷹央がそう言うと、首から下の壁にしか見えなかった部分がゆっくりと左右に開き、椅子の上に立っている鷹央の胴体が見えてくる。

「こ、これって、鏡?」

僕がつぶやくと、鷹央は「その通りだ」と指を鳴らした。

「二枚の鏡を壁に対して四十五度程度に配置して、正面から見ると、鏡に壁が映し出される。だから二枚の鏡に囲まれた空間に隠れていれば、そこにいると気づかれない。そして鏡の上から首を出せば、まるで生首が浮いているように見えるんだ。よくある

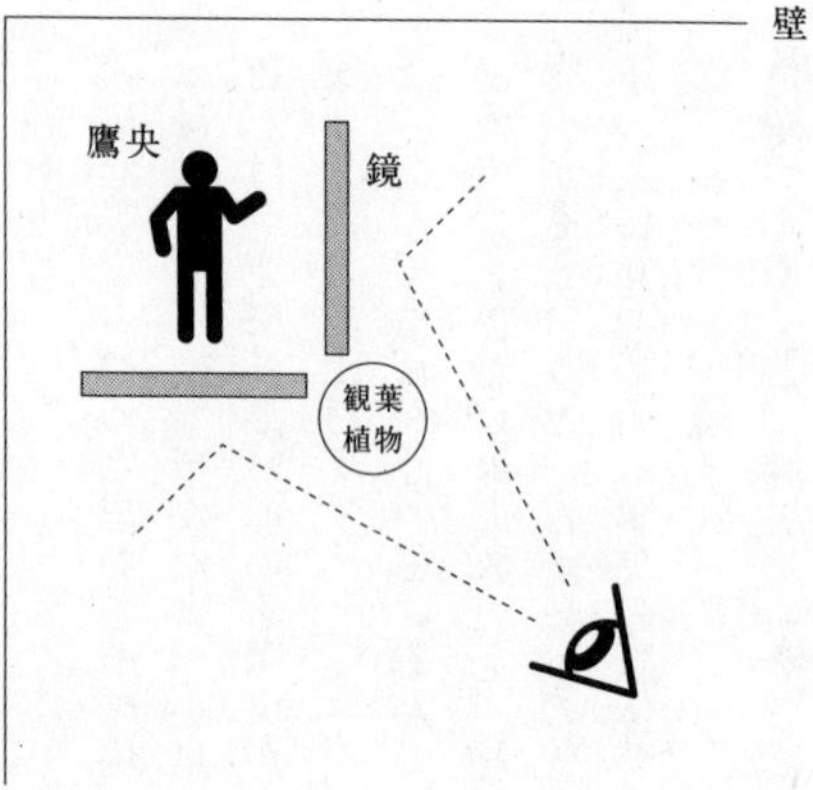

手品のトリックだな」

「なにを馬鹿な悪戯《いたずら》やってるんですか。人騒がせな」

近づいてきた成瀬が文句を言う。

「馬鹿な悪戯？　馬鹿なのはどっちだ？　私がなんでこんなデモンストレーションをしたのか、まだ分からないのか？」

鷹央の言葉を聞いて、僕はハッと息を呑《の》む。

「もしかして、これが密室トリックですか⁉」

「そうだ！」

鷹央はまだ座り込んでいる僕を指さした。

「水鏡クリニックには、受付にいくつもの姿見が置かれていた。真犯人はそれを使って叔父貴に気づかれることなく、犯行現場に潜んでいたんだよ」

「あの、どういうことでしょう？　具体的には犯人はどのようにして水鏡星夜を殺害し、そして犯行現場から逃げたんですか？」

桜井が訊ねると、鷹央は「まだ分からないのかよ？」と呆れ顔になる。

「いいか、よく聞けよ。鷹央は。犯人は防犯カメラの映像が残っている午後三時よりずっと前からクリニックに潜んでいた。そして午後五時、クリニックにやってきた水鏡を殺害し、そして受付から姿見を二つ持ってきて、六角形の部屋の一角で鏡の隠れ家を作ったんだ」

鷹央は顔の横で左手の人さし指を立てた。

「あの部屋は間接照明しかなく薄暗い。しかもすべての壁が鏡ででき、合わせ鏡になっているため、実際どこに壁があるのか混乱するような作りになっている。その一部だけ少し映りがおかしくても、まず気づかない。特に、惨殺死体を見つけて混乱しているような状態ではな」

鷹央の説明に真剣な表情で耳を傾けた桜井は、考えをまとめるようにあごを撫《な》でたあと、口を開く。

「確かにその方法を使えば、事件後、最初に診察室にやってきた院長先生から隠れることは可能かもしれません。けれど、その後、現場は多くの警察官により徹底的に調

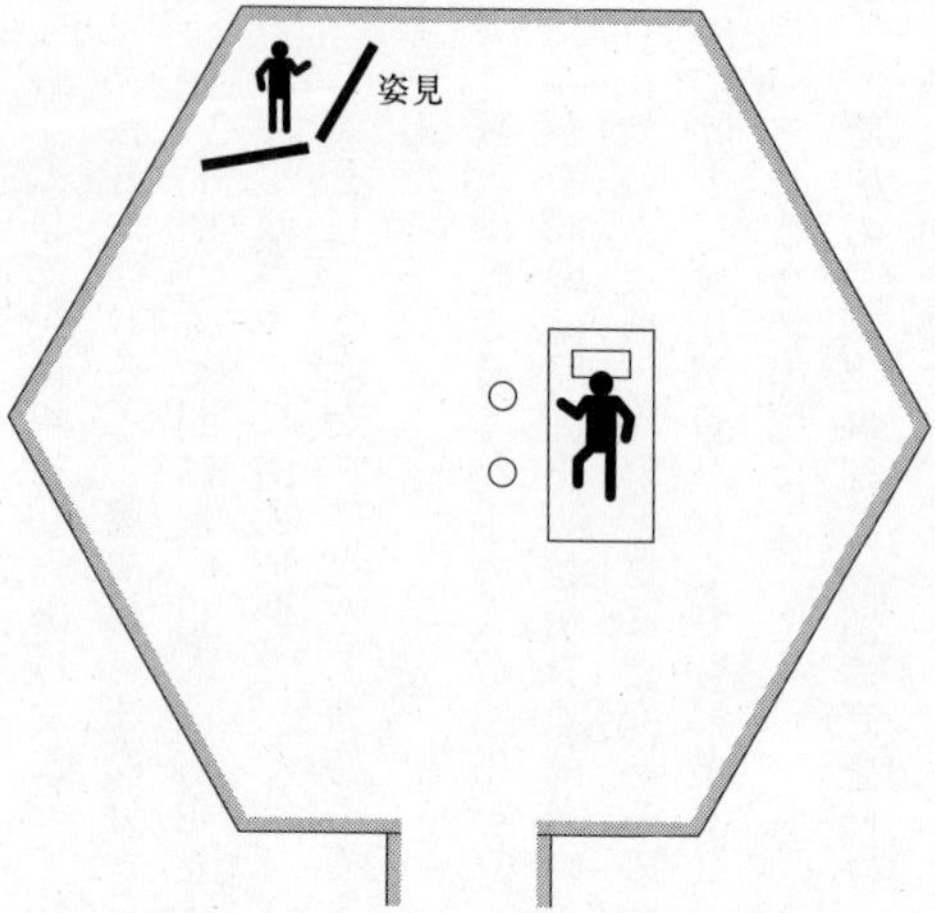

べられています。しかし、鏡の後ろに隠れていた真犯人というのは発見されていない。これはどうしてでしょう?」

「簡単だよ。出入り口から出て行ったからだ。多くの警察官とやらがやってきてからな」

「出入り口から出て行った? 防犯カメラの映像にはそんな人物、映っていませんでしたよ。それに犯人が出入りしていれば、現場にいた警察官が気づいたはずです」

「お前は刑事だから、警察官の能力を過信しすぎている。残念ながら現場にいた奴らは、まんまと目の前で事件現場から出て行く真犯人を見逃してしまったんだよ。なぜなら、そいつはそこにいるのが当たり前で、そして、とても犯人とは思えない姿をしていたからな」

「そこにいるのが当たり前で、とても犯人とは思えない姿……」

　その言葉を口の中で繰り返した僕は目を見開く。

「もしかして、警察官の姿を⁉」

「正解だ」

　鷹央は微笑んだ。

「真犯人の行動はこうだ。水鏡を殺害後、犯人は返り血で汚れた服を脱いで、あらかじめ用意していた警察官の制服に着替えると、鏡のトリックを使って隠れていた。その後、叔父貴が遺体を見つけ警察に通報し、最初にやってきた警官があまりにも凄惨な現場に驚いて、応援を呼ぶのを待った。さっき、桜井が言ったように多くの警察官を呼ぶのをな」

「やってきた警察官たちに紛れて逃げたってことですか」

「そうだ。殺人事件のような重大事件があれば、交番の警察官は本部に連絡し、そして機動捜査隊の刑事たちがやってくるのが一般的だ。そいつらが事件現場に入り、制服姿の犯人を見ればどう思う？」

「当然、最初の通報でやってきた交番の警察官だと思いますね」

　桜井は頭痛を覚えたかのように額を押さえる。

「いや、さすがにそれはおかしいでしょう」

成瀬が上ずった声を上げた。

鷹央は「なにがだよ?」と眉根を寄せる。

「あまりにも不確実すぎる。院長先生に隠れているのが見つかってもおかしくないし、どこかのタイミングで偽警官だと気づかれる可能性も高かった。そんな危ない橋を渡るなんてありえない」

「いや、ありえるんだよ。犯人はそれだけ追い詰められていたんだ」

「追い詰められていた? どういうことですか?」

鷹央の断言に、成瀬は眉を顰《ひそ》める。

「そのままの意味さ。犯人はどうしても水鏡を殺害しなければならなかった。そうしなければ身の破滅だからな。しかし、ただ殺して口封じをしただけでは、当然、お前たち警察が水鏡の周辺を徹底的に調べる。そうなればいつかは自分が容疑者として浮かび上がってしまう。そう考えた犯人はスケープゴートを立てることにした」

「それが院長先生ですね」

鴻ノ池の確認に、鷹央は「そうだ」と頷く。

「水鏡を脅すか、うまく言いくるめるかして叔父貴を呼び出し、そのうえで水鏡を殺害した。そして、明らかに叔父貴が殺したとしか思えない状況を作ることで、犯人は自分まで捜査の手が及ばないようにしようと、企んだんだ。そしてまんまと、警察は叔父貴を犯人として決めつけ、逮捕して自白を取ることに捜査能力を集中した。天下の警視庁捜査一課殺人班が、まさに犯人の掌でいいように踊らされたっていうわけだ」

皮肉がこもった鷹央のセリフに桜井は首をすくめる。

「これは申し訳ありません。けれど、犯人はどうしてそこまでして水鏡を殺害しなければいけなかったんですか？」

「おそらくは、私に調べられ追い詰められていた水鏡が怯えて、すべてを暴露しようとしていたからだ」

「すべてというのは具体的には？」

「鏡面反響療法のカラクリ、そして八千代和子の首を抉り取った件だ」

「八千代議員の……。つまり水鏡殺害の犯人は、八千代議員の死体損壊を行った犯人でもあるということですね。たしかに我々もその可能性が高いと思っていました。ただ、その犯人が水鏡の怪しい治療法とどう関係しているんですか？」

桜井の問いに、鷹央は顔の横で左手の人差し指を立てた。

「その真犯人こそが、鏡面反響療法を生み出し、そして実際に行っていた人物だからだ」

「鏡面反響療法を実際に行っていた人物⁉」

予想外の言葉に、僕は思わず声が大きくなる。

「その怪しい治療を開発したのは、水鏡ではないんですか？」

話が核心に近づいていることを感じ取ったのか、桜井の表情が引き締まる。

「水鏡は単なる傀儡《かいらい》だ。鏡面反響療法のカラクリは、生理学や薬理学などの基礎的知識を基盤に、深い臨床の知識があって初めて生み出せるものだ。内科医としての研修を十分に受けず、でたらめな免疫療法クリニックの雇われ院長になった水鏡なんかに思いつけるものではない。水鏡を裏で操っていた真犯人がいるんだ」

「その真犯人というのは一体誰なんですか⁉」

成瀬が前のめりになる。

「そう焦るなよ。全部説明するとなると結構複雑な話なんだ。席に戻って、ケーキでも食いながら話してやるよ」

鷹央は親指でカウンターを指さす。見るとキッチンにいる店長が、キッチンの窓から身を乗り出し、キャロットケーキと紅茶を五人分並べているところだった。

席に戻った鷹央は「さて、どこから話すかな？」などとつぶやきながら、フォークを手にしてキャロットケーキを崩しはじめる。

「そうだな、まず最初に説明するべきは鏡面反響療法のカラクリだな。これが今回の事件の最大の謎だった」

鷹央はキャロットケーキをひとかけら口の中に放り込んだあと、説明をはじめる。

「鏡面反響療法の一番の特徴は、様々な異なる疾患を同じ治療で完璧に治すことだ。そのような、あらゆる病気を治療する万能薬など常識的に存在しない。しかし逆ならどうだ？」

「逆？　どういうことですか？」

意味が分からず僕が聞き返すと、鷹央はすっと目を細めた。

「つまり、様々な疾患を治す薬はなくても、様々な疾患を引き起こす薬ならあるんじゃないかということだ」

「疾患を引き起こす……。副作用……」

無意識に僕の口から言葉が漏れる。鷹央は「そう、副作用だ」と口角を上げた。

「心不全、肝機能障害、高コレステロール血症、うつ病、そして汎血球減少症、それらを副作用として引き起こす薬剤はなんだ？」

口頭試問をする教授のような口調で鷹央に訊ねられ、僕は額を押さえる。

肝機能障害は様々な薬剤で生じうる。心不全を起こすということは、ベータ遮断薬などの心拍数を下げるときなどに使う薬だろうか？　それならまれに、副作用としてうつ病が生じることがあるはずだ。ただ、高コレステロール血症や、汎血球減少症が起きるとは考えにくい。

必死に思考を巡らせていると、鷹央が「ヒントを出してやろう」と言う。

「汎血球減少症の患者だが、中でも白血球が減っていた。特に好中球《こうちゅうきゅう》がな」

「好中球が減る病気ということは……、顆粒球減少症《かりゅうきゅう》……？」

そこまでつぶやいたところで、電気が走ったかのような衝撃が全身を走り、僕は「あっ！」と声を上げる。

「チアマゾール！　抗甲状腺薬です！」

「正解だ！」

鷹央は大きく指を鳴らした。

「チアマ……、なんですか、それは？」

桜井がおずおずと訊ねてくる。

「バセドウ病など、甲状腺ホルモンが過剰に分泌される疾患に使う薬です。甲状腺の機能を抑えて、ホルモン分泌量を下げるんです」

僕が説明すると、鷹央が「そうだ」とそれを引き継いだ。

「甲状腺は体の新陳代謝を促進し、体を活性化させるホルモンだ。バセドウ病などの甲状腺機能亢進症《こうしん》では、心拍数や血圧の上昇、不整脈、動悸《どうき》、苛立ち、体重減少、ほてりなどの症状が生じる。逆に橋本《はしもと》病などの甲状腺機能が低下する疾患では体の機能が落ち、疲労感、むくみ、肝障害、抑うつ状態、高コレステロール血症、そしてひどくなると心不全を起こすこともある」

「肝障害、抑うつ、高コレステロール血症、心不全って……」

鴻ノ池が呆然とつぶやく。

「そうだ。鏡面反響療法を受けた患者たちの症状だ。その患者たちは、低下していた甲状腺ホルモンが回復することによって、症状が改善していったんだ」

「え、え？　ちょっと待ってください」

戸惑い顔で鴻ノ池は軽く頭を振った。

「ということはつまり、鏡面反響療法っていうのは、甲状腺機能低下症の患者さんに対して、甲状腺ホルモンを投与する治療だったたっていうことですか？」

「いや、違う。それじゃあ、好中球を中心に生じていた汎血球減少症まで治ったのが説明つかない。ちなみに好中球が激減する疾患は、無顆粒球症と呼ばれ、感染に極めて脆弱《ぜいじゃく》になる恐ろしい疾患だ。重症感染症を引き起こし、致命的になることも少なくない」

そこで言葉を切った鷹央は、あごを引いて声を潜める。

「そしてさっき小鳥が言ったように、無顆粒球症は抗甲状腺薬の重大な副作用として、ごく稀《まれ》に生じることがある」

鷹央の説明を聞きながら、僕の頭の中で様々な情報がパズルのピースのように組み合わさっていき、一つの青写真が浮かび上がってくる。

背筋が震えるほどに恐ろしい青写真が。

「もしかして、鏡面反響療法というのは病気を治すのではなくて……」

僕が言葉を失うと、鷹央はゆっくりと頷いた。

「そう、健康な人間に抗甲状腺薬を投与し、故意に疾患を作り出す。それこそが、鏡面反響療法の正体だ」

あまりにも衝撃的な告発に思考が鈍り、うまく言葉が出ない。誰もが口をつぐみ、辺りに重い沈黙が降りる。ケーキを崩している鷹央のフォークがカチカチと皿に当たる音が、やけに大きく鼓膜を揺らした。

「あ、あの……。わざと病気を作り出すのが治療法だっていうのはどういう意味でしょうか？」

困惑し切った表情で桜井が訊ねると、鷹央は咀嚼《そしゃく》していたキャロットケーキを飲み込み、説明を再開した。

「簡単だ。ありとあらゆる疾患を治す万能薬は存在しないが、一つの薬を過剰投与することで、様々な病気を引き起こすことは十分に可能だってことさ。それが犯人のやったことだ」

「えっと……、その犯人というのは、具体的にはどんなことをしていたんですか？」

「まず健康な人間に抗甲状腺薬を投与し、甲状腺機能を低下させる。そうすると甲状腺ホルモンが低下することによって心不全、肝障害、抑うつ、高コレステロール血症などの様々な症状が生じる。また、重大な副作用が生じ、汎血球減少症を起こした者までいた」

「けれど、その人たちは結局良くなってるんですよね？　どうやったんですか？」

話についていけないのか、成瀬がしきりに首を細かく振る。

「どうやったか？　そんなの単純な話だ。抗甲状腺薬の投与を止めたんだよ。そうすれば薬が原因で生じていた症状はすべて改善する」

「じゃあ、鏡振水《きょうしんすい》が単なる水だったのは……」

思考を必死にまとめながら僕はつぶやく。

「そう、鏡振水は目くらましだ。まず健康な者たちに抗甲状腺薬を投与し、人工的に様々な疾患を引き起こして『患者』にする。その患者を水鏡のもとに向かわせ、怪しい儀式をやった上で、単なるミネラルウォーターを鏡振水という治療薬として処方するんだ。抗甲状腺薬の投与がなくなったことで健康を取り戻した患者たちは、それが鏡振水の効果によるものだと錯覚する。そして、患者たちは再び苦しい症状が出ないよう、鏡振水を購入し続ける。……おそらくは一生な」

「一生……」鴻ノ池がかすれ声でつぶやいた。

「鏡振水は月に六万円ほど。払えない金額じゃない。『患者』を百人作れば年七千二百万、三百人作れば二億円を超える収入になる。さらに、患者たちは治療を受けたあと、実際に体調が改善しているので、水鏡に感謝こそすれ、恨むことは決してない。患者たちは自らの健康が害されたにもかかわらず、単なる水を喜んで高額で購入し続けるんだ」

啞然として話を聞き続ける僕たちを見回すと、鷹央は皮肉っぽく鼻を鳴らした。

「医者は病気を治す仕事。治療法とは生じた疾患を改善させるもの。そんな大前提を犯人は逆手に取ったんだ。素晴らしいアイディアだ。……法に触れ、医療倫理にもとる悪行であることに目をつぶればな」

説明に疲れたのか鷹央は小さく息を吐くと、半分ほど残ってるキャロットケーキの攻略に取り掛かる。

もぐもぐという鷹央の咀嚼音を聞きながら、僕たちはただ、口を半開きにして固まっていた。

まさか、医師が他人を病気にして苦しめることで金を稼ごうとするなんて……。

「あ、あの、鷹央先生……」

桜井がおずおずと声をかける。

「いまおっしゃった犯人というのは水鏡ではないんですよね？　それは一体誰だか分かっているんですか？」

「ああ、もちろんだ」

鷹央はくわえていたフォークを軽く振った。

「水鏡を傀儡として操っていた人物の正体を暴くためには、死亡した八千代の首を抉り取ったこと、そして、スケープゴートとして叔父貴を選んだことが手がかりとなる」

「八千代議員の遺体の首を抉り取ったことに、はっきりとした理由があるって言うんですか？」

成瀬の声が大きくなる。

「当然だろ。遺体の首を抉るという行動に、犯人が八千代に強い怒りや恨みを持っていたと警察は考えているようだが、視点を変えるとまったく違う理由が見えてくる。首を雑に切り裂かれたことによって、とある証拠が破壊されているんだ」

「首を雑に切り裂かれたことによって、破壊される証拠……」

口元に手を当ててつぶやいた鴻ノ池が、「あっ」と声を上げる。

「甲状腺！　首には甲状腺があります！」

「そうだ。犯人は遺体を辱めたかったんじゃない。もし遺体をそのままにしていたら、司法解剖で自分の犯行の証拠が見つかってしまう。そう考えたから首を切って、そこにある甲状腺を破壊したんだ」

「ということは、八千代議員もその抗甲状腺薬とやらを投与されて、甲状腺の機能が落ちていたというんですか？」

桜井の質問に、鷹央は首を横に振る。

「いいや違う。甥《おい》で、秘書でもある藤田の話では、八千代はかなり前から苛立ちと動悸、そして体重減少に悩まされていた」

「苛立ち、動悸、体重減少……。その症状って確か……」

桜井が記憶を探るように視線を彷徨わせる。

「そう、八千代の症状は逆に甲状腺ホルモンが過剰に分泌されたときの状態、つまり、バセドウ病などの甲状腺機能亢進症の症状だ。それに、甲状腺機能亢進症では、心房細動が起きやすくなる。心臓の上部である心房が細かく痙攣《けいれん》し続ける心房細動では、血流が滞って血栓を作りやすい。それが脳に飛べば脳塞栓を起こし、そして腸に血流を送っている動脈に飛んでそこを塞げば、……重度の虚血性腸炎を引き起こす」

「もしかして八千代さんが壊死《えし》性の虚血性腸炎を起こしたのって、甲状腺機能亢進症のせいだったんですか？」

鴻ノ池が目をみはった。

「おそらくそうだ。そして、八千代がバセドウ病だったと仮定すると、術後になぜ原因不明の強い炎症が生じたのかもすべて説明がつく」

鷹央の言葉を聞いて、頭の中にある疾患が浮かび上がった。僕は喉の奥から、その疾患の名をしぼりだした。

「もしかして……、甲状腺クリーゼですか⁉」

「正解だ！」

鷹央は僕をびしりと指さした。

「なんですか、その甲状腺クリーゼっていうのは？」

話の核心に迫ってきている雰囲気を察したのか、成瀬が勢い込んで訊ねてくる。

「甲状腺クリーゼとは、甲状腺機能亢進症の患者に生じる重大な緊急疾患だ。感染や手術などの強いストレスを引き金に、大量の甲状腺ホルモンが分泌され、全身の臓器が障害される。致死率は治療を行っても一〇パーセントを超える」

「けれど、甲状腺ホルモンは手術前の血液検査で測っています。それでは正常だったはずです」

僕が反論すると、鷹央はあごを引いた。

「そう、術前検査では八千代の甲状腺機能は正常だった。それが今回の事件の最大の手がかりだ」

鷹央の言葉を聞いて僕は気づく。

「もしかして、八千代さんにも抗甲状腺薬が投与されていたんですか？　だから術前は甲状腺機能が正常だった。けれど、入院後、絶食になって犯人からの抗甲状腺薬の投与がなくなった。それと手術のストレスが重なって、甲状腺が暴走状態になってクリーゼを引き起こした」

「そうだ。犯人に密《ひそ》かに投与されていた抗甲状腺薬によって、お前たちは八千代がバセドウ病だと気づかなかった。それが甲状腺クリーゼと診断できず、治療が遅れた原因だ」

鷹央は僕の説明を引き継いでいく。

「甲状腺クリーゼは脳にも影響を与え、患者をパニック状態にする。それによって、叔父貴に殺されると妄想を抱いた八千代は、犯人に助けを求めた」

「犯人に助けを？　どうしてですか？」

「犯人は八千代がバセドウ病であることに気づき、鏡面反響療法の『患者』を作るために持っていた抗甲状腺薬を密かに投与していたんだ。そうやって八千代の治療を行い、その体調を改善させれば信頼を得ることができるからな。悪事を働く者にとっては、有力政治家との強いパイプは極めて利用価値が高い」

「じゃあ、病院から脱出した八千代さんは、水鏡クリニックではなくて、その犯人のところに向かっていたんですね」

桜井が確認する。鷹央は「そうだ」と頷いてさらに説明を続けた。

「おそらく、八千代はどこかの公衆電話から犯人に助けを求めていたんだろう。そして、最短距離で犯人の居場所に向かうため、久留米池公園に進入した。しかし、そこで、甲状腺クリーゼの悪化により命を落としてしまったんだ。連絡を受けて慌ててやってきた犯人は、死亡している八千代の遺体を発見し、そして気づいた。そのまま八千代の遺体が調べられたら、自分は破滅するかもしれないとな」

鷹央の説明を聞いて、僕の頭の中で状況が整理されていく。

「バセドウ病はかなりの確率で甲状腺が腫大《しゅだい》します。司法解剖したら、八千代さんがバセドウ病を患っていたと判明する。そうなると、術前に何者かによって抗甲状腺薬が投与されていたことに気づかれる」

「犯人にとっては困るよな。もし自分が抗甲状腺薬を、相手に無断で投与していることが暴かれれば、せっかく作り上げ、これから大金を稼ぎ続けていくであろう鏡面反響療法のカラクリが暴かれてしまう。金が稼げなくなるどころか、他人に薬を盛って健康を害したことで、傷害罪で逮捕されてしまうかもしれない。犯人はそれだけは避けなくてはならなかった」

「だから、遺体の首を抉って甲状腺を破壊した……」

成瀬がつぶやくと、桜井が「鷹央先生」と低い声を出した。

「なぜ、八千代議員の首が死後に抉り取られていたのかは分かりました。では、誰がそれをしたのですか？」

「犯人を特定するためにはもう一つの手がかりである、なぜ叔父貴を水鏡殺害のスケープゴートにしたのかを考えればいい。水鏡と叔父貴は、直接は面識がなかった。本来スケープゴートにするなら、もっと水鏡の身近な人物の方が適切だったはずだ」

「それならどうして、院長先生を犯人に仕立て上げたんですか？」

鴻ノ池が問うと、鷹央は桜色の薄い唇にわずかに笑みを湛《たた》えた。

「叔父貴を恨んでいたからさ。殺したいくらい強烈にな」

「殺したいくらいにって……」

頰を引きつらせる僕を、鷹央は横目で見る。

「これは比喩でもなんでもない。さっき成瀬に言っただろ。今回の水鏡殺人事件は行き当たりばったりだって。叔父貴が最初に遺体を発見した時点で、鏡のトリックがばれて見つかる可能性があることは、犯人も分かっていたんだ。おそらく犯人はどうせ身が破滅するなら、叔父貴への復讐《ふくしゅう》を果たすつもりだったんだろう。水鏡と同じように、叔父貴の首も切り裂いてでもな」

「……なぜ犯人は、院長先生をそんなに恨んでいるんですか？」

声を潜めながら桜井が訊ねる。

「その真犯人が、水鏡を傀儡にしていたことを考えれば明白だろう。水鏡は怪しい免疫療法クリニックの雇われ院長をしていた。五年前そのクリニックを経営していた梅《ばい》花会《かかい》という医療法人は、叔父貴の告発によって大量の訴訟を抱え込んで廃業し、水鏡が院長を務めていたクリニックも潰れた。そして去年、水鏡は何者かの傀儡として、極めて高度で複雑な医療詐欺である鏡面反響療法をはじめた。ここまで情報がそろえば、水鏡を操っていた真犯人の正体が見えてくるんじゃないか」

「まさか……、五年前に潰れた梅花会の代表者ですか？」

僕が答えを口にすると、鷹央は満面に笑みを浮かべた。

「そうだ。それが真犯人だ。昨日、ネットで前もって調べておいた。そいつは『東風《ひがしかぜ》直美《なおみ》』という名前だった」

「それじゃあ、いますぐ署に戻って、その医療法人の代表について調べないと」

椅子から腰を浮かした成瀬に、鷹央は「そんな必要はないさ」と声をかける。

「そもそも、いまから悠長に調べていたら、明日に予定されている叔父貴の逮捕に間に合わない。今日中に逮捕する必要があるんだよ」

「今日中に逮捕って、そんなの不可能に決まっているでしょ。そいつがいまどこにいるのかも分からないんだから」

成瀬が呆れ声で言うと、鷹央はにやりと桜色の唇の端を上げた。

「何を言っているんだ。よく考えてみろ。真犯人がどこにいるのかは明らかだろ」

鷹央の言葉に周囲の空気がざわりと揺れる。

「鷹央先生、水鏡を殺した犯人がどこにいるのか分かっているんですか？」

早口で言う僕に、鷹央は湿った視線を投げかけてくる。

「すぐに答えを聞こうとしないで、自分の頭で考えろよ。お前は統括診断部のドクターだろうが」

もっともな指摘に、僕は「すみません」と首をすくめる。

「これまでの情報を整理してみろ。鏡面反響療法の『患者』を作るためには、抗甲状腺薬を定期的に飲ませなくてはならない。その上で、体調が悪くなったそいつらから健康相談を受け、水鏡クリニックを紹介する必要がある。そして、そいつは八千代とも親しい仲だった。それに当てはまる人物がいるんじゃないか？」

犯人は抗甲状腺薬をなにかに混ぜて、多くの人に投与しているはずだ。ということは、食品を扱う仕事か。そして、自然に健康相談を受け、水鏡クリニックを紹介することができる立場……。

そこまで考えたとき、僕は口をあんぐりと開いて、カフェの中を見渡す。

水鏡クリニックの近くにあり、健康に配慮した飲食物を出し、店長とカウンターで気さくに話ができる自然派のカフェ……。

「もしかして、ここが……」

呆然と僕がつぶやくと、鷹央は「そうだ！」と大きく両手を開いた。

「ここここそが、鏡面反響療法の正体、客に気づかれることなく抗甲状腺薬の投与が行われていた『現場』だ。そして……」

言葉を切った鷹央は、ゆっくりと顔を上げ、キッチンの奥を見る。つられて僕たちもそちらに視線を向けた。

そこにはエプロン姿の店長が、血の気の引いた顔で立ち尽くしていた。

「こいつこそ、今回の事件の真犯人、医療法人梅花会の元代表、東風直美だ」

鷹央に指さされた店長の表情が、炎に炙《あぶ》られた飴《あめ》細工のようにぐにゃりと歪んだ。

＊＊＊

「そもそも、八千代が水鏡の治療を受けていたということ自体おかしかったんだよ」

細かく震えている店長を見つめながら、鷹央は歌うように楽しげに言う。

「八千代はかつて、夫を代替治療で失って以来、強い医療不信を抱いていた。特に、怪しい代替療法に対しては激しい怒りと嫌悪があったはずだ。そんな八千代が、怪しい医療の代表である、水鏡クリニックへの受診などするとは思えない」

「じゃあ、杠さんの後に八千代さんが健康のために通っていたのって、水鏡クリニックじゃなくて……」

鴻ノ池がつぶやく。

「そう、ここだ。八千代が水鏡クリニックに通っているという情報は、この店長が杠に伝えたデマだ。有力議員が鏡振水を飲んでいることにして、鏡面反響療法に箔《はく》をつけようとでも思ったんだろうな。実際に八千代が飲んでいたのは、ここで買った健康用のドリンクかなにかだった。それに、抗甲状腺薬が混ぜてあったので、八千代のバセドウ病は落ち着き、体調が良くなっていったんだ」

鷹央は微笑しながら店長を睨《ね》め上げた。

「お前が叔父貴が潰した医療法人の代表者である東風直美かどうかは、この店の登記を調べればすぐに判明する。というわけで観念しな。さっきから聞き耳を立てていたんだろ?」

店長は、逃げ道を探しているかのように数秒視線を泳がせる。その態度は、鷹央の指摘が正しいことを如実に物語っていた。

「そもそも、このカフェの名前からしてヒントになっていたんだよな。『ユーラス』はギリシャ神話に出てくる東の風を司《つかさど》る神だ。それに『梅花会』という医療法人の名称もそうだな。『東風《こち》吹かば、にほひおこせよ梅の花』、九州に流されるときに詠んだ菅原道真《すがわらのみちざね》の歌だ。なかなか風流じゃないか。詐欺医療をしている医療法人にはもったいない名だな」

鷹央がからかうように言うと、東風は拳を握りしめた。

「さっきから何を言っているのかまったく分かりません。恩人である水鏡先生を私が殺すなんて、あるわけないじゃないですか」

「恩人？　末期がんからお前を救った恩人か？」

からかうように鷹央が言う。東風の眉間にしわが寄った。

「そう、お前が治ったという末期がんだけが引っかかっていた。水鏡クリニックに通っているという患者たちの症状は、甲状腺ホルモンの異常で説明がつくものばかりだった。しかし唯一、お前が治してもらったという末期がんはそうじゃない。それで私は気づいたんだ。お前が鏡面反響療法でがんを治してもらったというのは嘘だとな。お前は、水鏡が行っている詐欺医療の協力者で、末期がんが治ったという虚偽の宣伝をして、患者たちに鏡面反響療法の効果を信じ込ませ、水鏡クリニックへと送り込んでいたんだな」

東風は震える口を開く。しかしそこから、反論が漏れることはなかった。

「無農薬や有機農法にこだわる人種は、医療に対して不信感を持っている割合が高い。そういう者たちが集まりやすいこういうアットホームな自然派カフェは、獲物を見つけるのに理想の場所だよな」

鷹央は微笑みながら店内を見回す。

「カフェだから飲み物などに混ぜて抗甲状腺薬を客に盛るのは容易だ。それにこの席なら、カウンター越しに客と色々と話ができる。健康相談に乗ったり、客たちの経済状況を聞いたりな。そうやってお前は、常連客の中から鏡面反響療法の『患者』にする者を見繕っていたんだ」

「ふざけないで！」

顔を真っ赤に染めながら、東風が怒鳴り声を上げる。

「さっきから好き勝手言って！　全部あなたの妄想でしょう！　なにか証拠でもあるっていうの⁉」

「証拠ねえ。おそらくあるぞ。お前が水鏡を殺害したという証拠がな。お前だって分かっているんじゃないか？」

鷹央は目を細め、いやらしい笑みを浮かべながら喋り続ける。

「いま、お前がまったく疑われていないのは、叔父貴という有力な容疑者がいるからだ。けれど、もし警察が少しでもお前のことを疑えば、お前が犯人だという証拠がたくさん出てくるはずだ。犯行当時の防犯カメラ映像をしっかり検証し、警察の制服を着て現場から出て行くお前が見つかるかもしれないし、たとえ顔を隠していても、ビルの周りの防犯カメラが事件前後に周囲にいるお前の姿を捉えているはずだ。あとは、隣のカラオケでコスプレ用の警察官の制服をレンタルしている姿もな」

鷹央は口元に手を当てて、くっくっと笑い声を漏らす。

「お前が医師免許を持っていることも、詐欺医療を行っていた医療法人の代表だったことも、そしてなにより大量の抗甲状腺薬を購入していることも全部明らかになる。それを客に同意なく飲ませていたとしたら、明らかな犯罪行為でお前は逮捕される。警察がみっちり絞り上げれば、すぐに水鏡の殺害についても自白するんじゃないか?」

「も、もしその抗甲状腺薬を買っていても、それをお客さんに飲ませたという証拠なんてないでしょ!」

ダミ声で東風が叫んだとき、「それはどうかしらね?」という声が右側から聞こえてきた。視線をそちらに向けると、僕たちが入店してからずっと黙ってカウンター席に座り文庫本を読んでいた女性が、いつのまにか顔を上げていた。

丸まっていた背筋が伸び、眠そうに細められていた目はぱっちりと開き、そして唇には柔らかい笑みが湛えられている。その姿からは、ついさっき感じた野暮ったい雰囲気が完全に消え去っていた。

「あなたは……?」

戸惑いながら僕が訊ねると、女性は「まだ分からないの?」と妖しくウインクをして、メガネを取り、そしてショートの黒髪を鷲掴《わしづか》みにする。次の瞬間、黒髪のウィッグが取れ、その下から淡い茶色に染められたソバージュヘアが大きく広がった。

「ゆ、杠さん⁉　どうして⁉」

突然現れた詐欺師に僕が目を見開いていると、杠は芝居じみた仕草で肩をすくめた。

「そこのお嬢ちゃんに指示されたからに決まってるでしょ。まったく、人使い荒いんだから」

「お嬢ちゃん？」

鷹央の眉がピクリと動くが、気にした様子もなく杠は話し続ける。

「変装してここに通っていたって言っていたでしょう。それでね、八千代さんの情報を引き出すために、店長と仲良くなって、水鏡クリニックの話もよく聞いていたの。そうしたら、先月ぐらいからやけに疲れやすくなってきて、どうしたのかと思っていたのよ」

杠はキッチンで固まっている東風を見る。

「昨日お嬢ちゃんから連絡が来て、鏡面反響療法の正体を教えてもらって、ようやく分かったの。あなたが私まで『患者』にしようとしていたってね」

「あ、あなた、一体誰なの？」

「私が誰だってどうでもいいじゃない？　大切なのはこれ」

杠はソーサーに載っていた紅茶の入ったカップを手に取る。

「もし、これに危険な物が入っていたりしたら大変なことよね。私に対する傷害罪になるから」

「というわけで、その紅茶をいまからすぐに持ち帰って検査をするぞ」

鷹央がそう宣言をした瞬間、キッチンの奥にいた東風が駆け寄ってくる。

「舞《まい》！　止めろ！」

「は、はい！」

鷹央に鋭く指示をされた鴻ノ池が、窓越しに杠のカップを奪おうと伸ばしてきた東風の手首を摑む。

「うあっ⁉」

東風は小さく呻《うめ》き、動けなくなる。無造作に摑んでいるだけに見えるが、合気道の達人である鴻ノ池のことだ。関節を極《き》めているのだろう。

「杠さんが、鷹央先生が言っていた『罠』だったんですね。最初から水鏡クリニックじゃなくて、このカフェに来るつもりだったんなら、なんで教えてくれなかったんですか？」

僕の苦言に、鷹央は目を細める。

「せっかく杠と色々打ち合わせをして仕込みをしたのに、前もって教えたらつまんないだろ。それに言っただろ、『事件現場』に行くって。しかし、杠が正体を見せたときの小鳥の間抜け面、最高だったぞ」

ケラケラと少しだけ笑ったあと、鷹央は表情を引き締めた。

「ただ、本命の罠は杠じゃない。舞だ」

「え、私ですか？」

鴻ノ池は目をしばたたく。

「そうだ。そのカップの中身を調べ、抗甲状腺薬が入っているか調べるのには時間がかかる。明日の叔父貴の逮捕を防ぐためには、今日の時点で真犯人であるそいつを現行犯逮捕しないといけないんだよ」

「現行犯……」

鴻ノ池がつぶやくと、鷹央が「ああ」と微笑んで、左手の人差し指で円を描いた。

それを見て、鴻ノ池はまばたきをくり返したあと、にやりと口角を上げる。

次の瞬間、唐突に鴻ノ池の体が「うわあ！」というわざとらしい悲鳴とともに宙を舞った。空中で一回転した鴻ノ池は背中から床に落下していく。ばしっという大きな音が店内に響き渡った。

「うわぁ、投げられた！　痛い！　肋骨《ろっこつ》折れたかも」

鴻ノ池が床でバタバタと四肢を動かすのを、僕は冷めた目で見つめる。

なにが肋骨が折れただ。完璧な受け身で、衝撃を逃がしきっていたじゃないか。

しかし、さすが演武がある合気道の達人だけあって、あまりにも自然な投げられ方だった。一見すると自ら飛んだとは信じられない。

「なあ、これは傷害の現行犯じゃないか？」

状況についていけず固まっている桜井と成瀬に声をかける。二人の刑事はハッとした表情を浮かべると、カウンター席を立って横のドアからキッチンに入っていった。

「な⁉ 私はなにもやってない。その子が勝手に吹っ飛んだだけで……」

声を上ずらせる東風の手首に、桜井が「まあまあ、落ち着いて」となだめるように言いながら手錠を嵌《は》める。ガチャっという金属音が空気を揺らした。

「とりあえず、ちょっと署までご同行願いますよ。伺いたいお話がいっぱいあるんでね」

好々爺《こうこうや》の雰囲気を醸しだす表情を浮かべる桜井だが、東風を見るその双眸《そうぼう》には鋭く、そして危険な光が宿っていた。

「それでは参りましょうか」

愛想よく桜井が言うと、成瀬が東風の背中に大きな手を置いてキッチンから出るように促す。

「こんなのおかしい！　こんなの許されるわけがないでしょ！」

叫ぶ東風の前に、カウンター席からぴょんと飛び降りた鷹央が立ちふさがった。

「許されないのはお前だ！」

腹の底に響く鷹央の怒声に、東風の顔に恐怖の色が浮かんだ。

「医師は学んできた知識と培ってきた技術で、人々の苦痛を癒し、命を救う仕事だ。しかし、お前はそれを、人々を苦しめ、自らの私腹を肥やすことに使った。医師として決して許されない行為だ！」

気迫のこもった鷹央の糾弾に、東風が息を乱す。

「『患者に利すると考える治療を選択し、害すると知る治療を決して行わない』というヒポクラテスの誓い、それを破ったお前に医師である資格はない。塀の中で一生を過ごしながら、自らの犯した罪に向き合い続けろ！」

東風は膝から崩れ落ちるようにその場に座り込むと、力なくうなだれる。

「医者としての本分を忘れたとき、そいつは誰よりも恐ろしい〝怪物〟になるんだ」

東風を……医師としての能力で他人を傷つけた怪物を睥睨《へいげい》しながらつぶやく鷹央を、僕は唇を固く結びながら見つめ続けた。

エピローグ
「頼もーう！」

もはや恒例となった感のある掛け声とともに、鷹央《たかお》は扉を開く。

東風直美《ひがしかぜなおみ》を罠《わな》にかけカフェで逮捕してから一週間以上が経《た》った平日の夕方、僕たちは院長室へやってきていた。

鷹央によって心を折られたのか、東風は客たちに抗甲状腺薬を盛っていたこと、八千代の死体の首を切ったこと、そしてなにより、口封じのため水鏡を殺害したことを自白しているらしい。

あの日、東風を逮捕した桜井《さくらい》が、捜査本部の責任者である管理官にうまく報告を上げてくれたおかげで、翌日に予定されていた大鷲《おおわし》の逮捕状請求は延期された。そして、その翌日には桜井が東風を自白させ、殺人容疑でも逮捕することができたので、大鷲にかかっていた容疑は完全に晴れた。

鏡の診察室で起きた凄惨な殺人事件の犯人が逮捕され、しかもその原因が、カフェの客に薬物を盛って健康を害し、それを治療するふりをして金を搾り取るという、悪辣な詐欺行為によるトラブルだったという事実は、世間の大きな注目を引いた。

ニュースでは連日、この事件について取り上げたが、幸いなことに天医会《てんいかい》総合病院について大きく報道されることはなく、危惧していたマスコミが殺到するような事態は避けられた。

事件解決により、病院の危機も、自らが院長に就任するという事態も避けられ、さらに予算と病床のアップをもぎ取ったということで、最近、鷹央はすこぶる機嫌が良い。

今日の診察が終わって僕たち三人が〝家〟にいたところ、大鷲から内線で、「院長室に来てほしい」と連絡が入った。

普段なら、天敵からの呼び出しにブツブツと文句を言う鷹央だが、大鷲に大きな恩を売っているだけに、スキップでもしそうなほどの軽い足取りで、「これだけ完璧に解決してやったんだから、やっぱり予算二倍ぐらいにしてもらってもいいんじゃないか」とか言いながら、院長室に向かったのだった。

扉を開けると、いつも通り奥のデスクの向こう側に大鷲が腰掛けていた。

「あれ、姉ちゃん、どうしたんだ？」

デスクのそばに立っている真鶴《まづる》を見て、鷹央は小首を傾《かし》げる。

「お前が約束した以上の要求をしたりしないように、真鶴に見張ってもらうことにしたんだ」

完全に目論見《もくろみ》を読まれていた鷹央は「そ、そんなことするわけないだろう」としどろもどろになる。

「えっと……。それで今日はなんの用なんだ?」

気を取り直すように、鷹央は咳払《せきばら》いをした。

「先ほど、警察から正式に、私にかかっていた疑惑は解けたので、今後、署で話を聞くことはないと連絡が来た」

「それは良かったですね」

僕が微笑《ほほえ》むと、鷹央が思いっきり胸を反らした。

「まあすべて私のおかげだな。しっかりと感謝しろよ」

「ああ、感謝している。助かった」

平板な声で大鷲が礼を言う。鷹央は猫を彷彿《ほうふつ》とさせる瞳を大きく見開いて固まった。

「……なんだ、その反応は?」

大鷲は不愉快そうに眉間にしわを寄せた。

「叔父貴、お前に感謝をするなんていう機能が備わっていたんだな」

「機能……?」

大鷲は無言で眉間のしわを深くさせる。

「まあ、叔父貴の礼なんかより、うちの部の予算と病床数の増加さえしっかりしてくれればそれだけでいいさ」

「なるほど。私の礼はいらないか」

大鷲はデスクの一番下の引き出しを開けると、そこから赤ワインのボトルを取り出した。

「ペ、ペトリュス⁉」

鷹央は声を裏返す。それを聞いて鴻ノ池《こうのいけ》が小首を傾げた。

「ペトリュスってなんですか？」

「ペトリュスは世界最高のメルロー、最も高価なボルドーと呼ばれる、ボルドー地方ポムロールのシャトーで作られるワインだ。小規模なシャトーで生産されるので希少価値が高く、とんでもない高額で取引されている。ワイン愛好家に絶大な人気を誇り、どんなに金を積んでも手に入れるのが困難な伝説のワインだ」

興奮気味に鷹央が捲《まく》し立てる。

「今回の件の礼にお前に渡そうと思って買ったのだが、礼は不要ということならいらないな」

大鷲がボトルをしまうような素振りを見せると、鷹央は慌てて首を横に振った。

「なにを言っているんだ。『礼に始まり礼に終わる』というのが私のポリシーだ」

「それって、剣道とかの武道の精神では？」

僕がぼそりと突っ込むが、高級ワインを前に興奮した鷹央は無視してボトルに両手で抱きついた。

「ということで、この礼はありがたく頂いていく。今更返さないからな。これはもう私のものだからな」

鷹央はボトルを抱きかかえたまま身を翻すと、止める間もなく小走りで出入り口へ向かう。「あー、鷹央先生待ってください。私にもちょっと飲ませてくださいよ」

鷹央と鴻ノ池が院長室から出て行くのを僕は見送る。

あの調子だと、〝家〟に帰ったらすぐにでも栓を開けて飲み干しそうだな……。そんなに有名なワインならちょっと味見をしてみたいけど、帰りの運転があるからなあ。

僕がこめかみを掻《か》いていると、大鷲が「小鳥遊《たかなし》先生」と声をかけてきた。

「あ、はい」

我に返った僕は背筋を伸ばす。

「君にも礼を言っておく。私とこの病院を助けてくれてありがとう」

「いえ、そんな。解決したのは鷹央先生ですよ。僕はなにもしていません」

「そんなことはない。鷹央が臨床でも、そして、今回のような件でも能力を発揮できるのは、小鳥遊先生という理解者がそばにいるからだ」

淡々とした口調でそんなことを言われ、なんとなく気恥ずかしくなってしまう。

僕が頭を掻いていると、真鶴がとろけるような笑みを浮かべた。

「本当に小鳥遊先生のおかげです。いつも鷹央を支えてくださってありがとうございます」

「気にしないでください。部下として当然のことをしていただけです」

真鶴の称賛に嬉《うれ》しくなってハキハキと答える僕を見る大鷲の視線が、かすかに呆《あき》れの色を孕《はら》んだような気がするが、おそらく気のせいだろう。

「ところで、小鳥遊先生。やはり外科に来る気はないかな？　君の外科医としての腕が、統括診断部で腐っていくのは忍びなくてな」

大鷲が先日と同じように僕を勧誘してくる。しかしその表情からは、前回のような真剣さは感じ取れなかった。

「はい、僕はこれからも統括診断部で一生懸命学んでいきます。それが僕にとっても、鷹央先生にとっても、そしてきっとこの病院にとっても最善の選択だと信じていますから」

「またふられたか。残念だ。だが、確かにその通りかもしれないな」

珍しく僅かにおどけるような口調で言いながら、大鷲が目を細めたとき、僕の院内携帯が着信音を奏ではじめた。ポケットから取り出した携帯電話の液晶画面を見る。屋上の〝家〟にある内線電話からの着信だった。

通話ボタンを押すとハイテンションの鷹央の声が響いてくる。

『おい、小鳥《ことり》、なにやってんだよ。早く戻ってこい。じゃないと私と舞《まい》でボトルを全部空けちまうぞ』

「え、僕も飲んでいいんですか？」

『当たり前だろう。「私たち」がもらった礼なんだから』

「僕たちが……。そうですよね」

思わず口元が緩んでしまう。

『先に飲んでるからさっさと来いよ』

鼻歌まじりの鷹央の言葉を残して通話が切れる。

僕は院内携帯をポケットにしまうと、微笑んで大鷲に向き直った。

「鷹央先生に呼ばれたんで失礼します。院長先生からのお礼、楽しませていただきます」

「最後に一つだけいいかな？」

大鷲は静かに言う。

「盟友であった八千代議員とともに必死に守ってきたこの病院を発展させ、地域医療に尽くすことこそ自らの使命だと、私は考えている。それはきっと、命を落とした彼女の遺志を継ぐことでもあるはずだ。そして、私はずっと、統括診断部を潰した方が、鷹央の診断能力をこの病院に還元できると思っていた」

そこで言葉を切った大鷲は僕に視線を向け、わずかに目を細めた。

「ただ君が来て、鷹央を支えだしてからは、統括診断部があった方が良いのではないかと思うこともあり、珍しく迷っている。私はこれからもずっと、鷹央にとってはある意味『敵』であり続けるだろう。だから、もしよければ君はずっと鷹央の『味方』であってほしい」

ゆっくりと椅子から立ち上がった大鷲は、僕に向かって右手を差し出した。

「どうか鷹央を、私の姪《めい》をよろしく頼む」

「はい、任せてください」

僕は大鷲の外科医らしい大きくぶ厚い手を、力いっぱい握りしめた。

本書は書き下ろしです。

実業之日本社文庫　最新刊

あさのあつこ
風を紡ぐ　針と剣　縫箔屋事件帖

おちえの竹刀が盗まれた。おちえの父が大店のため縫い上げた花嫁衣裳にも不穏な影が忍び寄り……。風雲急を告げる、時代小説シリーズ〈針と剣〉第3弾！

あ124

梓林太郎
京都・化野殺人怪路　私立探偵・小仏太郎

社長令嬢が誘拐され、身代金三千万円を要求。小仏らは犯人が指示した京都へ向かうが、清水寺付近で金だけを奪取されて……傑作旅情ミステリー！

あ319

近衛龍春
蒲生氏郷　信長に選ばれた男

常に先陣を切る勇猛な戦いぶりを織田信長に愛され、婿となった蒲生氏郷は、信長の死後、秀吉に仕え、伊勢松坂、奥州会津の礎を築く大大名となるが…。

こ65

清水晴木
分岐駅まほろし

満月の夜だけ現れる不思議な駅は、過去に後悔を抱えた者たちが辿り着く場所。人生の分岐点に巻き戻った彼らの結末は!?　感涙ファンタジー、待望の文庫化！

し121

実業之日本社文庫　最新刊

白井智之
死体の汁を啜れ
文字の読めないミステリ作家、深夜ラジオ好きやくざ、詐欺師まがいの女子高生、事件を隠蔽する刑事が謎を追う。前代未聞の連作短編集！（解説・東川篤哉）
し92

知念実希人
鏡面のエリクサー　天久鷹央の事件カルテ
鷹央の天敵・天久大鷲が容疑者に……⁉ 末期がんを含めたあらゆる病気を治す「万能薬」をめぐる殺人事件に、天才医師が挑む。大人気シリーズ第19弾！

ち1211

南 英男
刑事図鑑　弔い捜査
暴力団を抜けようとしていた組員が組の裏金一億円とともに姿を消す。警視庁捜査一課の加門は組員の行方を探すよう非公式の協力を要請されるが……。

み740

睦月影郎
美人あやかし教室
志望の大学に入学できた青年の前に、桜の化身だという美女が突然現れた。誰にでも憑依することができ、意のままに操れるという彼女の力を借りて……。

む222

実業之日本社文庫 ち1 211

鏡面《きょうめん》のエリクサー　天久鷹央《あめくたかお》の事件《じけん》カルテ

2025年4月15日　初版第1刷発行

著　者　知念実希人《ちねんみきと》

発行者　岩野裕一
発行所　株式会社実業之日本社
〒107-0062　東京都港区南青山6-6-22 emergence 2
電話 [編集]03(6809)0473 [販売]03(6809)0495
ホームページ https://www.j-n.co.jp/
DTP　ラッシュ
印刷所　中央精版印刷株式会社
製本所　中央精版印刷株式会社

フォーマットデザイン　鈴木正道(Suzuki Design)

ISBN978-4-408-55942-1（第二文芸）